速求共眠

我與生活的一段非虛構

閻連科＿著

目錄

自序

走向謝幕的寫作

從來都沒有像今天這樣感到寫作的無意義。

審美就像裸體外的紗幔，在馬虎的眼裡美成一首詩，而當你再定睛細看之後，僅就還有醜陋而已。

沒有意義而還要寫作，正如人活著不能不吃飯；而寫作，從本質上說，是作家要餵食自己的內心，而不是餵食讀者的需要。

若不寫作，人就真的死了。

然而寫作，也無非是證明你還活著罷了。

活著就是活著。在活著的今天，談論寫作的神聖是多麼虛偽與奢侈。

有的人說，我要寫一本死後能做枕頭的書，那是真心和真話；而我要說了，那就是一個笑話了！

經常懷疑，我一生的寫作，就是一場笑話吧。

若不是到了這個年齡，熱了吹風，冷了烤火或蹲在暖氣片的邊上操著袖子發呆和發呆，久而久之會覺得無聊、無聊和無聊，我就真的不再寫作了。

到了這個年齡，才知道寫作在我是選錯了職業。明白了，但已經沒有再可選擇的機會了。剩下的，就是握著筆桿年邁、衰老和等死吧。而在這還沒有衰老前，就是吃飯、走路和讓筆桿隨身而動著。

見過兩次史鐵生。第一次是在他家，他笑著對我說：「連科，我以為世界文學的高峰已經過去了。二十世紀的文學就是從拋物線的高峰向下滑。」

第二次是在別人家，我抬他的輪椅上台級。上去後他拉起我的手，很重很重地握了握：「少寫點！」他是笑著說的這個話。可在那笑裡，有著很濃的對文學的揶揄和真誠。對文學，還有什麼比他說的「少寫點！」更有悟覺和意味深長呢?!

到後來，我經常鸚鵡學舌地說：「世界文學的高峰在十九世紀已經過去了。」可是說著說著間，我發現問題了。我不認為世界文學的高峰在十九世紀已經走過去，後來的寫作，都是拋物線的下行之滑落。

我以為，二十世紀的文學同樣也是世界文學之高峰。是另外一個新高峰。是擺脫了十九世紀文學舊有羈絆的一個再高峰。二者孰高孰低，幾無可比，如一個人姓張好還是姓李好，南轅北轍，無可論說。

十九世紀偉大的作品無不是直接或間接地去寫人的靈魂的。而二十世紀間，多都在書寫人的靈魂時，更多的關注通向靈魂那作家各自不同的路。拿二十世紀文學談人的靈魂和世界之複雜，它是要輸給十九世紀的。可拿十九世紀的文學談作家那通向靈魂的路——什麼敘述結構呀、腔調節奏呀、前流後派呀、創造主義呀，那十九世紀就輸了。所以說，我絲毫不懷疑十九世紀文學是世界文學的最高峰。我是說，二十世紀的文學也是世界文學的一個新高峰。

扯遠了；也說得大了些。

該說說我們自己了——忽然就發現，如果斗膽把我們的寫作放在世界文學這個平台上，果然是不比不知道，一比嚇一跳：談論小說中的靈魂，我們壓根不能和十九世紀文學比；可是說每個作家那去往靈魂的路，我們又總是忙著拾人牙慧而少有自己的創造和修路的鎬。想到此，就不免一陣心寒和惆悵，像一個鄉下人精心設計、花錢費力，用幾十年的時間，在鄉村蓋了一棟洋洋自得的樓。可是有一天，他到了城裡去，才發現那高樓漫山遍野，大胡同與小巷子，都是他家樓房的模樣兒。而且無論哪一家的哪一棟，幾乎都比他家的樓房好。

當代文學可能就是這樣兒。

好在我們中國實在是大，人口也著著實實多。倘若我們不和中文以外的作品相比較，也是能發現當代作品的千好萬好來。

可是怎麼能夠不去比較呢？哪個當代作家沒有讀過外國文學並從中汲取營養呢？像我這種人，老實說，若論中外文學對自己的影響時，比例應該為四六開。說西方文學對我這代作家的影響大於本國文學傳統之影響，不知會不會有人罵我們是走狗和漢奸，可情況，確實又是這樣兒。

不講這些扯秧子的話，說現在。說說我自己。

開頭說我從來沒有像今天這樣感到寫作無意義，我不是說中國文學無意義，而是說越來越感到我自己的寫作無意義。

這個最初的無意義和越來越覺得的無意義，是從前年寫作《日熄》開始的。真的從來都沒有像今天這麼覺得文學的無力和無趣。在這兒，絕不是說文以載道好。而是說，當小說無趣到人們在茶餘飯後都想不起來它的存在時，那是真的沒有意義了。

想一想，今天的現實富得像是一個礦，而小說的內容卻窮得只有幾粒鵝卵石。

想一想，我們處在一個盛產故事的時代裡，可我們的故事卻只能在離開今天後的回憶中。

想一想，我們正處在現實的巨大漩渦內，可幾乎每一個作家都只能站在岸上眼巴巴的望，且還生怕渾水濕了自己的腳。

想一想，我們以為我們的寫作正在鼎盛期，可在三年、五年前，或十年、八年前，創作的高峰卻已悄然而別，笑瞇瞇地離我們越來越遠了。

狄更斯說：「世界這麼大，它不僅能容下我們，也能容下別的人。」套而言之即：「文壇這麼大，它容下了別的人，也容下了我們這些人。」之所以我們還在寫，是因為別人允許我們寫。

我們還似乎很活躍。其實是我們沒有關心別人的活躍才覺得自己很活躍。年輕的作家早就登台了，而且在舞台中央了。我們不過是左睜一隻眼、右閉一隻眼的佯裝不知或者看不見。不是因為他們寫得不好才顯得我們好，而是人家關心我們的好，而我們沒有關心人家的好。

現在似乎到了一代人謝幕的時候了。

雖然因為舊情的牽扯我們還在寫，但真的別忘了年輕作家已經寫得很好、很好了。之所以我們沒有最後謝幕和下台，是因為中國太大、文學舞台也足夠寬敞和寬敞；而不是因為我們在某些很少、很短的年月裡，果真的一部比一部寫得好。

尤其我，是真的江郎才盡、才情枯竭了。寫作的難，就像超齡女人要生孩子般。我到了一個寫作的焦慮期和掙扎期。

無論焦慮和掙扎的原因是什麼，每次提筆都感到有手扞在脖子上，讓人呼吸不上來，使筆難以落下去。這如一個人沉在水裡的憋氣樣，倘若能夠浮出水面換口氣，也許還有一段距離可以游，如若換不過來氣，那就只有憋死在水下邊。

掙扎著。

焦慮著。

不求痛快和暢游，只求能讓人換口氣。

《速求共眠》就是一次嘗試換氣、緩氣的小呼吸。

倘是生命讓我緩氣和換氣了，那就再繼續努力寫下去。倘是不讓緩氣和換氣，就此擱筆也亦未可知呢。

誰知道？

天知道。

年齡、生命、感受力和支撐力，創造力的衰退和最後一根稻草的脫手，都在警告著一代作家——或者僅僅是我自己寫作的落幕和卸台。

真的甘心就此打住嗎？

重新啟程的事，又哪有那麼容易哦。

魯迅說，孩子一出生，就一天天靠近著死。這麼說，一個作家一落筆，他就開始一個字、一個字，一部作品、一部作品地走向寫作的落幕和卸台了。

準備好了要落幕扔掉的筆；也準備好了再次啟程的努力心。緩口氣，換口氣，要麼重新開始，要麼就此謝幕。

在走向謝幕的路道上，多半會碰到一堵走不出去的鬼打牆；可也許，命運好了會突然有個新舞台？

誰知道？鬼知道！

反正作好謝幕的準備就是了。

二〇一七年七月十九日　於日本伊豆川端康成的腳印上

一　閃念

1

一面說著淡薄名利，一面渴求某一天名利雙收——我在這高尚和虛偽的夾道上，有時健步如飛，有時跌跌撞撞，頭破血流，猶如一條土狗，想要混進貴婦人的懷抱，努力與僥倖成為我向前的雙翼。所不同的是，當土狗在遭到貴婦人的一腳猛踹時，會知趣地哀叫著回身走開，躲至空寂無人的路邊，惘然的望著天空，思索著牠應有的命運，而最終夾著尾巴孤獨地走向荒哀流浪的田野。而我，會在思索之後，舔好自己的傷口，重新收拾起僥倖的行囊，再一次踏上奮不顧身的名利之途，等待著從來沒有斷念的閃念與想願。

終於，我又一次想到了李撞。

我家鄉的這個人物，已經多次以原型的身分出現在我的寫作中。在我一生最重要的作品裡，都有著他的生活之原型。我還曾以小說的筆法，紀實的方式，寫過一部小說叫

《速求共眠》，可惜那時我以虛構的名義發表了。如果那時我讀過《冷血》那本書，我一定會以非虛構的方式使它面世走進讀者的視野裡。那樣兒，也許我會果真的一夜成名，暴得名利，說不定早就是名滿天下的一個非虛構的大師了，何至於直到今天，我還在文壇為微名小利而營營苟苟、偷偷竊竊，活得像牢籠中要光無光、要滅不滅的豆油燈。

要知道，一個時代有一個時代的故事和文學。文學只能在時代的預熱中率先點燃才能名眾而經典。所以，好的作家都是時代未來的巫師或者算命師。可惜這個道理被我參悟到時我已年過半百了，除了名利，我已經看透藝術那玩藝：世界上所有的藝術，都是名利的西裝或者中山裝。只要名利大到足夠的砝碼上，隨手放在地上一輛破舊的自行車，也會被世人以為是行為藝術的飛輪和先驅。還有達利的畫，恐龍靈異類的破電影。一切的藝術都在反覆證明著一條規律：藝術的鄉愁是名利；而名利的故鄉是藝術。如此，一個作家或導演，是從藝術走向名利，還是從名利走向藝術，這又有什麼差別呢？基於這樣果敢而明瞭的想法，在我五十歲生日的前一夜，失眠給我送來了神賜的靈感之大禮。那是六月十三日的深夜，窗外的北京，被夜色的燈光浴洗得如ＫＴＶ的包間，朦朧的歡樂，掩蓋著一個城市的憂傷。而我，躺在輾轉反側的床上，重溫著煩惱、傷痛的哀歌，伸手去床頭尋摸失眠靈的藥瓶時，摸到了在那兒沉默了一夜的手機。

黑夜讓我想到了手機上的手電筒。

手電筒讓我想到了攝像機。

攝像機讓我想到了電影。

電影讓我想到了李撞和我的非虛構。

猛然地從床上坐起，猶如地震把我從夢中搖醒了一樣：靈感襲來了！這不期而至或說如期而至的靈感，彷彿情人因為過度愛我而摑在我臉上的耳光，那種熱辣辣的快感，將會使從未體會過虛榮的人，終生無法理喻和明白。心跳如鼓，手汗如注。老實說，三十年的勤奮寫作，把我從一個鄉下孩子轉變為一個所謂的作家，洋洋灑灑，泥沙俱下，毀譽參半的所有作品，都在那一刻變得輕如鴻毛，微不足道，彷彿于連從巴黎遠郊的鄉野，千辛萬苦，受盡屈辱，而當那一夜他終於爬上貴婦人的窗口，看到了室內的奢華和貴婦人雍麗的肉體時，便覺得此前人生中的一切歡樂與苦痛，都已失去了應有的價值和意義。

我從床上走了下來。

妻子說：「你怎麼了？」

我回答：「你睡吧。」

然後，朝著窗口走去的我，如同憂慮天下而從中南海裡走出來，在長安街上深夜散步的一個偉人樣。看著西三環去南駛北的夜車，和直伸在半空的ＣＣＴＶ通紅明亮的電視塔，我莫名地把手在窗前的空中揮一下，一如一個皇帝把手從一張地圖上撫過而感到的江山的實在般。我決定：我要用自己所謂的名聲，再次以李撞這個人物為原形，自編、自導、自演一部電影。集編劇、導演、主演於一身，讓自己從貧窮而又自詡清高的文學隊伍中，一躍跨界為電影藝術的大師，讓那些苦苦在電影圈裡為名聲、票房、片酬和國內、國際的獎項而每日奮鬥的導演和演員，完全被這部電影所折服——誠實地說，在那揮手之後的一念間，我想到了影視圈——那飄飛在垃圾場上的花園裡最為芬芳的一句話：「銅臭花開，暗香撲鼻。」想到了那部我未來的電影，在影院先冷後熱、前寂後炸，從微溫到迅速火爆短暫的旅程和口碑的爆棚。想到了國際電影節上的金熊獎、威尼斯、坎城獎和直到今天中國電影還一路狂奔而空白浩蕩的奧斯卡最佳外語片獎的小金人（倘若不是李安和他的《臥虎藏龍》，中國電影就委實如妓女啐在想要強姦她的嫖客臉上的道德之痰了）。如此沿著思維的跑道，那些倒在跑道上的多米諾骨牌，又反其道而回轉地紛紛站直了身子。我想到了張藝謀、陳凱歌、顧長衛、姜文、馮小剛、賈樟柯等，所謂中國電影的導演大咖們，在我的那部電影擠入院線公映的幾天後，或者半月後，他們伴隨著如潮的好評和如股市暴漲般的票房，一個個是怎樣地帶著妻子、情人或者某位女名星，靜默悄息地走進影院內，混進觀眾的人群，一邊看著電影，一邊不斷地拍著自己的大腿，情不自禁地用腳去踢著前座的後背，而嘴裡卻是不停地罵著：「媽的！媽的！」

如同瑪律克斯在大學的宿舍裡，看完卡夫卡的《變形記》，氣得把書摔在地上後，還又拾起來扔在蠟燭上，盯著書頁燃燒的火光，一連說了三句「他媽的！他媽的！」還有遠在北美的史蒂芬·史匹柏、法國的盧·貝松，英國的丹尼·鮑伊、義大利的盧契諾·維斯康提（他還活著嗎？）還有那個伊朗的阿巴斯（也死了？）……等等等等，等等等等，這一瞬間，湧進我腦裡的偉大導演和偉大的電影們，擠得如敗退城池的兵丁和僱傭，連城門都不可阻擋那從城池瀉流出來的潰散和落馬……

還有另外的期冀、希望和可能嗎？

當然有！

不僅有，而且還多而美到面向大海，春暖花開——一世界的絕望，都如那時耶穌被釘上了十字架而看到了人類未來全部的希望和光明。實在不敢多說，不敢多言。倘若我今天能夠破釜沉舟、肝膽披瀝地把我那一念間的真實，全都斗膽寫下來，我想每一個讀者，不罵我是神經病，那就一定是他們有了神經的麻木和面癱（請讀者原諒我，這兒我大約省去了我內心恥辱、惡念、卑劣並應該攤牌直寫的五百字。這省去的五百字，正是我虛偽的寫照和佐證）。有時候，在中國的文化情勢下，坦誠會毀掉一切；保留與虛偽，才是成就事業的根基。這一點我深深的明白，在我們的現實中，謊言的價值，遠遠大過真實的意義。深味了名利的我，就像一個賣塑膠盆景而給自己賣出一個真正花園的人，看透了電影這門所謂的藝術，是最能把金錢、名聲和精神、靈魂混為一談而糾纏不清的一個魔藝桶。在我看到的現實中，世界上唯有電影才可以把靈魂的斤兩，以正比的方式，擺上巨形天平的兩端。而別的藝術，則完全失去或正在失去著這種正比的依據。當繪畫進入了靈魂，而不著邊際的抽象，則成了靈魂存在的物證。而抽象，三歲幼童的彩墨，則似乎是抽象的原祖。所以，畢卡索一生的努力，就是要讓自己生理的年齡越大，而抽象的年齡越小——所有抽象的藝術，我以為都是一場板著面孔的玩笑。而文學——以我的經驗論，你若寫出了人的靈魂，就一定要放棄對讀者的苛求。想要獲求讀者和錢包的喜悅，那就一定要在小說中把靈魂當作大鍋燉菜中的豬肝和豬心。世界就是這樣兒。文學也是這樣兒。我正是因為參悟到了這一點，才開始明白電影這門所謂的藝術，其實正是一門要把紅燒肉燒成晚霞的老行當；是今天唯一可以把靈魂以斤兩變賣的典當行。我就是要做這樣一個典當師和藝術商。集編劇、導演、主演為一身，要拍出一部驚天動地的電影來，既在國際上大獎頻頻，又在票房上財源滾滾，讓中國乃至全球的觀眾、導演和演員們，都不知是世界電影又發生了一場新革命，還僅僅是一個叫閻連科（何等無恥！）的人，在他五十歲的生日到來時，上天為了給他遊戲和慶生，終於賜他靈感和機遇，讓他在世界電影場上鬧騰一下子，得名贏利後，又重新回到他的書房去寫他新小說。

未來是不可知的。只有現在，才是未來的實在。想到並認定了這一點，我從窗口退回來。這時正是凌晨兩點鐘，大腦中高度的清晰和興奮，讓躊躕在我腦裡窮白和寡空，蕩然而無存。害怕這種興奮會使我成為超過四十度的人體發燒樣，讓我在來日進入一個混沌模糊的旋轉裡，我到洗澡間天長地久地沖了一個冷水澡，然後就穿好衣服等待天亮了。

2

煮奶。麵包。榨菜和咖啡。最後給自己泡上一杯綠茶，可以看到早上七點西三環汽車的擁堵，如同膨脹的蟻伍擁擠在雨前的樓道。晨時的涼爽，讓我重新思慮了我那熱辣辣的靈感。為了證明那部電影的可行性，我在窗口靜靜的從七點呆坐到八點鐘，又從八點呆坐到八點十幾分，直至八點三十分，當看到我的雙手上，還依然捏著激動、亢奮的汗液後，我相信了自編、自導、自演一部電影名利雙收的可能性。

八點三十一分，我以最低調的姿態，做了高溫中含有陰冷的三樁事：

1. 給顧長衛工作室的編劇、策畫楊薇薇發了一個短信，詢問了顧近時的工作狀況。
2. 待楊回我短信說，顧導正在為尋找新的劇本抓耳撓腮時，我給顧長衛發了一個長微信：

尊敬的顧導：還好嗎？昨夜徹夜失眠，終於等到了靈感降臨，想到一個奇好的電影故事。我想，這個故事也許票房不一定好過《鐵達尼號》和《阿凡達》，但其藝術之可能，堪與你我都喜歡的阿巴斯的《櫻桃的滋味》相類比。望能一見相聊。

顧很快回了我微信：「真的嗎?!」

我回他：「中午十二點，老地方見！」

3.這是讓許多人更感意外、而我卻覺得選擇恰好、順理成章的一樁事——我用微信和蔣方舟有了如下的對話和討論：

我：「方舟，想掙一筆大錢嗎？」

她：「多大？十萬、二十……一百萬？」

我：「一千萬。」

她：「閻老師，你沒有發燒吧？」

我：「是真的。你想沒想過我們一道拍一部電影，由你出任女主角，我做編劇或別的什麼……而我們誰都不要片酬，作為投資計入電影成本，最後從票房分成呢？」

她：「……」

我：「知道嗎？今日中國電影票房正呈井噴之勢。有人預計今年電影票房是兩百億，而明年全國票房最低兩百六十億，後年為三百億。請你算一下，如果今年拍攝，明年上映，憑你我之努力，顧長衛之號召力，我們在中國電影票房中的兩百六十億中取百分之一就是二點六個億，百分之二就是五點二個億，百分之三就是七個億……如此以保守為計，你覺得我們做一部電影沒有三個億的票房可能嗎？而我們的這部電影投資小，場景集中，故事好看，人物豐滿，在中國上映之前先到國外各大電影節上參展和參評，倘若（是肯定）撞了一個國際獎，那會是一種什麼結果呢？僅僅是每人分上一千萬、兩千萬的意義嗎？」

她：「……」

我：「別忘了巴爾札克和杜思妥也夫斯基一生都為稿費寫作的事；別忘了托爾斯泰是因為是貴族，吃穿不愁才寫出了偉大作品的事。」

她：「……」

我：「……」

最後我們不再爭論什麼了，她默認並被我說服了這樁事。也許她只是抱著「看看玩玩」的心態吧。總之說，一個人過分的早熟並被稱為天才時，必然有其單純甚至傻癡的地方伴隨著他（她），一如一個真正的傻子所隱藏的智商永遠不會被人發現樣。蔣方舟就是這樣一個人，她落在紙上的才華在讓人稱道時，而她為人中的單純正是可以讓人利用的。愛文學，我就把巴爾札克和杜思妥也夫斯基在黑夜中尋找金幣而在黎明中撞見了偉大文學的道路鋪在你面前；愛生活，那就理應出來嘗試做一次電影的女主角，品嘗一次生活另外的味道而去豐富生活本身之單調。沒有人知道，我在軍隊服役時，曾經當過全軍的優秀指導員。所謂的思想政治工作，正是要把你東去的思維拉到西行的軌道上。更何況，在一個消費的時代，名利這東西，一個是買家，一個是賣家，而所有獲有名利心的人，不是被名買過來，便是被利賣出去，又有誰不在名利中間被人操弄呢？所謂的利益與輸贏，其實就是看誰是名利的操盤手；所謂的貞潔與高尚，就是看你在販賣名利時，用了什麼樣的詞藻和藉口。

我明白，在我的這部即將的電影中，我是那個最大最大的操盤手；是所有物事的總導演。其他任何人，顧長衛（這個被譽為第五代導演的藝術守墓人）、蔣方舟（這個被才華遮蔽著單純的剛剛離校的大學生）、楊薇薇（這個總是被自己的性情所左右的優秀編劇和策畫人），郭芳芳（這個胸懷電影抱負而被命運推向異處的好導演），還有又一次僅僅因為是我的同鄉，而他們就必然要從生活現實走向電影藝術的真人李撞、苗娟和他們的兒子李社、麥子及北京大學的李靜等，所有的所有，一切的一切，他們都將成為我的一次操弄和消費，都將被我從名賣到利，又從利贖回賣給名。而總終，用他們的一切成就了的我，將會突然因為電影《速求共眠》而成為著名的電影導演藝術家。

難道不會嗎？

那就走著瞧。

上午十點鐘，一切都沿著我預謀中的軌道開始和行進。偌大的北京城，天還是那個天，地也還是那片地，樓宇、街道和樹木，也還是昨日的樓宇、街道和樹木。而那個叫閻連科的人，已經不再是那個工作在人民大學的小說家。他是導演、瘋子、商人、巫師和謊言製造者。是藝術的仇敵和名利設計師。是這個社會的毒瘤和靈魂假藥的製造商。還有所謂的教授、農民、理想主義和野心家、最誠實的奸詐者和所謂社會良知的代言人……一切的一切都是我。所有的所有又都不是我（瘋子還是神經病？是一次浪漫還是一個無賴的精神之行旅？）。從家裡走出來，我很禮貌地朝小區的保安點了頭，還順手將物業清潔工那巨大的垃圾黑袋扛在肩上捎到了垃圾桶。然後我就在西三環的路邊站了站，感受了一下真實的世界後，讓自己朝著真實走過去。

把陷阱的填坑者們都約在西三環紫竹橋西北角的香格里拉大酒店。從我家走到香格里拉只需幾分鐘。踏走幾十步的輔路人行道，再在半空折彎兩次過街天橋就到了。在過街天橋上，我看見了貼小廣告的年輕人和在橋上賣太陽鏡、手機膜的中年漢。還有一個突然出現在那兒擺卦攤的算命人。算命人大約六十歲，禿頂髮稀，藉著一團樹蔭蹲在橋角上，面前鋪著生白布，白布上放了一本《周易》書。看見我他很驚異地站起來，說了一句把他自己的臉色驚成蒼白色的話：

「先生，你今天出門會有大災啊！」

我在他面前站下來：「沒事。我就是專門把災難帶給人的人。」

他愕然：「我說的是真話。」

「我不光說真話，」朝他冷笑笑：「我還要真的那樣做。」

然後，我就從他面前過去了。朝著香格里拉那邊走去了。長話短說（這是一切寫作的基本要領），我們是在香格里拉大堂靠北的咖啡廳裡見的面，顧長衛、蔣方舟、楊薇薇、郭芳芳（剛好一桌飯），大家握手、寒暄、問候，熱情和客氣，如四月的春風。在咖啡廳最北的玻璃牆下面，顧長衛和楊薇薇坐在茶几西邊的沙發上，郭芳芳和蔣方舟（她現在的身分是劇本策畫人，還非女主角），坐在他們對面向東的沙發上，而我如主席、總統樣，坐在長茶几的最頂端，面對著玻璃外的果樹和草坪，看見有兩隻烏鴉和一群麻雀在外面的花樹上，嘰嘰喳喳、啾啾鳴叫，可牠們到底說了一些什麼話，卻沒有一句穿過玻璃走過來。於是，大家陷入了熱情後的沉默裡，如霜淇淋被靜默悄息的油鍋炸了般。

好在這時咖啡送來了。沉默是被服務員的高跟鞋給踢破的。

顧端了一杯咖啡看看大家看看我：「閻老師，你說說？」

說什麼？有什麼好說呢？經過一夜失眠、一夜的深思熟慮和準備，我已經把該要做的事情提前都做了。如同把陷阱挖好後，將罪證工具扔了樣，我朝大家看了看，從我的黃色軍用挎包裡取出一個牛皮紙的信封袋。從信封袋裡取出四份列印好的紀實小說來，一一地分給他們四個人。

「看看這部小說吧——〈速求共眠〉，這是我們這部電影創作遠行的始發站。」

大家笑一笑，接過小說如放下端在手裡的咖啡杯。「有小說？那你該從郵箱發給大家呀。」忘了是誰帶著埋怨說了這句話。但這句話將我的第二部計畫自然而然地帶匯出來了。

「我希望大家現在看，看完就討論。」我掃視著眾人說：「我可以出錢在這開兩個間房，請大家到屋裡看小說——靜心地閱讀，是真正的心靈呼吸——我不希望大家看我的小說不走馬觀花，像去野地裡拔草樣。現在看，就現在！看完小說後，中午在這兒吃飯我請客。」

大家把目光都落到了顧長衛的臉上去。

「怎麼能讓你請客，我們有劇組。」說完這句話，顧導看了看他手機上的時間後，竟果真如我想的樣，在這五星級的酒店開了兩個房間，並在日本餐廳訂了一個包間，讓大家都分頭到賓館房間和餐館包間去看紀實小說〈速求共眠〉了（太好了！——在這兒，我順便說一句，我不是一個十分大方的人。之所以會說我出錢開房和請客，是我算定只要我說出來，顧長衛就會讓大家留下看小說，會花錢請客並開出兩個房間來。以我對他的熟悉和了解，他不這樣他會內疚到彷彿自己強姦了別人樣）。

事情就這樣開始了。一場莊嚴的關於電影創作的行為藝術，就這樣如一部通俗小說般，以死亡和凶殺為開端，把讀者強行拉入了情節裡。而他們幾個人，也就這樣被我推上了沒有開關的電影創作的高速跑步機。

二　速求共眠（一）

當然是閱讀如同心靈之呼吸，這是卡夫卡書信集裡的一句話。但能提供這種閱讀並承擔起責任的又是哪些書藉呢？是哪些小說呢？今天我坐下回憶並書寫這本《速求共眠——我和生活的一段非虛構》的小說時，我知道我的寫作是承擔不起這個責任的。但那時，我一夜未眠，又處在被金錢與藝術亢奮起來的狀態裡，不加思索就說出了那句話。不說出那句話，我不相信他們會把〈速求共眠〉那部小說放在心坎上。至於他們讀後的反應與心理，喜歡、失望或絕望，我是把握八九、胸有成竹的。甚至他們每個人閱讀時是喝水還是喝咖啡，是坐在窗口讀，還是倒在五星級賓館的床上懶洋洋地讀，我都猜得出來並在眼前有他們閱讀的畫面感。所以說，我並不在意他們讀完小說的感受和反應，而更在意他們的行為是否脫離了我預設（預謀）的軌道和步驟。這一如一個要攔路搶劫的人，並不十分在意路人身上有多少錢，而更在意路人是否會依時走入他的陷阱和包圍圈。但對於你們——我尊敬的讀者們，你們花錢買書，捧讀《我和生活的一段非虛構》的人，我應該非常直接、懇切地告訴您，請您務必耐心地讀完〈速求共眠〉這小說——並不長，不到三萬字，無非一部小小的中篇而已。我懇求你們耐心地讀完它，並不是因為這部小說有多好，而是它關係著我要拍的那部故事片，關係著那部電影中我將出演的男一號和男一號的家庭及他們全家人的命運、故事及人物性格和生成；關係著那部電影中所有人物的性格、文化和價值觀與世界觀。

當然，也關係著我是否能憑其三寸不爛之舌，把視藝術為親情的顧長衛像存摺一樣捏在我手；關係著我憑其真誠的欺騙，把蔣方舟說動了心，要她演（消費她）的那個女一號的生成、發展和終尾。除此之外，更重要的——我的讀者們，今天捧讀這本《我和生活的一段非虛構》的尊貴的每一位，你們也可以從這部中篇小說中讀出來，一個作家是如何把生活中的真實人物、真實事件轉化為一篇貌似虛構或半虛構的小說來。這部小說將證明一則關於小說寫作的常識或者潛規則：生活果然是文學唯一的根基和土壤。讀完這部中篇後，你們將會明白我用九牛二虎之力，才抓到的這句關於寫作的常識的意義和無意義。

那麼，就請你們開始閱讀吧。一定要耐心地讀完它，像品味橄欖果樣品味它。只有那樣，閱讀才可以和喝咖啡的意義聯繫在一起。

速求共眠（紀實小說）

1

發生了一件事情。

李家的老二，叫李撞，強姦了苗家的老四，叫苗娟。最先看見的，是洪家的老大。老大是傻子，人都叫他洪傻子。

洪家老大真的是傻子。他看見了事情邊跑邊喚話著，像自言自語樣。這是四月之三日，日光慵懶，人們多在家中閒呆著，少數在門口說閒話。街口站了一撥兒，談物論價說，這樣過下去，提一兜兒錢，換回一捆菜，真是要了命了呢。這時候洪家老大跑來了，在人群邊上人未停下話就出口了。

他說，李家老二是個流氓。

村人們說，一毛錢才買一盒火柴哩。

他說，老二把人家衣服脫得精光精光的。

村人們說，種菜吧，菜價今年準會貴。

他說，被強姦的是苗家的老四呀。

村人們說，都回吧，歇個小午覺，春一來就讓人瞌睡了。

就都走了呢。腳步聲零零碎碎，拖拖拉拉。隨後的關門聲，碾在村街上，沉沉穩穩，如雨前的黑雲從村莊軋過去。街上的狗，從胡同中走出來，立在那兒看著洪家老大不說話。

老大噢，李家老二真的是個流氓呀。

狗把眼珠轉了轉。

老大噢，他強姦的是苗家老四啊。

那狗吐了一下舌頭就走了。

老大像說又像噢，就在村東槐樹林子裡。

狗朝村東的槐樹林裡跑過去，身後騰起點滴淡塵兒，如要熄的煙樣飄散著。洪家老大看著狗的影兒消失後，臉上有了不解之平靜，放慢腳步往家走去了。胡同裡，泥牆剝落著，新的瓦房有磚窯上的焦燎味。豬屎雞屎一地著。一條狹長的胡同裡，無一人，無一鳥，老大前後看了看，忽然聽見從哪傳來一聲尖厲的哭，半紫半白，從他身後斜著穿過來。隨後間，靜得能聽見他自己的呼吸聲，如日常鄰家的風箱樣。還看見，狗在街外一棵樹下立下來，高抬頭，望四方，惘然如一隻蒼蠅飛在荒野間。這時候，傻子老大看見有兩個媳婦從另外一條街上走出來，挎了竹籃，盛了衣服，拿了棒槌，到村後耙耬山下的溝裡洗衣裳，於是他急步追上，把胳膊橫架起來，攔著說李家老二強姦了苗家的老四呢。

媳婦說，洪家也不把孩娃領到醫院去看病。

老大說，衣服脫得精精光，就在前邊槐林裡。

媳婦說，治好了也能討個家業，生房兒女呀。

老大說，你們過去看看吧，真的就在槐林裡，我聽到了苗家老四的哭聲了。媳婦們不再說話兒，從他架起的胳膊邊，擠著擦著走去了。那胡同牆上被她們竹籃掛掉的泥皮片，疤痂一樣落下來。轉身瞅瞅洗衣去兩女人，洪家老大往家裡跑去了，腳步聲轟轟炸炸，在村街上很有響動呢。他家住街南，拐了兩個彎，到家一肩撞開大門後，看見爹正在院內餵著牛。牛草和牛糞的氣味彌漫一院子。爹見他一身風火，轉了身子望著他。

他說，李家老二是個流氓。

爹拿眼瞪了他。

他說，他把苗家老四的衣服脫光了。

爹回身拿著料棍攪拌去。

他又說，我聽見了苗家老四在哭哪。

爹拌料的棍子不動了。

於是他又聲音大起來，說李撞正在強姦苗家的老四哪。

爹轉身，一棍子打在他頭上，說回屋歇著去，大晌午你不睡覺有啥兒野。傻老大怔怔的望著爹，拿手捂了額門後，覺得手裡有熱黏，說爹呀你打我，李家老二真的強姦了苗家的老四哩。傻老大本還想接著說些啥兒話，如他在槐林邊上看到的李家老二脫人家衣服那情景，可爹又一腳踢到了他的肚子上，一個趔趄後，他差一點倒下來。這當兒，牛叫了，哞一聲，又粗又重，長長拉開如一條渾濁的水流般。

爹又去給牛拌料了。

老大委屈無趣地在院裡站一站，又從家裡出來了。鎮村街裡的靜，和沒有鎮村樣。日光紅白，暖得人身上發了癢。豬糞雞糞，舊的乾了，新的在路上被日光曬著起了煙。一煙淡淡，搖擺著往上升。老大去街牆上摳了半把土，把額門上的流血止了止，拍拍落在衣上的灰，又朝村東槐樹林走去了。

樹林並不大，在村後梁腰間。可林裡有幾池汪水泉，養茂了周圍的槐樹和雜草，一蓬一蓬，密密的連著。四月時候，葉早已齊全，林地裡終日一片陰潮味。草們旺盛，綠了一地。洪家老大在這閒逛著，便看見李家老二把苗家老四的衣服給脫了。苗家的是提了一個菜籃子，這是個挖野菜的好季節。李家的脫人家衣服時，菜籃就在地上丟置著。有個麻繩圈兒繫在籃子上。有一把青菜蓋了籃底兒。他立在槐林高處裡，聽不見李家老二說了啥，只看到苗家的臉色驚白，木然不動，任由人家把她衣服給脫了。後來呢，後來洪家的老大就往村中跑去了。報告了。又獨自往林地走回了。

他在路上折了一棵小樹兒，是槐木，去枝斷梢，三尺有長，持著急急朝那槐林裡走。他想從李家的身後走過去，一棍子打在李撞的頭上去，像爹打他樣。可是呢，他從槐林一側繞到那，卻沒了李家的老二和苗家的老四了。被壓倒的草上有血跡。血在草上黑腥著。血氣草氣腥了一林地。

2

苗家的老四，十四歲，個兒高，讀完小。她哭著回家說了林地的景況後，脫了褲子給娘看。爹正要下地去，聽了把家什扔地上，又把一個喝水的碗摔了，坐在屋門檻兒上抽悶菸。娘在堂屋哭著畜生、畜生地喊，喊著罵著燒了水，又去村頭小店打了酒，回家閂了大門用熱水和酒去擦女兒的下身子，疼得女兒尖叫著，娘說千萬不能喊，千萬不能喊。女兒聽話流著淚，哆嗦著身子由娘裡外擦。消了毒，又用溫開水蘸著洗了洗，讓女兒躺在床上去睡了，出來縮在男人面前說——

咋辦呢？

男人不語抽著菸。煙霧騰騰著。

女娃兒一輩子的事情哩。

男人滅了菸，起身往哪走，又回身說女人，嘴嚴些，萬不要說給鄰人們。

苗家爹也就出門了。走出院落他又把大門給掩著，在街上咚咚地走。有人問他啥，並不多答還是咚咚地走。問的人便就懷疑著，在他身後呆著看著不動兒。他到了李家去。李家住西街正中間，種地兼有生意做，在鎮上大街開鋪子，間半房屋，一間為門面，半間為倉庫，賣的農具有杈、鐮、鍬、耙、繩和門環兒，箱扣兒，錘和斧頭兒。五日一集市。集市時李家爹李林去鎮上主街營生著，不集了就關門種地過日子。李家的日子過不過那些私做藥材生意的暴戶們，可在村街上，也殷實得十分可以可觀呢。去年蓋了新上房，渾磚到頂，不見半點兒土，連地上都鋪了水泥哩。水泥中摻玻璃，屋中央鋪出一朵錚亮的蓮花來。今年間，李林計畫再蓋廂房屋，依然是渾磚到頂，不見半點兒土。這當兒，他正在院裡整地基，挖出土槽來，好像立馬要動工。苗家爹推門進來了，又轉身關了門，見李林正在挖地基，便豎在院中央，臉上青出一層紫色來。

你家老二呢？

李林停了活兒說，不在呀，找他有啥事？

你是他爹，你去我家看一看！

李林扔下鐵鍬問，出事了？

你去看看你養的畜生把我閨女弄成了啥樣兒。

李林懵懵地望著苗家的爹。

是老四，今年還不足十四歲。

李林靈醒過來後，臉上掠過一層白，說苗家兄，我兩家無冤無仇，我教育的孩娃我知道，他好歹也是讀了初中的，不會輕易幹了那事吧？你這樣說是抓住了還是看見了？李林這樣說著問著時，額門上有了虛汗的，望著苗家爹，去把一個凳子禮禮儀儀放到了苗家爹的屁股下。苗爹並不坐，他脖子上的青筋又高了些許著，說我不用抓，也不用看，你把你兒子找回來問一問。

李林讓媳婦出門去找兒子了。

兩個男人就在院裡默站著，僵了一會兒，李林給苗家爹敬遞一支菸。苗爹沒接菸，自己裝了旱菸抽起來，乜斜著李林看，看見他縮回遞菸的手時有些抖，自己脖子上的青筋便平平地隱了一半鮮顏色，心裡些微有了輕快感。他努力著去想李林這輩子哪兒有對不起他苗家的事，卻是苦苦沒有想出來。種地地塊沒有靠在一塊兒，住房又是街的這頭和那端。沒有地界之爭，沒有房宅之吵。李林又沒當過村長和隊長，也沒有分配上的不公允。但李林在鎮上開鋪子，他去買過一張鋤，用了一天後，發現那鋤上有裂縫，又去換時李林不想換，說挨了土這鋤沒人再買了，再說裂縫不在鋤刃上，用三年五年斷不了。

可是呢，說到最後人家李林還是給他換了鋤。苗家爹努力去想自己有哪些恩於李家的事，搜腸刮肚，把菸吸得粗重深長，卻也僅僅想起去年收麥下雨時，李林拉一車麥在梁上爬著坡，他從坡下把他的麥車推到梁頂上。實在說，真的是兩戶人家，不見瓜葛，無仇無冤，無恩無怨。這使苗家爹有幾分洩氣了。想倘若他李林對苗家有著仇，自己對他李家有著恩，那這時，倒可以藉女兒被姦的事情一抖而落的。可是呢，一丁點兒恩怨都沒有。他不能因此藉著啥，把李家兒子強姦他女兒的事情弄得再大些，不能因此使李林對過去的事情後悔莫及呢。他後悔，他們中間為啥沒早些結下一些恩或怨的事，也就只能在自己臉上悔著恨著把目光扭到一邊去。

去找兒子的李林媳婦沒有回。

院子裡深深遠遠的靜；天長地久的靜。麻雀把新挖地基的紅土蹬落在了基槽裡，啁啾的叫聲叮噹一片兒。

苗家爹磕了菸灰突然說，我不信你兒子去哪你能不知道。

李林微抬一下頭，我又不能把他拴在褲腰上。

苗家爹白了一下眼，我閨女十四歲，村裡沒有她認不出的人。

李林把菸擰滅在鞋底上，我養的兒子他啥兒德性我知道。

苗家爹半轉過身子去，給你說李林，政府一查就人證物證了。

李林站起身，你不用去政府告，是我兒子我讓他吊死在房梁上。遲疑一會兒，苗家爹憤憤然然走了出去了。出門時，他把李家的大門甩一下，要關的一扇門板關了重又彈回來。李林沒有去送客，豎在院中央，臉上的灰色硬著硬著成了青顏色。

苗家爹從李家出來後，在村街上站了片刻兒，見有人趕著牛、扛了犁，正往村外走。那人姓洪叫洪文鑫。洪文鑫答應犁過地把牛借他用幾天，將他後梁上的荒地翻一遍，說好了用牛一整天，給十塊料錢和牛的辛苦費。他覺得這錢有些貴，外村都是要八塊，而洪家卻是要十塊。他想追上洪文鑫再商量商量也給八塊錢，可走了幾步後，想到床上的女兒便又猶豫下來了。

3

苗家在皋田鎮的西街這兒不算大戶人，不如李姓廣。但是算一算，看一看，苗家的四個閨女，清一色的長辮兒，表面上有些勢單力薄，但自大閨女出嫁到鎮上主街後，情況就有改觀了。苗家女婿的親戚是鎮上主街派出所的工作人員呢，職務雖不高，幹的是接了領導通知後，把該懷疑的人暫時看管起來的那活兒。這活兒，因為和法律有些干係著，人們便總覺得十分要害了。因此呢，苗家也算有些勢力了。因此呢，有人就願意和苗家串成親戚了。偶爾間，會有人從門前走過去，故意拐到苗家借水喝。

村裡人都知道，苗家有親戚的親戚在派出所裡幹工作。苗家人，也愛給人說親戚在派出所專幹抓人那差事。加上老二、老三雙雙讀高中，學習成績好，住校在城裡，雖然家裡的日子目前還貧薄，但村裡有眼光的人，都已看出了苗家日子的前景了。正是這一些，苗家爹離開李家時，才有氣力把李家的大門重重給甩了，使門板關上重又彈回去。

回到家裡時，陽日西去，院內染了紅黃色。苗家爹坐在院子中央繼續抽悶菸。媳婦過來問情況，他卻問四閨女到底咋樣兒？媳婦說，疼是不疼了，可我們不能就這樣嚥下這口氣。

苗爹咬咬牙，說媽的，不行了就告他李家去。

媳婦道，去給大閨女女婿說一說？

就到屋裡床前問確鑿，女兒說是李家老二沒有錯，苗家爹就讓媳婦收拾起了十幾個雞蛋，用一個兜兒裝了走了。

媳婦猶豫著，空手吧，這雞蛋我還想賣呢。

苗爹說，你懂啥。

媳婦說，下個月老二、老三又要回來要學費。

苗爹說，下一集再砍一棵樹去賣。

他便提了雞蛋朝向正街走。西街離正街相當近，也就數百米。可他不想見人就繞到村外走。在村外他看見洪文鑫在梁下正犁地，他的傻兒跟在犁後邊，一彎一步，一步一彎，像是在犁後點化肥。於是苗爹就快走幾步朝洪家地裡拐過去。

洪文鑫收犁站下來，朝田頭張望著。洪家的傻大一見苗家爹，丟下手裡的肥料袋，大步就朝田頭迎過去。洪文鑫忽然就慌了，追上一步呵叱兒子道，回去歇著，不要胡說！然後自己迎過去，沒讓苗家爹走進自家田裡邊。沒讓他近了自家傻娃兒。

——有事啊？

——去大街大女兒家裡看一看。

——沒啥事兒吧？

——我給你說說借牛那日子。

兩個人遠遠離著洪家的老大說了借牛那日子，又說了外村的價格等。

苗爹說：外村一天料錢都是八塊錢。

洪文鑫：那就一天八塊吧。

苗爹說：你放心，我會餵好牛。

洪文鑫：畜生嘛，吃飽就行了。

苗家爹這就又走了，踩著別家小麥苗的間行裡，把腳落在麥壟中。走幾步，他聽見洪文鑫又追了一句話，說四閨女娟子在家裡，你有事讓她跑跑嘛。

怔一下，苗家爹回過身子來——她寫不完老師留的作業呢。

洪文鑫就又忽然說，別一天八塊了，一天六塊也行啊。還要說些啥，看見那傻兒又朝這兒來，便又慌忙轉身去攔兒子了。

沒想到洪家把一天用牛的料錢又從八塊降到六塊錢，這使苗家爹再走時，一路上都想洪文鑫的好，到底是教過書的人，知書達理，不貪不妄。這麼想了一路，把洪文鑫和李林放到一塊去比較，雖找不到李林哪兒不甚好，卻又感受不到李林哪兒可比洪文鑫的好。想自家老大、老二和老三，都曾是洪文鑫的學生呢，民辦教師他幹了半輩子，每月幾十塊錢難養家，老大又忽然有了癡傻症，日子漸見低落，可還主動提出用一天牛只要六塊錢，這讓苗家爹有些過意不去了，覺得不能用人家牛真的一天只給六塊錢，至少應該給七塊。這樣想著也就決定了，決定還是每天要給七塊錢。如此也就到了正街上。今日鎮街是背集，街面上行人寥少，一般鋪子都關了門，只還有賣時裝衣服、鞋子、皮帶、襪子和菸酒、瓜子的小販們，都還把貨擺在推車上。他就看著那些推車望前走，就看見李林家的農雜鋪子了。

苗家爹在那門口站下來，看那鋪門仍關著，門框上的招牌換成了一塊新招牌，紅底白字，不知什麼材料做成的，在落日中燦燦爛爛，有光有色。明明知道這是李林家的農具鋪，可看見路過的一個人，他還是要指著那招牌問人家，說這是李家鋪子吧？

路人看了那招牌，說是李林家的新世紀農雜店。

苗家爹不懂新世紀三個字，猜想那就是昌泰、盛源一類的字號吧。就在那牌下站一會，吐口痰，又提著雞蛋走去了。大街是東西向，日落時分裡，正西一圓，紅得成血，連大街上都染成一片兒紅。他不想看那紅。那紅總讓他想到四閨女的腿下邊，於是把頭扭向大街一側去，看那關門和沒關門的店鋪們。

女兒家在大街西，除了種地，還幹些到鄉下收購粉絲，買買賣賣那生意。有時也在門口鋪一張床，把粉絲堆出幾捆來。日子不是鎮上最好的，但也不差下，和李林家一樣的房，五年前就已蓋了起來了。院落裡也都鋪了水泥地，擺了幾盆月季花。苗家爹到了女兒家，女婿並不在。他在屋裡放了雞蛋坐下後，女兒說了不該拿東西來瞧女兒的話，他就問她男人在哪兒，女兒忽然就哭了。說她和他吵了架，他去他姑家住去了。問為啥，說是不為啥，就是他賣粉絲多找人家十塊錢，一天的生意等於沒有做，她說他幾句話，他把鍋摔了，就去縣城他的姑家了。

苗家爹歎了一口氣。

女兒說有事兒？

他說沒事兒。

女兒說沒事你不會這個時候鄭鄭重重過來的。

他說就是想來看一看。又和女兒說了幾句家常話，看女兒肚子已經鼓起來，問了生產日期後，在女兒家院裡走了幾圈兒，把幾盆月季澆了水，也就重又回家了。

4

洪文鑫已經從苗家爹的臉上看出一些彎曲來。

苗爹走了後，他再三問傻兒李家老二強姦苗家老四的事，看傻兒說得確鑿肯定，就又犁了幾壟地，提前收犁回村了。洪家在皋田是大戶，上墳時跪下來黑黑鴉鴉一大片。洪文鑫十八就開始在村裡教了書——北京有個天安門——他一教就是三十年。村裡三十五歲向下的，凡識字的都是他的學生呢。可是有一天，兒子爬樹摔下來，昏去醒來就成癡傻了。他就從鄉村小學的講台上退下來，賣了幾棵樹，買了幾頭剛出生的牛，養牛犁地，當牛到了正年，趕往牛市賣一頭比他教書二年掙得多，他就存著計畫給兒子去看病。準備看病了，就發生了李家老二強姦苗家老四的事，覺得這事比他去給兒子看病更重要，也就讓兒子趕牛回了家，自己去了李林家。

到李家，洪文鑫推門進來，又順手將門輕輕閉闔了。

李家兩口正在屋裡悶坐著，都慌忙起身給洪端敬一個凳子來。

洪文鑫接凳坐下來，再接菸抽起來。抽幾口突然就問到，老二不在家？

李林說，不知死到哪兒了。

洪就說，苗家爹往鎮街去了呀。

李就盯著洪。

洪又說，你真的不知道那事兒？

李就說，苗家爹來過這兒了。

洪想一會兒，鬧到法律上，事就大了呢。

李想一會兒，這畜生老二，真的會是他？

洪就說，我家老大見了呢，在槐林，還有血；這傻子還說給了別人聽。洪文鑫這樣說著時，語氣中有落井下石的愧疚感。李林聽了這話兒，臉上僵一下，又慢慢鬆著了，如一件事情有了結果後，終就有了明證了，下一步不是有沒有的事，是該如何面對的事。於是間，他把洪文鑫拉到屋裡去，二人對站著，他說洪老師，你有文化呢，你說這事倘若是真的，到底該如何結果呢？

洪就說，這事蓋不了。

李不言。

洪又說，不要說苗家老四已經十四歲，就是四歲著，也一眼認得出來呀。

李就問，該咋辦？

洪想想，無論老二在哪都先別讓他回來，回來會讓苗家活打死。這種事，百年不遇的醜聞呢。

李林低下了頭。

洪再說，苗家有親戚在鎮上幹著法律那一行。苗家爹已經去了鎮上去，加之苗家閨女都是讀過書的人。到這兒，洪文鑫就不再說啥了，似乎一切都在不言裡邊。默一會，他替李林歎了一口長氣，吸了菸，看看黑下的天色後，聽見傻兒在街上叫著他，便起身要告辭。李林轉身去送他，又讓洪老師在院裡稍等一會兒。這樣李林出來又回到屋裡去，從床下拉出一捆上好的牛韁繩、兩根牛皮鞭子和一個新的犁鏵來，說洪老師你拿去用，你養牛耕地，這些都是必須的。

洪說，不要不要。

李說，拿去拿去。

這樣讓一會，洪他熬不過，也就接了去。

李林在門口看著洪文鑫拿著東西走了後，站一會，去村後那片槐樹林裡了。在天黑的暮色間，槐林低低矮矮，枝拉葉扯。他沿著小路，不時地閃身躲著枝條們。到小路盡頭的一眼旺泉邊，果然看見泉邊的草地裡，有一片蒿草被壓倒在地上。折斷的蒿棵和雜草，在泉邊鋪開來，猶如一張綠的氈。還有腥血味，像新草的味樣鋪散著。可是細吸細辨到底還是血味兒。彎下腰，果真又看見了壓倒的幾棵蒿草上，有著青黑青黑的汙血了。似乎地上也有一片兒。血地邊，有苗家的竹籃子，籃裡有一把花花菜、小尖葉、齒角牙，都青青嫩嫩散在籃底上。

立在籃邊兒，盯著那血漬，不知是恨自己，還是恨兒子，至尾末，李林突然罵了一句畜生的話，在自己臉上摑了一耳光，便軟軟地蹲在了竹籃邊。

5

苗家爹從正街回到家，星星都已出來了。西街上青光寬厚，腳步聲響出悠長和遼遠。到家裡，媳婦問說給大女婿說了嗎？他說閨女還疼吧？媳婦說睡了呢，喝了一碗稀麵也就睡了呢。說話間，有人在敲門，媳婦去開門，迎來的竟然是李林。

苗家爹還餓著，不知道四閨女的事情該怎樣進展和結尾。大女婿不在家，所謂派出所的親戚，也非近親戚，不好貿然去找去商量，便為去正街白跑一趟有些後悔了。可是這時候，李林偏偏來了呢。他提了滿滿一籃洋雞蛋，比他去正街提的多得多，還又有兩瓶麥乳精和奶粉之類的補養品。他一來，苗家爹心中反而旺了火，對事情的結局似乎明瞭了。他坐在屋子中央不動彈，李林把東西放在桌子上，低頭悲悲道，苗哥啊，我李林來給你賠罪了。

苗爹不說話，把臉板下來，望著門外的星光和月光，把菸抽了裝，裝了抽。李林坐在苗家爹的正對面，相距幾尺遠，說到眼下，老二都還沒有回家呢。找不到，沒回家，我就知道這畜生沒有做下好事情。說是他沒做好事不敢再踏家門了；說我李林一輩子小心做人，小心做事，生這麼個逆子敗壞門風，傷天害理，回來扒幾次皮下來都不消氣解恨呢；說等老二回來後，我定把他送到你家門上來，任殺任剮，我李家一滴眼淚都不掉。

到這兒，苗爹說了話兒了。

說，我不打他，咱兩家無冤無仇。

李林臉上掠過一層月色青。

你是他伯，沒有這事，你想打他也該打他呀。

苗爹冷笑一下子，你教育的娃，哪容別人碰碰啊。

李林用手在臉上抹了一把，把頭低下去，說苗哥你長我兩歲多，你把口水吐到我臉上我都沒話說。

苗爹哼了一下子，把菸灰敲了去，說我苗家在村裡無依無靠，吐口水也要撿個地方哩。

李林說，李家在皋田也不是大戶人——這次就是老二死了，李家都不會心疼；可姪女才十四，我做叔的一輩子對不起這個姪女兒。這樣說著，李林朝屋裡看了看。苗爹猶豫一會兒，說娟子在那邊屋裡呢，李林就從苗爹身邊繞著朝西屋走去了。

正堂屋裡僅還餘著苗家爹。他媳婦一直在灶房給他燒著飯，這時候，他悶坐一會也進了西屋去。屋裡燈光昏黃著。在那昏黃裡，苗爹因為向李林說了那些譏諷話，李林也都認下了，心裡也便平靜下來了，對李林有了同情心。想那幾年前，他去鎮上李家鋪裡退鋤時，人家不也最終又給換了一張好鋤嗎？想想那鋤兒，覺得和李林到底是一條街的人，兒子畜生，可李林還是一個好人哩，也就同李林在西屋站一會，看老四已經面裡睡著了，就都又輕腳退出來，搬兩張凳子放在院中央。月光一絲一縷著，飄得有聲又有響。已經是走夜時候了，山梁上有寒氣襲過來。村落裡的靜，能聽見村外莊稼生長的吱吱聲，如小麥都在街裡街外的路上走。還有這季節新生的瓜和菜，也在河邊私私竊竊說話兒。吸了一根菸，又吸了一根菸。到末了，李林堅定地說，苗哥呀，老二是畜生，他不是人，你讓他蹲監吧！姪女她，她要覺得我的誠，就讓她認我做個乾爹吧。

苗爹歎口氣，也就溫溫和和說，老二無論在哪兒，你都別讓他回村裡，大女婿脾氣暴，又有親戚幹那法律的事，知道了事就鬧大了。

李林狠吸了一口長菸後，吐在月光裡，說苗哥，我不饒老二，你也別心軟，讓他住幾年，是對他老二好。

苗就說，你就這一個獨兒子，我也不能把路走絕呢。

李也說，看看姪女，你把我家路給絕了也應該。

終於到了沒話時，兩顆心便通著了。李林取出五百塊錢來，藉著月光放到苗家爹的身邊兒，說先讓姪女看著病，三天或五天，我再送錢來。還說這錢與老二那畜生無干係，該打就打，該罵就罵，該判就判；這錢不是為了老二來減罪，是他李林做叔的對姪女的一點心。

不在錢，在話兒。苗家爹有些感動了。錢在他坐的凳下邊，一疊兒。他把錢從地上拾起來，遞去放在了李林的膝蓋上。

說，你拿去，錢，我家有。

李林把那錢拿在手裡重又伸過去，是嫌少？

苗說，一萬十萬都不多，一分半分也不少。

李說，我明兒再送一千來，都在鎮上鋪裡鎖著哪。

苗又說，再送五千我苗家也不能接。

李林有些僵著了，說政府判了後，賠多少我都會拿出來。

苗爹瞄了一眼那疊錢，說要錢我能對起我家老四嗎？人重要，錢算啥！

李林又把那錢朝前伸一段，說這是侄女的一點醫療費。

苗爹說，明傷好治，我家花得起。

李林是明白這話的意思的，說，苗哥，那畜生任抓任打都由你，這錢真的是我李林對侄女的一點心，你要不接，就是心裡不肯容我李林了。說著話，他又把那錢放在凳子下，站起來，欲走要走了。苗爹還要退那錢，看李林臉上極過不悅了，也就任那錢就在凳子下。李林夜就走。開了院落門，將李林送至門外邊，見月光漸淡，街胡同黑下一片又一串，苗爹忙說等一等，回屋給李林取來一支手電筒。

手電筒光亮一柱兒，李林打著電筒回家了。

6

一夜無話。

來日裡，苗家爹一早去了田裡轉，回來見村裡有人議論啥，走上前，人人對他都親熱，問老二老三在學校成績和花費，誇他女兒有了前程了。沒人提及老四的事。沒人提，但苗爹心裡的影兒並沒消失哩。女兒剛十四，長大該如何？告了他李家，似遠了人之情；不告他李家，又顯得苗家怯弱和無能。鎮人們不知倒尚好，知了誰還瞧得起他苗家？放長遠眼光去，三年五載後，老四又如何嫁人呢？就這樣憂憂慮慮回了家，早飯時苗爹端起碗，喝幾口湯水又把碗推在腳下邊。

媳婦走過來，說事有事在，飯得吃哩。

他說我哪還有心思吃飯呀。

媳婦在他面前坐下了，也還是昨夜李林坐的地場、坐的凳子那，她坐下許久後，說了一句話。說李家的老二日常看上去精精靈靈，咋會這樣兒，實在是鬼上心頭了。

苗爹鎖了眉。

她又說，若不是這事兒，結門親事倒也好。

他就歎了一口氣，說千古恨呀，千古恨。

媳婦就走了。他想那李家老二姊弟倆，女的嫁了，老二讀書，日子風順雨順。沒考上高中，李林是要出錢供兒子複讀的，可兒子礙了面子，不肯再讀，就在家裡賦閒賦賤。閒著閒著成了大人了，有次苗爹去井上挑水，他在井上，還替他從井裡攪出了兩桶來，說話做事，倒都像讀過書的人。那時候，他想李家就這麼一個兒子，人好房好，不愁成家立業。想過自家老二或老三，哪一個考學落榜，回到家裡，不妨和李家結門親戚著。

沒想過老四。老四還小哩。

眼下他想了。

想的當兒，有人從門口走過，說他大女兒和女婿回了，在街口那頭和人說話。出去望了，果然女婿和女兒回了，推一輛車子，正朝這兒走來。讓媳婦趕忙舀飯，烙饃炒菜。在門口接了他們，問說怎麼一早回呢，女兒說看爹昨天像是有事，放心不下，叫著男人從城裡來了。

飯是在院裡吃的，就著一張小桌。

吃飯時女兒說家裡出了啥事？娘要說啥，苗爹瞪了一眼，說沒出啥事。女兒問四妹上學去了？他說一早走了，便就平靜吃飯。這時候，苗家爹坐了一會，到門外立在門口，臉上有些慌張，過了幾個下地的村人，他想過去說話，又覺不妥，彼此幾句閒言，他就往李林家裡去了。

李林家只李林在家。

他走進院內，先咳了一下，李林迎出門來，臉上有層驚白，笑著要去給他盛飯。

他說，我吃過了。

李說，吃塊饃吧？

他說，人都不在？

李說，還沒找到老二。

他說，沒找到倒好。

李給他端過一張凳子，疑著疑著看他。

他說，老二娘呢？

李說，去親戚家找了。

他說，你也出去躲躲，我女婿女兒回了，知道了要鬧出大事。

李林怔著不動。

苗爹說你立馬出去躲躲。說了這話，他就往外走了。沒有忘記輕手關了李家大門。門外正有人趕著羊群走過，問吃過飯了苗叔？他笑著點頭，說來李家讓李林從鋪裡捎回一張好鍁，聽說李林從洛陽買了一捆鋼鍁。

通知了李家，苗家爹臉上沒了慌色，在村裡走得不緊不慢，心裡盤算回去如何向女兒女婿說破。女婿脾氣不好，和他女兒沒結婚時，在鎮上和人家打架，打斷過鄉下人的胳膊，在派出所關過幾天，因有親戚在著，沒受啥樣苦兒，倒是罰了款的。料定他不會放過李家，就想李林一走，大門鎖了，事情就好了許多。

可回到家裡，院內的小桌上飯還剩著，桌上空無一人。屋裡有嚶嚶哭聲。他立在小桌前面，女婿從屋裡走了出來，把大門關上，在桌前重又坐下。

太陽正高，紅燦燦照在院內。

女婿說，爹，這事咋辦？

他說，啥事？

女婿說，四妹的事呀。

原來都已知了。苗爹坐將下來，看看上房，看看院落，臉上的難色蠟成黃的一層。

女婿說，告嗎？

苗家爹拿出菸來。

女婿說，告他我去找人。

苗家爹慢慢點菸。

女婿說，或者把那畜生給他廢了，可這也不是解決的辦法。

苗家爹有些驚疑這話，盯著女婿的臉。

說，你說咋辦這事？

問，是李林家老二？

答，是李林家老二。

問，承認吧？

答，承認哩。

問，是街西最高房子那家？

答，就是他家。

問，鎮上的農雜鋪子是他家開的？

答，你知道，開了幾年哩。

問，他家老二多大？

答，十七。

問，就這一個孩娃？

答，大的閨女，人都嫁了。

要這樣，女婿停了一下，拿筷子在飯桌上的水漬裡畫著。畫了許多圓圈。畫著說事情已經出了，最好的辦法就是讓老二和四妹訂婚。

苗家爹盯著女婿，日光在女婿臉上照得微亮，他說話時候，臉上的亮光如在日光中動著的微水。苗家爹好久不語，等日光從他臉上移去，院裡桐樹的影兒移了過來，苗家爹動了坐久的身子，說李家會同意訂婚？

女婿說，由得他家？

他說，訂了，這事也就過了；怕李家拖久了後悔，到那時拿李家沒有法了。

女婿說，早些把婚結了，料他李家不敢對四妹不好。說就李家的景況，四妹日子是不會過得差的。說完這些，女婿又端起了喝了半截的湯碗，喝著說，我和李林共過生意，這人倒是不錯。

苗家爹說，李林不錯，但我家要先說出這門婚事，苗姓也就賤了。

女婿把碗停在嘴上，說當然得讓他李家先說。

7

女婿來了一晌，也就走了，說明兒鎮上集日，粉絲得一番晾曬，不曬一些焦乾樣品，都是潮潤柔韌，不便去賣。苗家爹就讓女婿走了。女婿的話差不多在他心裡正式有了贊同。出來把女婿送至門外，待人影走失，苗家爹才放低眼睛。始料不到，幾年生意做過，女婿竟能說出一番話來，一層道理，和他苗家爹的意思完全合和。想這哪兒是被人收管過的人哩。且臨別時又說，凡事都由爹你拿主意。需要我了，叫一聲就來。

苗家爹感到安慰。

站在門口，望望身後的耙耬山脈，見前後左右，天氣晴朗，到處都是日光白雲。雲在天上，又薄又亮，如邊兒毛了卻舒舒展展攤開的白的綢子。黃褐的山梁，染滿了季節之綠，川流不息的是小麥苗的青稞氣息。這季節讓人心胸開闊。出街口走過去一箭之地，就到了自家田邊。地是一個三角，上狹下寬，掛在梁腰，如一面旗幟。田地並不上好，可莊稼長勢不錯，豐收有望。一筷高的小麥，差不多罩了地面，稍遠就不見了地的褐色。苗家爹就立在三角地的頂上，青稞氣一陣一陣撲來，浸人心脾。昨天開始在心裡積下的鬱悶，開始漸著一點一點化開。想女兒雖然不幸，若和李家結了秦晉，也不失為一樁好事。李林這人，說到底雖然精明，但沒失良善，莊稼人的本分，還都在他身上留著。比如換鋤。比如昨夜他的誠懇。比如他放下那五百塊錢有點發抖的手樣。再者去說，也不是如自己樣一味的莊稼人的本性，一個鎮子上的繁華，亂亂得沒有綱目，許多人倒也忽然發了，可也有許多人只見終日忙碌，並未見有錢存著。倒是李林，你們都趕那風口上的生意，過年了賣衣，季到了賣菜，沒個四季營生的穩妥。李林開始都認定了賣這農雜，繩和鞭子，鐵鍬和鋤，犁和耙兒，鐮和斧錘。以為是些時節冷貨，卻因為獨此一家，開門都見生意，沒有擠門的紅火，也沒有關門的冷落，日子過得如水從門前流過，山在房後依靠。相比起來，以房舍為本，有人比李家蓋得豪華，也更有人遠遠不如李家。

李家確是殷實的日子。

也許這就是老四閨女的一段姻緣？

從山梁上下來，見了洪文鑫和兒子又去梁下鋤地，覺得李家的老二如何不好，終歸比洪家老大好些。洪家老大傻著，不是最終也得有人嫁他成家？沒有和洪家說話，卻是看著他們父子朝後梁去了。後梁溝裡，有洪家的菜地。看見洪家老大到山腰那一片槐樹林邊，他停腳指槐樹林，給爹說了幾句話兒，洪文鑫在他腰上踢了一下，父子倆又拐彎走了。

苗家爹回了家裡。

大女兒要在娘家住上一段，這時候正在門口候著，說李林家坐哪。問來幹啥？說不管幹啥，我們不能這樣便宜了李家。

苗家爹望著女兒。

女兒說，要他家最少拿一萬塊錢來。

苗家爹扭過臉去，在地上吐了一口惡痰。

女兒說，爹，如今不是過去。

爹說，忙了你回你家去吧。

女兒說，正街上有過這事，一張口要了兩萬。我們只要一萬，對得起他李家了，把這錢給四妹存著，誰都不花，也是四妹的銀行體己。

從女兒身邊回了家裡，苗家爹再也沒有同女兒多說一句。到了屋裡，果然見李林坐在那兒，臉色黃著，說找到了老二，他在姊家躲著，不敢回來，請苗家去人到他姊家，吊著打死這個畜生。

苗家爹說，他無情，我苗家不能無義。

李林說，我遲來了一步，讓女婿走了。

苗家爹給李林一個眼色，兩個人從正屋到了另外一間屋裡，彼此坐著，李林說苗哥，這事不能這樣完了，得讓女婿去把那畜生打上一頓，打折一條胳膊。苗家爹說，事情已經出了，打了能把事情打回？我愁的是老四這輩子如何發落。

李林不語。

兩個人坐著抽菸，從窗裡透過的日光，把煙霧染成金色。有一隻飛蛾，在日光裡飛著，把金色的煙霧衝撞得時斷時續。能聽到飛蛾搧翅的聲音。也能聽到煙霧斷折的聲音，如拉斷一根繡花的細線。坐得久了，李林就抬起頭來，在苗家爹的臉上想了一會，說苗哥，你說如何？

苗家爹說，真嫁不出去，就讓她在家守一輩子。

李林把目光移到苗家爹的手上，說，苗哥，讓我說一句罪話吧。

苗家爹用亮眼看了李林。

李林說，老二有罪，讓老二做牛做馬侍奉你二老一生，侍奉姪女一生。

心裡熱了一下，苗家爹臉上反結了愁雲。他從床上站起，倚在桌上，又蹲在地上用手把頭抱了許久。最後，似乎是主意不定，憂慮十分的模樣，就抬起頭來，說兄弟，事情不由了你我，我怕老二不會像你說的那樣。

李林從地上站起，說苗哥，有話你就說吧。

苗家爹說，老二這種孩娃，沒法讓我信他。

李林也就走了，沒說多餘話兒，從苗家院裡穿過，留下的腳步聲又深又重。

至天色將黑，李林就又到了苗家。苗家人還沒有吃飯，大女兒正在灶房忙著。院子裡的雞豬，響出一片聲音。李林重又來了，又都安靜下來。苗家爹正在墊圈，新土的氣味，粉紅著在院裡飄散，和著圈內的糞味，使苗家很有了日常人家的日常氣息。李林臉上有汗，在落日中閃了光亮，不消說他路上走得很急，也很興奮。他去了女兒家裡，把事情辦得圓圓滿滿。踏進苗家院裡，他便從口袋取出一樣東西，叫了一聲苗哥。

苗家爹從豬圈跳了出來，說，屋裡坐去。

李林看了上房的窗子，說廂房去吧。

苗家爹推開了廂房的屋門，喚說家裡的，你多燒一碗飯吧。

李林沒有立刻進屋，說讓嫂子也來一下吧。

苗家爹就對著上房的窗子又叫了一聲。

苗家的廂房還是草房，原是大女兒的住處。大女兒嫁了，房就閒著，擱放日常雜物，但床還在，桌還在，也還有一張條凳。大女兒回了，仍住這個屋裡。有了客人，也在這個屋裡宿住。屋裡的凌亂，已被大女兒收拾去了。床上鋪了新的床單。條凳也用井水洗了。地上不見塵灰。屋裡光線也好。窗子面西，夕陽過來一束，屋裡能見梁上蛛網的亮色。三個人進得屋裡，苗家爹坐在床上，李林坐了條凳，女主人立在隔牆的門口。靜下一會，李林就把手裡的一個小布包兒端在手上，說他到大女兒家裡，又見老二，罵了一頓，打了一頓，把臉打得腫了，最後就說了他苗家伯娘的情意，說了對老二的不信，說怕老二將來不仁不孝，對四閨女不好，說老二聽後，當時哭了，進到他姊家灶房，竟用菜刀剁下一節指頭，拿著一節指頭回來說，日後他到苗伯家裡，手不勤快，心無孝心，就是這個樣兒；對四閨女侍奉不到，指指點點，甚至動手拍打四閨女一下，也就這個樣兒。

如此說著，李林打開了他手裡的生白布包，剛揭一層，就見了有紅血滲出。一層一層揭去，聽見了血把白布黏了那種絲連的聲音。光線尚好，日色還在天上，屋裡的亮堂，和外面不甚相差，然溫暖是不如了午時。有水色的陰涼襲著。李林把布包揭至最後，就果真露出一節指頭，血都染了，縮成一粒，顯出青色，如了隔夜蘿蔔的一段丁兒。

屋子裡有了腥氣，像推開窗子，晨霧一湧而來，濕潤潤的。苗家媳婦看了那節指頭，臉上白了許久，身子倚著門框，把目光落在了苗家爹的臉上。苗家爹的臉上有了淺黃，如貼了紙般。裝了一袋菸抽，說你咋就能讓老二這樣。

李林用布角把那指頭蓋了，說想不到的。

苗家爹吐出一口煙來，說這孩娃也是性烈。

李林開始包著那節指頭，說斷了也好，讓他記住。

苗家爹問，哪個指頭？

李林說，食指。

苗家爹從床上站了起來，說莊稼人呀，還要幹活種地哩。

李林便把那包兒重又裝進口袋，說，留著它，不仁不義了就給他看看。

苗家爹瞪著媳婦，說還愣著幹啥，快去給他李叔盛飯。李林說不能吃的，家裡燒了，又被苗家爹說了許多挽留的話，也就在苗家吃了夜飯。

8

事情總算有了尾聲。

洪文鑫家裡，正在忙著燒菜。傻老大被打發出門去了。洪家的女人不亦樂乎在灶房叮叮噹噹。李林和洪文鑫對坐在一張桌上，擺了茶水香菸。李林說讓洪老師破費實在不該。洪文鑫說我也高興，哪想到有這樣結局。李林說多虧了苗家人的寬厚。洪老師說，仇還仇，仁還仁，你這次也是讓苗家感動了的。說話之間，苗家爹推門來了，都起來讓座倒水。並又拐了一個話題，說到糧食，苗家爹說今年的年景不錯，雨水豐足，一個耙耬山脈都有望豐收。又說到犁地，洪文鑫對苗家爹說，牛閒了，你什麼時候犁地都行。

苗家爹說，種還早哩。

李林說，啥時兒犁，讓老二李撞去幹。

苗家爹笑笑，說，拾了一片荒地，不知長不長莊稼。

洪文鑫給每人敬了一根香菸，點菸點到苗家爹前，特意把火柴吹滅，又換了一根新的，說苗哥，我敬你的仁厚，犁地時你再不要提那料錢和牛的辛苦費了。

苗家爹認起真來，說那咋行呢。

洪文鑫說，你給我錢，就是笑我不仁哩。

李林說不給也就不給吧，同村人的，接錢也就叫人臉熱。這時候，菜就炒了出來，幾個盤兒，見紅見綠，還有半瓶白酒。三個人用三個空碗倒了，各有蓋了碗底的深淺，碰著喝著。洪文鑫的媳婦，菜也炒得道地，味香色鮮，擺在桌上，極其悅目。三人都是中年，邊喝邊說，沒一人提起那件事情，和沒發生過一樣。氣氛好如這個季節。四月仲春，到處都是溫暖，空氣透明得亮著。邊喝邊說，說了許多話兒。李林說了他鎮上的生意鋪子，一年能賺幾千，把苗洪都給嚇了。村裡沒人知道他有那麼大的賺項。苗家爹說他老二老三，多虧洪老師教時做有基礎，考試都在高中的前邊幾名裡。洪文鑫也說他不教書了，仍改不了讀書的毛病，前幾天讀了一本老書，說清朝時候，有一個張姓的慣偷，被慈禧下旨通緝，他逃到一個山上，到山下村裡偷了一對無兒無女的老人，被發現後，老婦要告知縣衙，卻被老漢攔了，不僅不報，每夜還把吃的做好放在門口，有時夜不閂門，放在屋裡桌上。這小偷得手順了，就專偷這雙老人半年。冬天到了，忽然一場大雪，天寒地凍，小偷又冷又餓，又偷到老人家裡，見門上掛了一捆棉衣，拿走穿了，又軟又暖，十分合體，連棉靴都大小合腳。明白過來，當夜去跪在老人床前，認做了兒子，再也不偷不摸，耕耕種種，孝養二老至送終入土。說有年慈禧路過這兒，知道此人就是當年她下旨緝拿的慣偷，成了方圓百里的孝子以後，慈禧還給老人送了一塊石碑，書仁力無邊四個大字，刻在石上，豎在墳頭。李林聽了這個故事，說有這樣事情？洪文鑫說，當然有哩，就發生在耙耬山脈。苗家爹說，哪個村的？洪文鑫說，西山桃園村的，仁力無邊的字碑，還在馬家的老墳上直直豎著。說這事縣誌、市誌和省誌都有記載，我看的就是一本誌書。

說到這兒，酒也盡了，又煮三碗麵條，各自吃了。收拾了殘羹，擦了桌子，三人靜靜坐著，抽去一根菸後，洪文鑫看著李林不語，目光有了詢問。

李林把目光落在苗家爹的臉上，說苗哥，給姪女說了吧？

苗家爹看著擦淨的桌子，說，透了風兒。

洪文鑫問，同意？

苗家爹說，她還小，明白不了許多。

李林說，咋辦？

苗家爹說，寫呀。

洪文鑫就去裡屋拿了筆墨，取出紙來，把一張七寸寬的白紙單兒鋪在桌上，又回去拿出一張舊報，一本舊印顏帖，隨手掀開，端詳一陣，在報紙上仿帖摹了一個莊字，一個仁字，見筆畫順了，便扯去報紙，在白紙上書寫了起來。他寫得很慢，比過年寫對聯慢了許多。每字的每一筆畫，都十分講究，連李林和苗爹都看得累了。他媳婦替他泡的一杯清茶也都冷了，才把那一張紙給寫滿。

那字是：

婚書

李家老二李撞與苗家老四苗娟娟癸年四月約成訂婚，男十七，女十四，皆為自由，雙方至死不悔。結婚日期，視情可早。婚後男女雙方，相敬如賓，恩愛白頭，孝敬雙方老人，容忍雙方過失，生兒育女，立業為本，成仁愛夫妻，做祥和人家。

最下是苗家爹和李林的落款及日期。寫完之後，洪文鑫先自默念一遍，不見錯字漏字，又大聲朗讀一遍，問還有啥兒，苗和李相互看了，都說滿意，就是這個意思。洪文鑫便依樣又抄出兩份，取出印泥，讓苗李滾了指頭，在三份上各按了自己手印，用嘴吹乾印跡，三人各收藏一份，說了謝話，便都走了。

走時，李林掏出了五十塊錢。

洪文鑫變了臉色，說我洪文鑫是為了這錢？

李林嘟囔了幾句歉話和謝話，最後把那錢還是放在了桌上。

9

臨近秋天，樹葉落時，苗家老四因下身常有女病，下學在家就醫。中醫西醫，有藥則輕，無藥則重，終日不見有癒時候。請了高明大夫，看了又看，最後卻說，還是讓孩娃早些應婚。

苗家爹去鎮上鋪子找了李林。李林說讓他們結婚是了，結了婚，讓姪女來鎮上守著鋪子，又清閒，又乾淨，騰出手來我去做別的生意。

依著風俗擇選吉日，定為中秋那天，過禮納彩，李家進城辦了什盒彩禮，內裝衣料幾色、五顏紮線、糕點果品和一對玉的耳環、一只純金戒指，以示冰清玉潔，心地如金。接了彩禮，苗家給老四看了，老四也都滿意。說起來老二、老三都還在城裡讀書，老四是不該嫁的，年齡小哩。可情景如此，也就當成一件大事辦理，把李家送的婚錢買了衣服和床上用品，砍幾棵樹用火烘乾，做了一路箱桌陪嫁。鎮人街人，也都知道根底，越加同情，都送了許多物品添壓箱桌，如衣物、首飾、梳妝用品，把箱櫃裝得滿極，桌子抽屜裡都塞了單子、被面、毛線等。八月十四，男女雙方，都到墳上舉行了請祖儀式。十五這天，半個鎮子熱鬧起來，大街小巷，盛滿了腳步的聲音。

苗家除了讀書的老二、老三還在城裡，老大和女婿，自然也都回家到場，姑、姨和舅家，男男女女，和苗姓同祖，幾十人在苗家院內進進出出。院子裡是門都有喜聯，是樹都有喜字。喜慶一片，紅到爛漫。日色也好，金黃著暖人。為了隆重，苗家請一班器樂，李家亦請一班器樂，都是鎮上有道行的民間樂手。洪文鑫是苗李雙方的總管和主持，協調了許多事情。因是同村同街，百步相距，舊時的轎子沒了，風俗也嫌過時。騎馬在現時流行，有人為了致富，養馬備鞍，專為結婚人家租用。可苗家老四年齡淺小，又有下病，不能騎馬。當然也不能讓步行入門，李家便到城裡尋了在政府做事的親戚，借了一輛副縣長的轎車，不給租金，用後給司機一個紅包，包百元、二百不知，再有一條好菸、一瓶好酒也就齊了。

日出時分，轎車從縣城開來。司機吃了一碗白糖荷蛋，便在司儀的指揮中，從李家開了出來。車走得緩慢，在樂聲中朝苗家開去。

苗家聽到李家的鞭炮，大女婿就吩咐人馬各就其位。抬箱桌的架好了扁擔，放鞭炮的燃好了大香，攙新娘的繫好了紅繩。這時候李家接新娘也就到了。龐大一個隊伍，鞭炮聲、說笑聲不絕於耳。本來就是中秋佳節，洪家、苗家、李家三姓，幾十戶鎮角的皋田人家，都為婚事忙的換了衣服，不忙的也換了衣服。在早飯不久，太陽偏東，日色黃燦，人們就都圍了過來。形勢比過年還陽光氣盛。飛舞的炮紙，震耳的炸響，流盪著火藥的氣味。擠擁的人們，把一條街的鄉村中秋，弄得好生繁鬧。身後山梁上的百姓，前後村落的人家，都立在村頭高處朝這皋田街角裡張望。有的閒人，也竟朝這來了，仿若看戲趕集。

苗家在一切停當之後，忽然出了事故。新娘子不肯離開父母，在屋裡抱著母親哭得死去活來。原來都是說好了的。年齡雖然不大，但這婚嫁都已懂了。自己的景況，也都知道。學校的生理課上，老師也略講過一二。其利害她也明白。為了治病，說到婚事，也都默著認了。可今兒當真離開，她似乎懂了過去許多應答，答得不該，為時尚早，就在屋裡哭著不肯出門。門外鞭炮聲聲，音樂如潮，催得急切，這邊新娘子苗娟，就是不肯走離上房，任人如何勸說。

至尾後，大女婿到院裡找到了苗爹。

苗爹在人群中默著一陣，臉上淺黃，進了屋去。

門外的樂聲停了，實在吹得累極，吹不出新娘，就都歇了下來。還要勻些力氣留著，待新娘出門時一路吹奏。鞭炮也就絕了聲響。忽然靜了下來，看的人們，彼彼此此，互相詢問，也都聽見了上房新娘撕裂嗓子的哭喚，如一條大河流淌，都說這新娘真的懂事，對爹娘親極親極，竟然哭成這樣那樣。

洪文鑫原在李家安排事務，等得急了，也從李家跑了過來。問，咋兒哩？

大女婿說，不肯出門。

洪就說，哭幾聲避避邪氣，圖個吉利也就罷了。不能總哭，那邊飯都涼了。

大女婿說，是真的不肯出門。

怔了一下，洪就讓大女婿去吩咐吹的繼續吹著，鞭炮繼續放著，禮儀繼續準備著。他過去把攙扶新娘的兩個村裡的俐索女人叫到門外，讓她們在院裡等著新娘，說他去把老四叫將出來。

大女婿問，你能把老四叫出來？

洪文鑫說，我教了三十年書，啥兒課都講過了。

便就進了上房。新娘子仍在西屋，洪文鑫一到，先讓其餘人員一概走出，屋裡僅剩苗爹、老四和他洪文鑫。連苗家大閨女也都被安排在院裡等候。院裡人多，幫忙的副司儀、鞭炮手、攙客、送客等，娘家一班人馬，全都木木疑疑地望著上房。李家的一隊接客，也都在大門外望著院落裡。

靜極間，能聽見院內的秋葉飄落。苗家老四的哭聲，和她我不嫁呀、我不嫁呀的低喚，清脆脆從窗裡流淌出來，寒月一樣浸在街上、村裡和村裡人人的心內裡。

可她哭著，聲卻小了。

聲小下來，不再哭了。

洪文鑫進屋有了一陣工夫之後，她竟真的不再哭了。

少頃間，老四苗娟，便從屋裡走了出來。並不冷的，就穿了大紅綢襖，顯了身子的胖感；蓋了大紅頭巾，穿了紅的綢鞋。整個人都綢在紅裡，只有腰裡的一個銅鏡白著，從屋裡出來，她如一顆紅的月亮。新娘不再哭了，可苗娘見女兒走了，沒了哭聲，反倒端端坐在屋內落淚。人們顧不了許多事情，只顧了對洪文鑫的驚奇，一院人望著紅的新娘，也望一邊的洪先生，不知他給娟子上了咋樣的課程，這就肯要嫁了。此時半空起了一聲炸炮。響器班重又吹了起來。攙扶客忙又扶了新娘。紅地氈鋪在了新娘腳下。送客中有了喚聲和千響的長鞭。司儀的喚聲在鞭炮聲中起起落落。

新娘上了車去。

有了大女婿的叫喚，起轎——

最前的一個苗家男娃，擔了一對紅的木盒，盒上有一對紅羽公雞母雞。這是風俗中的雞媒盒兒。雞媒盒兒最前，隨後是一路陪嫁，如桌、椅、箱、櫃、盆架、被褥，皆有人人抬著，均為紅色，連尾後上海產的轎車，雖是紅色，卻又繫了紅花，蓋了紅布，更是越加紅了。響器在車後車前，各吹著一班，笙和喇叭上都繫了紅綢條兒。再後的接客送客，籠統成一個隊形，有時粗成一團，有處細成一線，零零亂亂，亂而有序。大家都為這樁婚事滿意，說苗家嫁妝不錯，說李家捨得破費，還給新娘買了真的戒指。由於苗李兩家，只差一個胡同，挑雞媒盒的嚮導，就被指引著繞到鎮外路上。鎮外的馬路，是當年新修的路道，紅沙墊著，寬展有餘，轎車在上邊走著平穩許多。響器班的，在好路上走著不用留心腳下，就把頭仰在天上，把器樂對著日光，眼睛瞇了，吹得如醉如癡。兩班響器，吹了同一個調兒〈入仙境〉。笛聲鳥語花香。笙聲碧水流長。簫聲清風悠悠。日色的黃亮，在民間音樂的流水上一閃一閃。一路的樹木房屋，都在樂流中盪動不止，潺潺悠悠。

洪文鑫在轎車一邊，夾了一卷紅的氈子。夾了氈子，就是這婚嫁過程的代表，權大威大，讓走則走，讓停則停；讓快就快，讓慢就慢。一路撒散吉利紅帖，做各種習俗儀式。見一古木樁樹，有一個防雨石橋，都用紅氈掩了，至轎車緩過，方取下氈來。這些避邪趨時的作為，都來得仔仔細細，有著講究。至街口一家洪姓，門前是塊闊地，成為村中的飯場。飯場中有十幾棵槐樹，大的碗粗，小如胳膊，洪文鑫都一一用紅氈遮了。有人懂得婚俗，說洪老師，槐樹不用掩的，又不是百年老樹。他笑笑，掩了吧，不費事的。就把沿路的槐樹全都用紅氈遮掩一下，連一棵當年新生的小槐，指頭一樣粗細，也都用紅氈包了。

共遮掩槐樹四十七棵。

終於到了李家。

鞭炮越加轟鳴。響器越加吹奏。整個村街都成了紅的鞭炮的海洋，黃亮民樂的聲韻。人群山海浪潮，湧東湧西，一會兒次第吹奏〈入仙境〉〈進桃園〉，一會兒吹奏〈鳳朝凰〉。人都圍著轎車，等看新娘下車，鬧鞭炮歡叫。村落也就沸了。除了苗、李兩家，其餘都關了大門，集到李家門外，就都看見苗娟在蓋頭之下，臉是黃的顏色。車門一開，五穀雜糧在李家門口散落過來。兩個攙客，像合提一包棉花，架著苗家這個老四，就從人群的縫裡穿進了李家院內。

人群跟著擁了進去。

鞭炮更響，吹奏更亮。

司機是見過世面的人物，獨自在車上坐著抽菸，聽著從李家傳來的拜天地的喚聲，也便完了婚事。

10

入夜，皋田西街的人都來鬧了洞房。

而苗家少了一人，大女兒女婿便留下彌補寂寥。當月亮初升，村落裡一片光明時候，苗家爹在院內設了一桌，上陳蘋果、柿子、石榴、香梨和紅棗。五色供果盛著五個盤兒，中間置放一個精心儲藏多日的西瓜，瓜前豎立一個整整一斤重量的月餅，兩旁又各擺熟毛豆一盤。苗家娘焚了香火，燒了紙馬，拜祭了月亮，大女婿、大女兒也都過來坐在了桌前。

苗家爹說，總算辦了一件事情。

大女婿說，我想在鎮上開一個食品店，專賣禮品、糕點、罐頭啥兒的。

苗家爹說，能行？

大女兒說，你有本錢？

大女婿說，專賣洛陽、鄭州的好貨，覺得準行。

大女婿說，想先借李家一些，不知人家肯不肯哩。

苗家爹說，只要他有，準會借的，都是了親戚。

苗家娘過來分開了月餅，都吃將起來。月亮不消說的圓大發紅，內裡的淡影，如雲樣浮動，吃著看著，短不了說些賞月時年年說的俗話以後，大女兒就和女婿朝家去了。

都過了一個喜悅仲秋。

11

洪家老大去舅家住了一些日子，回到村裡時候，已是苗家李家喜事的三日之後。正值午飯之時，沒有日光，天陰著似要落雨，雲在天空飄飄拂拂。三天前騰起落下的鞭炮紙屑，紅的、灰的、黃的，還散發著它的氣息，在地上貼著一層。

傻老大從舅家提回幾個蘋果，在路口站著，望那一路的炮紙，疑惑在臉上很厚很厚。這時過來一個村人，端了飯碗，提了凳子，傻子問說，過的是八月十五嗎？

那人說，你沒吃月餅？

他說在舅家吃了，我還提回了蘋果哪。他舉起蘋果送給人看，又說八月十五怎麼就放了一村鞭炮呢，不是過年才放嘛。

那人說，苗家的老四和李家的老二結婚啦。

他就站著，臉上木著疑惑，厚如貼上去的紙般。立下一陣，又從地上撿了兩個未響的紅炮，拿著進了街道。

從街道胡同中走來一個羊群，如擁在胡同中的白雲。趕羊的是他的同族長輩。羊群擦著他的褲腿走過時，他攔了羊群，說叔呀，李家老二和苗家老四結了婚嗎？

羊把子說，你爹的媒人。

他說，你知道吧？

羊把子問，啥？

他說，李家老二是個流氓。

羊把子說，回家吃你的飯去。

他就疑著，真的呀，李家老二強姦了苗家的老四。

羊把子從他身邊走了過去，又回過頭來，說你見了？

他說，見了，就在那邊槐林。

羊把子說，回家吃你的飯去，不要胡說八道。話畢，人家追了羊群，要把羊群送回圈裡。他迷惑不解的站著，直看著羊群在村口朝北邊拐去。村街的飯場在街口角上，人們正在吃飯。這時洪家老大來了，提著他的幾個蘋果，拿了舊的鞭炮，來到了飯場邊上。

一個婦女說，去你舅家住了？

他說，你們知道吧？李家老二是個流氓。
婦女說，在你舅家住了幾天？
他說，李家老二把苗家老四的衣服脫得精光。
村人們有的吃飯，有的看他，目光都很專注。
他說，就在槐樹林裡，我去那兒屙屎見了。
村人們說，你看，你爹叫你回家吃飯去了。
他朝村街瞅瞅，不見一人，就又認真說道，真的呀，我親眼見了，苗家的老四要哭，他說了啥兒，她就不再哭了，就把人家衣服脫得精光，放在第二眼泉的邊上，到後來我跑回村子就聽見苗家老四的尖叫了。
街人們不接他的話茬，把飯聲吃得越是響如海嘯。也不再有人看他，不再有人理他。也沒有了人說陰天集市，說莊稼鋤草。洪家老大獨自說了一陣，極沒趣地走了。走了幾步，剛要離開飯場，苗家爹從對面端一碗雪白的撈麵走來。白撈麵中夾了黃嫩的雞蛋，油香的味兒順著胡同竄流不止。看見苗爹，洪家老大也就站下，等他近了，說苗伯呀，我對你說，李家老二李撞他不是個東西。
苗爹立住。
他說，李撞是個流氓。

苗爹的臉熱了一下，說該吃飯了，你回家去吧。

他朝前走了一步，離苗爹近了些許，說李撞欺侮老四，在槐樹林裡。

苗家爹的手就有些發抖，說你娘給你做了好吃的，快回家去吧。

他看著苗家爹的臉色，認真停了一會，說我是證人，親眼見哩，他把老四脫得精光。老四不讓，可他嚇她，就把老四糟蹋在了槐樹林裡。說就在中間那個泉邊草上，還有一地老四流的血哪。

苗家爹的臉上一陣死白，碗從手上掉了下來。白撈麵落在他的褲上、鞋上。飯場上臥了一條花狗，是李林家裡養的，牠慌忙從人群中跑來，去苗家爹的腳上吃著，又舔了他的褲子。洪家老大有些怔了，低頭看了一眼正吃著的狗，用力朝狗腰上踢了一腳，那狗也就尖叫著跑了。

飯場上的街人們，就都圍了過來，替苗家爹撿了飯碗，都說他是傻子，黑言白話，胡說八道。就有好人放下飯碗，快步去了洪家。洪家爹迅速來了，朝兒子臉上打了兩個耳光，慌忙把傻老大往家裡領著。走了又對苗家爹說，我看你後梁上那塊地還硬著，明兒犁吧；犁完了我就賣牛；賣了牛，我就到洛陽去給老大治病去了，趁著這個閒季。

苗家爹說，治病要緊，我借別家的牛去。

洪文鑫說，自己的不用，用人家的幹啥？

就把傻老大領回了家裡。街人們依舊在飯場吃飯，坐著站著，說集市上的物價，說哪兒又多了一個鋪子，說肉又漲了價了，鹽也漲了價了，醋也漲了價了，醬油也都漲了價了。說著時候，就聽見從洪文鑫家傳來傻老大粗糲的哭聲，就都知道洪文鑫在家裡又打了他家老大。打得重呢，傻老大的哭聲長得高得和河水山脈兒一樣。

幾日之後，待苗家用過了耕牛，洪家把牛牽到集市，賣了一個好價，就領著老大到洛陽看病去了。走那天，九月初九，重陽節，選過的日子。隨後近了初冬。隨後冬天來了走了。冬天一走春天來了。春天一來，苗家的老四娟娟也就生了。

是個男孩，取名李社。

三　在レストラソ餐廳

1

尊敬的讀者們，你們閱讀完那篇〈速求共眠〉了嗎？又有怎樣的感受呢？覺得我的寫作極為幼稚、拙笨吧？連用詞造句，都粗如黃土、沙粒嗎？是？還是不是？無論是與不是，都務請你們別過早的結論和評價它。因為那畢竟三十多年前的真實，二十九年前寫就的一篇習作，是我這一生首次把真人真事搬進小說裡的一次初嘗。或者說，是我第一次以虛構為幌子，寫下的一篇紀實非虛構。在許多情況下，一個作家進行寫作時，擺不脫真實的經驗，是他寫不出偉大作品的最大障礙。小說〈速求共眠〉的成敗，皆在於擺脫或不能擺脫真實發生的這一點。好在我們現在不用去討論這些了。我說過，請你不要把它與《阿Q正傳》相比較。它只是要為我們即將的電影作一次稍嫌臃腫的鋪墊。小說中的人物李撞和他的父親，苗娟和她的父母，那個鄉村知識份子洪文鑫和他的傻兒子，以及那個皋田鎮上的所有人，站在街頭的，躺在田野的，蹲在河邊洗衣、汲水的，到鎮上趕集買買賣賣的，有誰會是我們電影的主人翁？我要演的那個男一號，可那個一號又是誰？蔣方舟若演女一號，那個一號又是誰？顧導演，將來這個電影中的某個配角演員而非導演的顧長衛，還有郭芳芳、楊薇薇，還有我已計畫好的非職業的演員們，他們是誰又會被誰去演繹？尊敬的讀者們，你們是不是從《我和生活的一段非虛構》的開始，就已知這部電影將來最大的受害者和受益者了呢？是這樣，受害者就是顧長衛、蔣方舟和其他所有的人。而受益者，僅有一個人——那就是我！是那個欲望極度膨脹了的閻連科。情況真的是這樣，從一開始要拍一部電影的靈感到來至結尾，一切都是我給他人布的地雷陣。人生就是這樣，所有的交往都是泥沼和陷阱，因此才有那麼多人覺得與貓狗交往遠比與人相處更值得。更有真誠的回報感。許多人都知道我和顧的好，相親相愛，摯如兄弟。現在這種親情朋義到了我要收穫的季節了。說真的，我不會讓他當導演，但我會利用並消費他作為導演所有的才華、能力和善良（我計畫等他把資金、劇組都籌齊建起後，就拐彎抹角和他攤牌說，讓他把導演手中的話筒放到我的嘴前邊。至於如何攤牌說什麼話，那個要將他取而代之的我，理由與騙局我都設計好了呢）。我要讓他知道，善良與懦弱，是他一生最大的敵人，而不是他周圍和這世界上的任何一個人；還有蔣方舟，少年得志，慧智內外，那麼，就讓你少年的慧智在這部電影中也成為我名利的銀行吧。楊薇薇、郭芳芳和李靜等，你們各有才華，天賦異稟，那就讓你們的異稟才華都成為我案板上的剁肉吧。

說一點我計畫中的小資訊，對於顧長衛，我不僅最終不會讓他做導演，還要讓他成為我這部電影中不拿任何片酬的配角、邊角老演員。當然呢，我也曾經設想過，我將通過他，讓更多的導演（非演員）如陳凱歌和張藝謀，都到這部電影來客串一下子。馮小剛也是要來的。我會通過我的好友劉震雲（嗨，我這個兄弟呀！），我會讓他把馮也忽悠到我的劇組來。所以說，我的讀者們，今天我們不討論〈速求共眠〉這篇小說好不好，請你們一道和我和他們來討論這部即將的電影好不好，看我是如何把一篇小說、一個事件和一群的真實人物轉化為一部藝術電影的——那部可期待的電影之傑作。

他們就來了——讀者們，請聚焦你們的注意力，他們走來了。

顧長衛、蔣方舟、郭芳芳和楊薇薇，他們做為即將電影的發動機，一部偉大藝術之種子，朝著日本餐廳撤過來。日本餐廳在香格里拉的中廳二樓上，裝修當然是日式格局的素雅、恬靜和弱不禁風的美。杏黃色的木質圓形拱門邊，左邊刻著一朵巨大的紅菊花，右邊寫著一個「菊」字像刀下的血一樣。拱門的圓額上，是日文「レストラソ」幾個字，我想那幾個日文的意思就是「菊餐廳」的意思吧。我是在菊餐廳裡邊的雅間「きくえん」（菊園）隔著雕花窗玻看見他們走來的。一行四人，顧在最前，臉上沒有什麼閱讀後的喜悅，但也沒有啥兒不悅和鬱悶（如我想的樣），「一場閱讀而已」的表情，像走錯了路卻看到一片異景風光樣。因為大家此前都不是第一次到「レストラソ」裡來吃飯，就都熟門熟路，逕直朝「きくえん」走來了。不大不小的包間裡，築高幾寸的榻榻米，中間是下陷的池座和餐桌。四周木質的雕刻牆板上，掛著幾幅日本的浮世繪，牆角擺了日本的陶藝品。別的就沒什麼了。也沒什麼可說了。別的我也壓根不關心。我只關心他們閱讀小說後的反應是否過分失望和絕望，是否會跑出我為他們鋪就的軌道和橋索。還好就在中午十二點半的時間點，他們沒有讓我看到過分的不安和失落。「看了一篇小說而已」——除了顧，別的人臉上也都是著這表情，像他們已經在到來之前交換過意見、排列組合了思想樣。每個人的臉上都是無關緊要的平靜和你好、我好的淡水色。進門坐下來，誰也沒有首先談論小說的長和短，都是說「餓了、餓了、快吃飯！」「餓了、餓了、快點菜。」以此躲避著他們以為我必有的失望和絕望。

這很好。非常好！

穿了和服的中國服務員，進來說了兩句歡迎大家光臨的日語後，就把幾份菜單如我發小說一樣發給大家了。也都翻看著。很快統一味覺，達成共識，決定每個人都要一碗日本味噌湯，一份鰻魚飯和大麥茶，外加幾個日本點心什麼點。在服務員離開時，包間裡出現了片刻的尷尬和寧靜，如雷雨前整個天空出現的瞬間死寂樣。有些過涼的空調風，讓他們有些誇張地都抱住胳膊打了幾個冷擺子。

「好冷呀！」郭芳芳的這句話，是提醒大家該說的總要說。躲不過去倒不如索性說出來。

就說了，當然最先開口的是顧長衛。

「閻老師，你今天不是逗我們大家來玩吧？」問了這句話，顧導臉上那和善的笑，一如千年不變的彌勒佛樣慈祥而自然，既無責怪，也無善讚，說著還朝我面前的杯裡倒了水。大麥茶那濃烈糊焦的香味，迅速在包間漫開來，像石子落在湖中漫開的漣漪般。自然的，又是所有人把目光都投向了我。自然的，我是早有所備，不驚不慌，如城門洞開，大敵當前，諸葛亮在城門樓上彈琴看著敵人般。他們在看我，我又以加倍平靜的目光看他們。而我的平靜，讓他們更感有力和不解，如了罪犯看著法官微笑時，法官對罪犯和法廳的不解樣。

倒是他們無法沉靜下去了。或者說，是我的平靜把他們的平靜擊碎了（擊怒了），讓他們反倒無法在平靜中以同情、安撫的目光望著我，像法官無法面對那個罪犯善良而溫和地微笑樣。服務員很快端來了每人一碗的味噌湯。顧導首先喝了一口味噌湯，再次把目光擱在我臉上，「閻老師，你覺得〈速求共眠〉是一部好的電影故事嗎？」

並不答。我把目光從顧的臉上移開擱到別人臉上去。我要讓他們都說出自己的心裡話，哪怕每人只有一兩句。

郭芳芳：「你把我們都當成電影圈裡的白癡了，就像你小說中洪文鑫家的傻兒子。」

「恕我直言，」楊薇薇在我對面把身子端起坐得更直些，「這小說真的不適合改電影。故事、人物、場地——完全一部農村風俗戲，人家投資這個電影，還不如把錢拿出來撒到大街上。」

「作為小說倒是一篇有味兒的好小說，」方舟說：「中國鄉村某一類民間故事樣的現實寫得維妙維肖，有很強、很強的畫面感。」

終於，就都把話說將出來了。每個人臉上都有了一種如釋重負的輕鬆飄盪著。四份鰻魚飯和一些生魚片、芥末膏，還有兩份壽司也都擺在了飯桌上。服務員退將出去後，我朝大家笑了一下子，依然不說話，首先夾起面前的一塊鰻魚放在嘴裡邊。這讓大家著急了，像大家所有人的話都是錯的謬的根本不值得我一駁一說樣。

顧終於忍無可忍了，把日式上黑下紅的漆筷有聲有響地拍在了桌子上。

「閻老師，你如果是逗大家玩，咱再換個時間好不好？」

我也正經起來了，收起笑如拉開窗簾般：「那不是一篇小說，那是一部非虛構的紀實文學，連其中的人名、地名都沒改。故事中的情節和細節，都幾乎是真的。甚至說，百分之百是真的。二十多年前，我是根據我家鄉的真人真事寫成了〈速求共眠〉的，只是發表時，當成虛構小說發表了。二十幾年後，連發表在哪家刊物我都忘記了。但昨夜我一夜輾轉反側，為這篇小說睡不著，為其中的人物和故事睡不著。」

顧拿起筷子吃起來：「並不是所有的真人真事都適合改電影……」

我從他的話裡聽出了不屑和不敬：「顧導演，我希望你讓我把話說完。別人正說話時打斷別人的話，這有些不夠禮貌吧！」

筷子僵在了他嘴上。他沒有料到我有如此的柔硬和冷利。怔一下，他把筷子再次放在桌邊上，雙手絞抱在胸前，完全端直著身子盯著我，使那端正、肅靜的文明裡，顯露著隨時要和我爭吵、打架的爆發力（這很好。非常好！）。別的人，也都為這突來的僵局怔著了，看看他，看看我，都把表情硬成醬湯色。「我沒有說讓大家把〈速求共眠〉改編為電影。」我也晃晃身子讓自己坐端正：「我要說的是，當年在〈速求共眠〉中強姦了苗娟那李撞，他現在就在北京大學校園內的北邊上。你們誰都想不到，這個已經人到中年的我的同鄉農民工，他因為在北京打工多年，一直跟著一個建築隊在給北大、清華和人大校園裡修修補補，蓋房子，砌圍牆，因為在大學打工，他竟愛上了北京大學的一個高材生，彼此年齡相差二十幾歲，一個是我老家不識幾字農民工，一個是北京大學才貌雙全的研究生，他對人家愛得死去活來，生離死別，窮追不捨，你們說我們要根據李撞在北京的這段故事改編一個電影呢？

「一個最土、最沒文化、又最窮最醜的北方男中年，愛上了中國最有名的大學裡最漂亮、最有前程的南方大學生，他們中間會發生怎樣的故事呢？

「如果這個故事成立並邏輯合理的話，那不是最好不過的一個千載難逢的電影故事嗎？什麼樣的農民才會有這樣的勇氣去追求北京大學的高材生？只有那種貌似頭腦簡單，而實為內心豐富、性格複雜而扭曲的李撞這樣的農民工，別的誰都做不來。而你們看了〈速求共眠〉的小說後，會懷疑青年時強姦了苗娟而成就了自己婚姻的男青年，他到中年時做出這樣的事情不是很有邏輯基礎嗎？

「〈速求共眠〉的故事不是一部好電影，可他是一部好電影的根基和土壤。進一步說，如果李撞在北京大學這異情奇戀的故事被我們寫出來，我們一個真的影員都不用。我們就用……假設就用蔣方舟來演那個北京大學在校的大學生（尊敬的讀者，我們在這兒先不要管這時蔣的錯愕和反應，不要讓她打斷了我們的故事和敘述），我們用劉震雲來演那個河南的農民工（我怎麼會把這個機會唾手送給震雲呢？他只是我的一個幌子而已。別忘了，我的目的是集編劇、導演、演員為一身，要拍一部世界上最偉大的『作家電影』呢），而故事中的其他人，我們也一個職業演員都不用。我們全部用非職業演員——既然李撞在北京大學的天壤畸戀是真人真事，那我們就把他拍成紀錄片樣的藝術片，讓藝術回歸全真實、回歸實生活、回歸生活本身最真實的一切；當中國電影在藝術上越雜碎，票房越黃金的時候，當虛假矯情將成為中國電影的大勢時，我們將最真實的藝術回歸到橫擱在中國電影虛假、輕浮的遊戲前，難道這不是我們這些真正愛電影、愛藝術的人該做的一樁事情嗎？

「不是一樁最有意義的事情嗎？

「怎麼就會料定我們拍不出一部帶有中國電影革命性的片子呢？

「怎麼就料定最偉大的藝術和最黃金的票房不能在一部電影中同時存在呢？《羅馬假期》《亂世佳人》《教父》和《辛德勒名單》等，不是一再證明票房和小金人同為一家嗎？」

說到這兒……是一口氣說到這兒，我才停頓了一下子。若不是想要喝口水，我就還將說下去。我非常想就電影的藝術與票房的統一可行性，作一次長篇大論的演講，就像有時文學讓我的神經錯亂時，我在國內外帶有巨大冒犯的演講樣，滔滔不絕，口若懸河。雖然講到最後自己也不知道自己講了啥，但講話時的快感的確和做愛一模樣。然而說到底，我沒有那樣講下去。理性如韁繩一樣讓我在口惹懸河中勒住奔馬了。做愛一樣的口液噴射應該在那革命性的電影拍完後，而非在這個剛剛起步、一切都還未真正開始的六月十三日。停下我的話，如緊急關了放開的水龍頭，我把目光再一次都擱在他們四個人的表情上，如同用目光去收穫表情的春色般。

他們都為我說的中年農民李撞愛上北京大學最漂亮、最有才華、也最有前程的女大學生的故事吸引了——李撞——就是〈速求共眠〉中，那個在三十幾年前，因為考學不中，退學在家因無所事事，就在皋田鎮、皋田村的泉水邊強姦了一個十四歲的同村少女那個人，在三十幾年後，他又在北京大學因為打工，愛上了一個中國南方的漂亮大學生。人生就像一堆狗屎上的花，或者是一片花草枯落後的荒野垃圾場。一切想把美醜分開的人，實在是蠢得和豬一樣。誰能把愛情和性事分開呢？如果沒有性事之欲望，愛情的動機在哪兒？如果純粹為了性，愛情兩個字和狗屎還有什麼差別呢？世界上除了我，誰都沒有能力把農民工李撞和北京大學女大學生的情感糾葛說清楚。除了我，也難有哪個作家如我這樣對李撞這個人物和其人生更有興趣了；也難有誰可以把李撞的人生命運整理得牆是牆、磚是磚，如壁畫一樣讓人一目了然、又言猶未盡了，不得不跟著我的敘述而追根溯源、刨根問柢了。

顧長衛臉上剛才的厭煩和不安，現在完全（好像）被李撞和女大學生這段不可能又確實發生的故事吸引了。有一種淺淺的會意和驚喜的微笑，如他在庸俗的KTV聽到了深埋在心底的歌聲樣，旋律中那微紅、淡黃、毛絨絨的光亮，伴隨著他的笑容浮在那張總是從容而又隱含憂愁的瘦臉上。而出生在新疆烏魯木齊的楊薇薇，則完全被這真實的故事驚著了，火辣辣的燦然像焦在她的臉上般。蔣方舟和郭芳芳，先前你不覺得她們眼睛有多大，而此時，你才看見她們一旦睜大眼，盯著某個物事和細節，或某段故事的情節和轉折時，那些事物、故事與細節，無論多麼複雜與宏大，也不過是她們眼睛裡的幾線眼絲吧。

「具體點，」顧導說，「閻老師，你把你同鄉李撞和北京大學女大學生的愛情故事說得具體些。」

其他別的人，也都對「具體」的要求，勝過了午飯過時後對餐桌的那種渴望了。

（很好。真的很好！一切都在我的安排和鋪設好的軌道上，雖然有時稍微有些跑偏的事，但很快就又被我拉回到了既定中。）我沒有如他們想的樣，把李撞在北京大學的愛情故事給他們說得有鼻子有眼，具體到如新婚夫妻在床頭、枕下準備的避孕藥和避孕套的產地、廠家、生產日期和有效期及使用方法、注意事項、快感程度和副作用的可能等（難道他們渴望的具體不是這些嗎？難道還有人的純粹與高尚能如晚霞雲中盛開的牡丹花和奔馳向前的白龍馬？）我沒有滿足他們這種帶有性飢餓、窺陰癖般的對奇戀愛情天然的好奇心和探究欲，而是如給他們分發〈速求共眠〉那部小說樣，取出手機，把「收藏」中一個微信號上的「奇聞故事」，群發到了他們各自手機裡的微信上。

「看看吧，」我在屋內大聲地宣布道：「親愛的各位老師和朋友，托爾斯泰因為報紙上的一則女性自殺的新聞寫了世界名著《安娜．卡列尼娜》，雨果因為聽到了一則救贖故事寫了世界名著《悲慘世界》，而我們，難道不可以根據這樁真人真事改編成一部偉大的電影嗎？」

2

蟲凰相愛緣何來，蓮花盛開汙泥香

（原創）二〇一六—〇六—十三　作者：千風萬情

誰能想到，一個來自河南西部山區的中年農民工，會愛上北京大學最漂亮的研究生會是什麼結果呢？

李撞，今年五十一歲，河南西部伏牛山系的耙耬山脈人，據說是和知名作家閻連科同鄉並同村。李撞因其妻子常年有病，兒子連年高考複讀，因給妻子治病與供其兒子高考讀書，都需高昂的費用，致使其家境相當貧困，不得不常年在外打工，天南地北，風霜雨雪，無假日，無親人，五十一歲就如六十餘歲的樣。然而就是這樣一個農民工，因三年前妻子死去，自己跟著河南一建築隊在北京搬磚提灰，撿拾垃圾，竟然因建築隊在北京大學施工，就愛上了每天從工地前走過的電腦系的研究生李靜（真名）。李靜身高一米六七，浙江杭州人，父親為浙江大學教授，母親為杭州某重點高中特級教師，家庭為中國少見的知識份子家庭，她從小學到中學，勤學愛讀，一路優秀，高中畢業時被保送至北京大學電腦系，本科畢業後又被保研在本專業就讀，去年以優異成績畢業後，被分配至北京北四環保福寺橋附近的「二三一工程設計院」，為設計院新技術科最年輕的研究員。因其上班時，每天要從母校穿過，自未名湖北側到北大東門再到研發設計室。而每天在未名湖邊蓋樓搬磚的李撞，偶然一次看見李靜，從工地前飄然而至，又飄然而去，就一見鍾情，為其所動，終於在又一次偶然相遇時，便跪下向李靜求婚，並答應說如果結婚，他可以為其做牛做馬，甚至甘願為其而死……

事情的結果，可想而知。李靜視他為北方農村的一位精神病患者，並不多言，撤著身子走去了。想不到的事情是，這樣數次的攔截和示愛，一而再，再而三，成了李靜的同學們和設計院的同事們的一樁笑柄。為了躲避李撞這個神經病般的攔截和糾纏，李靜從此上班，不再從未名湖邊上走過，而是從校外繞道到研究院裡去。然而，平靜了幾天後，有天落日前，李靜下班回到自己住的小區門口時，如同六十歲的農民工李撞，竟在她居住的潤澤小區門前再次把她攔住了。他手裡拿著一把紅、黃、綠三色相間的條紋遮陽傘，說：「我打聽到了你叫李靜。就住在這個小區的二號樓。你知道吧？這些天我每天收工都在等你和找你。你不從工地路過我像丟了魂一樣。給你說，你打紅傘不好看。紅傘把你的臉變得有點兒黑。你打這一把。這一把顏色亮，讓人的臉和在鏡裡樣。」說著他把那把傘朝李靜遞給去：「我是在中關村大街看了幾百個姑娘才發現這種花傘好看的。接著吧，禮輕情誼重，接著我請你吃飯給你說點事。」

當然李靜沒有接這訂情禮，她本能地朝後退了一步道：

「給你說，你再這樣纏我我就報警了。」

李撞臉上涎著笑：「靜姑娘，我沒有別的想法呢，我就是想單獨和你吃頓飯，單獨和你說件兒事……你要答應我，吃飯不讓你花錢，我再給你一百塊錢行不行？」

李靜朝前後左右看了看，見有下班的人群朝著他們望，這使她有了一種羞辱感。

「滾！」李靜吼著朝小區門裡走。

李撞果真取出一張百元的票子追上去，攔在李靜面前說：「一百不行，我給你二百呢？」

李靜四處望著大叫了：「快來人，快來人！」

這時候，李撞突然在她面前跪下來，從口袋又摸出一張百元票：「給你二百行不行？你別叫、你別叫，我給你二百行不行?!」

李靜一耳光打在了李撞的臉上去，扭頭又對四周的人群喚：「抓流氓——快來抓流氓!!」

故事到這兒，一切的結局都是可以想到的。首都人民哪能容忍一個中年農民工以一把遮陽傘作為訂親禮物和區區的二百元人民幣作為彩禮就向最高學府、最漂亮的女生求婚和示愛？其結果，自然是一群人圍上來不由分說，先將李撞一頓口水和臭罵，還有人將耳光和拳腳落在他的臉上和身上。誰都以為，這樣一頓打罵也就結束了，沒有想到的是，當口水拳腳落在李撞臉上、身上時，李撞竟跪在那兒不躲不動，不張口，不還手，只是死死地盯著人群裡的李靜，像盯著他自己家的姑娘樣。

李靜吼：「滾吧你，再纏我我可真的報警啦！」

李撞堅定地說：「我願為你蹲監去死，你也不願和我單獨吃頓飯、說上一會兒話？」

李靜拿出電話撥了一一〇。李靜在電話上話沒說完員警就到眼前了，因為派出所就在這條街道上。因為李撞剛剛朝李靜下跪時，就有居民把報警電話打到了派出所。一切都是可以料到可以想到的。員警到來給了李撞兩腳兩耳光，用力很大，落下很輕，實指望這種暗示性的拳腳使李撞明白過來後，會求饒道歉然後放了他，可員警沒料到，李撞會對著他們極為不滿地吼：

「你們員警還打人啊！我對她是真心，連害她的一點意思都沒有，你們為啥一上來就要執法犯法打我哪?!」

故事就是如此。當一條蟲愛上了一條龍，一個蟑螂向鳳凰表達愛情時，世界會有怎樣的反應呢？人民和群眾，法律和道德，難道能不為此情憤怒嗎？李撞被員警帶走了。

被派出所的人民警察視為犯有騷擾女性、危害社會治安罪而在派出所裡拘留三天並罰款三千元。但故事的奇葩和反轉，並不僅僅在於一個來自河南的中年農民工，向北京大學的女生示愛和求婚，被公安刑拘並罰款，而在於李撞被刑拘後的第三天，李靜姑娘竟到派出所替李撞交了罰款三千元，寫了事情經過並替李撞寫了保證書，把李撞請到一家飯店單獨吃了飯，談了話，從此二人成了父女（情人）般的忘年交……

「朝雲漠漠散輕絲。樓閣淡春姿。柳泣花啼，九街泥重，門外燕飛遲。而今麗日明金屋，春色在桃枝。不似當時，小橋沖雨，幽恨兩人知。」

宋時大詞人周邦彥善寫奇情別戀，最能體味情中苦澀。不知這位字美成、自號清真居士的大情種，今日相逢李撞與李靜這段蟑螂與鳳凰的異情故事時，該怎樣感歎作詩，興賦填詞。而筆者對這蟲龍蟑鳳的愛情故事，實在匪夷所思，更不能理解貌美才眾的李靜，何以會去派出所贖救出神經病似的中年農民工，與他獨飯獨見，相談相交，並彼此相愛。筆者到派出所去採訪當事員警時，王強（化名）警官看了我們記者證，只對我說了一句話：

「沒什麼好採訪，那個李靜姑娘也是讀書多了，把自己讀成了一個神經病。」

筆者電話採訪李靜時，李靜拒絕採訪，唯一對筆者說的一句話是：「請你們不要打擾我的私生活！」

寫到這兒，筆者不僅要求教微信平台的各位看官，你們說他們怎麼能夠相愛呢？怎麼可能相愛呢？誰能把他們彼此相愛的邏輯、情節、細節與心理告訴我？

如果關心人類愛情、關心「千風萬情」的請掃下方二維碼：

閱讀：7019（微信「強」符號）12　投訴

精選留言

寫留言

zhang zi

我靠，世間無奇事，何為大世界。

山裡人家

世間最好的婚姻，都是最奇葩的愛情

海邊人

果然蟑螂得到了鳳凰嗎？

電影好觀眾

多好的電影故事呀，第五代，上!!!

最努力的作者

文中周邦彥的詞用得牽強附會，作者千風萬情也就是一生努力個「作者」的角色而已。

南方客

我真的是個南方人，李撞無非是個北方豬，李靜你千萬別忘了你是我們南方的一株水仙花，你讓那豬嗅一下，我都感到我渾身都是臭味兒。

……

3

這則微信故事，讓「レストラソ」包間裡的他們都感到一個好的電影劇本就在眼前了。「我操！」——這是大家看完蟑螂與鳳凰的奇葩之愛後，對那故事共同的感受和表達，如共同看到一朵牛糞花的美。至於李撞為什麼會愛上李靜，並敢於向李靜表達愛，而李靜又最終答應與他約會（這就是一部電影中相愛的開始），那些最為不可思議、不可解喻的東西，才是一部偉大電影最意外的伏筆和反轉之神性。

「怎麼可能相愛呢？」顧這樣問我時，臉上的笑如冬日裡的暖陽般。

「看了紀實小說〈速求共眠〉，你不覺得李撞沒有什麼事情他做不出來嗎？」我說：「就文學人物、電影人物言，再也沒有一個人物，能像李撞這麼豐富、奇特、讓人難忘了。」「李撞可以這樣做，」方舟看了大家一會兒，最後問我道：「不說真實的故事，可回到文學、進入電影後，怎麼能讓讀者、觀眾相信李靜也愛上了李撞呢？」

這是所有的文學癥結之所在。也是這個故事最迷人的地方。大家都把目光移到蔣方舟的臉上去，移到楊薇薇的臉上去。因為她們一個是剛從清華大學走出來的女學生，一個是剛從傳媒大學畢業的女學生，經歷和年齡與那李靜都相仿。於是間，就都問她們，在什麼條件下，她們才可以愛上又老、又醜，又沒錢、沒文化的李撞這樣的人？她們當然說打死都不會。可她倆又都說，但作為電影、作為藝術如果完成了這種可能或者不可能，那將是電影故事中最為獨有的人物矛盾和關係，最獨有的愛情之聖曲。並說在一定程度上，這一聖曲的愛情，絲毫不比《鐘樓怪人》中愛斯梅拉達和駝背的敲鐘畸人凱西莫多的相愛更扭曲、更動人，更叫人不能相信、不能不相信而終生難忘。說世界上所有的愛情，都與門當戶對和天生相配無關，而那些真正匪夷所思的畸戀之愛，才是人類愛情之偉大的法庭見證。作家與藝術家，他們在生活中大都追求唾手可得的俗世濫情，而在藝術上，卻追求不可能的扭曲之愛。這也就是所有小說和電影中對男女之愛最為著力的極美之處。《茶花女》《安娜．卡列尼娜》《杜十娘》《羅馬假期》《埃及豔后》《魂斷藍橋》《鋼琴師和她的情人》《愛在瘟疫蔓延時》等，大家列舉了電影與小說史上最為動人、最為獨特的愛情故事，以佐證李撞與李靜的愛情（如可能）將會是世界電影史中又一個最不可思議的偉大故事。

顧：「可是，他們怎麼可能相愛呢？」

我：「這是我的事。如果完不成這種不可能，世界上還要作家幹什麼？」

顧：「能說一點可能嗎？」

我：「我從來不把要寫的故事提前講給任何人。」

顧：「除了他們的愛情外，這個故事別的人物呢？別的意義呢？」

「當然有。」我說這個故事中別的人物是誰，都必須等我寫完電影劇本才知道。別的意義，也需要等我寫完才知道。但目前從這個故事裡，你們難道體會不到除了那驚天動地愛情外，還有以下幾種意義嗎？

1.這個故事尖銳地反映出了中國的貧富差別、文化差別、南北方的地域和鄉村與都市之差別和矛盾，而李撞代表的是窮、北方、鄉村的無文化；李靜代表的是都市、富裕、高教育和中國之南方。

2.反映出了中國經過三十幾年的改革開放，人的精神裂變和觀念的天翻地覆。為什麼李撞敢於向李靜求愛？而李靜又能夠接受這樣的愛情？這也正是所有人想要從電影中看到的中國人的精神之實在。

3.因為故事發生在北京和北京最著名的高等學府，它將折射出中國的社會制度、教育狀況、權力影響及老北京的文化對人的靈魂的侵蝕和滋養，或者是折射出國家的精神裂變在具體的個人身上的突出表現。

除此之外，我又說了很多這個故事的可能之意義。有的大家完全贊同和支持，有的則遭到了強烈的懷疑和反對。但總終達成一致的共識是：一是這個電影非常值得做，大家都希望盡快寫出劇本來；二是在電影的名字上，大家討論了《北大之戀》《中關村之愛》《李撞與李靜》等諸多電影名字後，最後一致決定，還是暫定《速求共眠》好（這個是我堅持的。電影與小說的名字一致，是所有作家的作品被改編電影後他從不忽略的蠅頭小利）；三是要盡快寫出劇本，就必須盡快的採訪李撞、李靜和派出所的民警等等相關人。掌握第一手材料，以分析和條理他們相愛的邏輯、心理和內心的矛盾與糾結，為一個世界上最偉大的電影故事開墾和足備出最肥沃的土地與養分。

就在進行了這些必須的意義與具體實施方案討論後，最為重要、實在的問題到來了。

顧希望我在一個月內完成採訪和創作，交出電影劇本的初稿來。而必須有的田野調查般的採訪情況是，李撞從派出所出來和李靜見面、發展了幾天感情後，突然有一天，他的兒子李社（今年二十二歲，在朝陽區做保安），知道父親因騷擾北大女生被刑拘，他從朝陽區趕到海淀區，見到李撞，二話沒說，朝他臉上吐了一口痰，並在他臉上狠狠摑了一耳光（比李靜的摑打還要重！）。之後第二天，李撞便不辭而別，回河南老家了。而李靜，也因為公司要她出差去上海，順道回老家杭州了。

「那就到你老家河南採訪嘛。」顧導叮囑說，「可以請方舟到杭州採訪李靜去。」

「跑來跑去浪費旅差費，」我笑了一下說，「別電影沒開始，先花了一大筆。」

「這個你別管，包括劇本的合同和預付金，今天回去我就讓工作室抓緊處理和你簽合同。」這些話是在大家飯後離開日式餐廳——那時已經是下午三點多，結帳、告別、握手，最後大家都離開包間時，我和顧單獨留下談的話。

顧說：「閻老師，你說句實在話，這個劇本你準備要多少錢？」我說：「你最多能給多少吧。」

他說：「比上個劇本多一些？」

我說：「最少翻兩番。」

他一怔：「兩番是多少？」

我默了一會咬咬牙：「三百萬！」

他的臉猛然僵黃了：「你今天一天都在開玩笑。」

我說：「這是今天一天最正經的一句話。」

「那我也說句正經話。」顧臉色木青一會兒，再開口說話時，滿臉都帶著譏諷和不屑。「你打聽一下，中國有哪個編劇要過三百萬？」「這個我不管。」我斬釘截鐵，話像錘砸鋼鐵般，「只有你、我知道，我這個電影在中國乃至世界電影史上的意義有多大。一個編劇為一劇之本，可他們得到的報酬卻不到一個演員的十分之一，二十分之一……你覺得這樣公平嗎？而且一部電影公映後，名聲也都被狗日的導演、演員們占去了百分之八十多。」

不知道我說這番話時的表情怎麼樣，只知道激憤如雞血一模樣，在我的脈管裡，罵罵咧咧的快感就像領導、老闆在下屬面前拍桌子。而顧導——這個好人顧長衛，此前一直把我當成兄弟的人，盯著我像盯著一個被發現是一個冒充是他親朋的人。待我激憤完了後，他把目光扭到一邊看了看，「那就先寫出劇本再說吧。」輕輕說完這一句，他就陰鬱、絕情地轉身走掉了。

盯著他高䠷的後影，我追了幾步喚，「可以等我把劇本寫出來咱們以質論價，但你現在得先給我一筆預付金。」

他又猶豫一下轉回身：「得多少？」

「五十萬——你今天打給我，我明天就回老家採訪李撞去。」

他又笑了笑：「閻老師，你搶啊！」

我和善冷冷地：「顧導演，這個真不多。你們給災區扶貧不是也經常一百萬或者二百萬？難道你們藝人就是遠親近仇嗎？對那些真正熱愛電影藝術的人反而斤斤計較嗎？」

靜下來。

先一步走出包間的方舟、薇薇們，都在餐廳的人工溪邊或橋上站著等我倆。他們回頭張望的目光，像在一片塑膠樹和塑膠花的林地看到了真的猴猿樣。「你還是那個帳號吧？」這是我們那場討論的最後一句最為實在的話，從顧導嘴裡說出來，有著足夠輕慢的意味在那話音裡。並且在他的目光中，不再是看我打量我，而是冷冷盯著我。可是我，才不管他的目光和語音呢。一個辛勞思慮種植的季節過去了，該收穫時候我憑什麼不收割、收穫呢？「帳號還是那一個。」說著我還堅硬地點了一下頭，然後他就再次扭頭走掉了，步子之大，如想要一步從北京走到廣州去，就是到了等著他的幾個她們面前時，也沒有淡下腳步和她們說句話，沒有多看誰一眼，就用自己的身子劈裂著她們從她們中間過去了。

四　採訪

1. 李撞

時間：六月十四日　下午兩點三十分
地點：李撞家院內
人物：李撞和我

環境與說明：五十萬元，無論如何都是一個大數目，對於一個作家而言，用兩年、三年乃至十年或八年，寫一部長篇小說，哪怕它又是一部《紅樓夢》，就稿費來說，能掙到五十萬元，那是相當不易的一樁事。早知道我說五十萬，顧就果真在當天給我匯了五十萬，那我應該一張口就要他六十萬或者七十萬。可是，我的操守沒有讓我一張口就要六十萬或者七十萬。說到底，我們都是有底線的人。能要到的就是應該得到的，要不到的就是你的道德以外的。人貴信譽，狗貴忠於。他那麼爽快地給了我五十萬，我就不能不快馬加鞭地坐高鐵回老家為他工作了。為我自己工作了。就信仰或者職責說，我敬信那些能在第一時間就到戰場和災難現場作深度採訪的記者和作家們。

阿列克謝耶維奇是個了不得的人。

每一個獲得普立茲新聞獎的都是了不得的人。

我也是一個了不得的人。接到顧的五十萬，就決定訂票回家了。十四日早上八點半的高鐵，從北京西站到洛陽龍門站。有了這五十萬，我沒有猶豫就給自己買了商務座。行程三個半小時，午時十二點就到洛陽了（三十年開放的成果，原來都被高鐵搶載了）。下午一點我就到了我的老家皋田鎮的皋田村。自然是先回家去見老母親。在村裡，一路上享受著鄉親們給我的榮歸故里目光和問候，到兩點二十分，在家裡吃完了母親親手為我擀的撈麵後，兩點三十分，就到了李撞家裡去。

這是一個在村西偏北的舊宅院，十幾年前蓋的紅磚平房已經顯得陳舊、破敗了。蓋起後等待泥粉的牆壁因為漫無盡期的等待，顯得更加粗糙和陳舊，破角爛邊的牆面上，如過早落齒退齦的牙床般。李撞的母親已經八十多歲了，見我後自然顯出我家鄉人的熱情和驚喜（是不是我的到來讓他們家裡蓬壁生輝了？），端茶、倒水、讓凳子，還取出一碗花生放在院中央的小桌上。

而李撞（真的是過早顯老的中年人），剛過半百，就像六十幾歲樣，多皺的方臉上，穿過厚極的枯黃，才可以看到皮膚裡深埋著的肌紅，但他那雙警覺的眼，很長時間才眨巴一的雙眼裡，熱情和精力，確是掩蓋不住、躲藏不住的。牙齒都是泥黃色，和他的皮膚相當協調和一致。一米七幾的高身子，有點瘦削但有一種憋不住的力量在那筋骨裡。和我握手（還握手）時，他手上的繭刺掛著我的手心如掛在綢上樣。他穿著在北京大學商店買的印有「北京大學」四個字的圓領白汗褂，一個我們村人很少有人穿的前後有著六個口袋（大口袋上邊還有小口袋）的灰色制服褲，時尚就像民國時期人們鑲牙一定要鑲純金門牙樣。看見我他先是怔一下，隨後就脫口而出道：

「連科，你跟的好緊呀！」

我把從我家門口小店買的一箱三元牛奶和一箱康師傅速食麵朝他遞過去（這是我老家見人送禮最常送的實在貨）。他接了，還說「你這樣破費幹啥呀！」可接著，經過寒暄與應酬，我們在他家院內坐下後，有兩隻母雞走過來，他剝了兩顆花生餵了雞，又把他八十多歲的母親打發走掉了。

我看著走去的老人的背影，有一種莫名的對人生的感慨升上來（這個在三十幾年前為兒子的強姦犯罪提心吊膽、結果卻迎來了一房好媳婦的老人，在這幾年裡，她的老伴謝世了。那個對她百依百順、勤勞賢良的兒媳苗娟也在三年之前離開了她，離開了這個家，讓她的兒子成為鰥夫了）。出門時她把院落大門隨手關合著，就把她的人生和我的思維割斷了，把我和他的兒子（還有兩隻雞）圈在了另外一種人生裡。

如此的，對李撞的採訪就這樣在意外的順或不順中間開張了。

李撞——

「我知道你從北京追著我回來幹啥兒。」是李撞首先開口說話兒，聲音粗啞，不高不低，但語調像他在工地搬的磚樣有稜有角，硬硬堅堅，既是堆成一堆也還顯出一磚一塊的齊整和邊沿。

「——我知道你想採訪我。你想寫我和北京大學李靜姑娘那事兒。你想把和李靜的事兒寫成文章掙錢吧？

「對你說吧連科弟——我比你大一歲，你應該叫我哥。可你仰仗你是作家，有頭有臉，在咱們村你每年回來見到我，從來沒有叫過我一聲哥。你和別人一樣瞧不起我。在大街上見到我——細想想，算一遍，這幾十年你都沒有叫過我一聲哥。幾十年你都是『李撞』——『李撞』——幾十年你都直呼我姓名你知道不知道？你從來沒有覺得吧？那是呀，你已經不是從前那個皋田鎮、皋田村的連科啦。小時候，你和我一塊去放牛，星期天到後山坡上你的牛丟了，是我跑幾里路把你的牛給找回來，還又替你把一籃子草給割得滿滿當當，這些事情你都忘了吧？

「現在你弄大了哩，你當然不記啦。

「每年過年縣長、書記都到你家來拜年，你哪兒還管村裡娃兒時候的事；還管這雞屎種菜、牛糞當柴時候的事！人家說，你不光在咱縣有名聲，在省裡、北京都有一把名聲呢……弄大啦！大得壓根兒瞧不起村裡的人和村裡的事情啦。聽人說，你寫的文章沒有一篇是說咱們村人、鎮人的好，全在賣咱村人的孬。你是靠賣咱村人的孬處換了名聲的。靠賣中國的孬處才有名望的……真是這樣嗎？這不是我說的。是別人說的呢。我在村裡、縣城都聽人這樣說過你。在北京也有人這樣說過你。

「有一次，你在北京大學講課呢，因為是你講，看見牆（海）報我就換了衣裳和皮鞋，過年樣穿得潔素齊整，混進了那個會議室。在最後一排的牆角上，聽了半天你講話，也沒聽懂你到底說了啥。可我聽我前邊的學生把你議論了，他們也說你是專揭中國的短處才有了名聲的。

「真是這樣嗎？兄弟。

「兄弟，今天你來不是為了來揭你李撞哥的短處吧？要是了，咱兄弟就無話可說啦。你走你的陽關道，我走我的獨木橋。要不是，咱倆還可以在我家裡坐一會，拉拉家常說說閒話兒。可你得直直正正告訴我，你到底是不是想把我和李靜的事兒寫成文章才來找我的。

「對啦、對啦——有一樁事情過去了二十幾年，我忘得精光精光，現在又忽然想起來。想起來我就應該問問你。人家說——我是聽人說的呢。誰說的我也忘了呢。想起來我也不會告訴你。人家說，二十幾年前，你那時候還在部隊握那筆桿子，現在你是在那人民大學吧？教授呀！真的弄大了，教授的工資那可不是小數目。還說二十幾年前的事。二十幾年前——人家說，那時候你把我和你嫂子苗娟的事情編成故事寫成文章啦？

「真是這樣嗎？

「到底有沒有這回兒事?!

「人家說——看了那故事文章的人告訴我，說你把我寫成了強姦犯。說我是在村外泉邊強姦了你嫂子苗娟的。說我強姦後，怕蹲大牢，嚇得不敢回村躲到外村我姊家，直到洪文鑫老師出面說合謀畫事情才了結。說你的文章故事裡，寫你嫂子苗娟被我強姦後，在家裡哭得死去活來，她家人怕壞了名聲一輩子嫁不出去，我家人怕苗家人告狀把我關進監獄裡，在這兩怕裡，洪文鑫把我爹和我老丈人叫到一塊吃頓飯，一謀畫，就決定讓我娶了你嫂子，這樣就皆大歡喜，壞事變成好事啦……真是這樣嗎？你真這樣寫的嗎？你不會這樣沒有良心、沒有德行吧？我和你嫂子是從小訂親，兩相和好，這全村人有誰不知道！連科呀——連科兄弟呀，這事兒你回去問你娘。我結婚時候還是你娘做的挽媳婦的事上人。我和娟娟那時候都到了年齡上，我倆在村外偷偷見個面就叫強姦嗎？她回家大哭是因為她頭疼才哭你咋就寫成是因為我強姦了她她才要哭呢？知道嗎？連科兄弟呀，你想想，不是我壞了她名聲，是你編故事壞了她名聲。壞了我名聲。壞了我們全家名聲呢……到現在，你寫文章壞我家名聲這事都二十幾年過去了。我想發火也發不起來了呢。可眼下，咱兄弟坐到了一塊兒——幾十年來你是第一次主動到我家裡坐一坐，還給我老娘提了三元奶和康師傅。為這奶和康師傅，我啥也不說了。你就告訴我你真的寫過那樣的文章故事沒？

「在那文章故事裡，你是真的那樣寫我強姦嗎？

「實說吧，兄弟呀，你就給你哥說句實在話。如果你真的那樣寫——反正，咱們這兒也沒人能看到你寫的故事和文章。咱們這兒都看《還珠格格》和《白蛇傳》，還有《射雕英雄傳》。你寫的啥都沒人稀罕、沒人看。就像喜鵲在門口樹上叫一樣，聽起來和烏鴉的叫聲不一樣，還有些喜事、喜訊夾在那叫聲裡，其實呢，其實你仔細想，烏鴉和喜鵲都是一類貨。都不是他媽好鳥兒。都是偷吃果子、糧食的鳥貨兒！所以說，我不在乎你在那狗屎文章裡寫我強姦不強姦，何況你嫂子娟娟也都死了三年啦，想在意她也不能在意啦。但你得給我說句實在話，你是不是真的寫了那文章、那故事——因為我還有娃兒哩。我娃兒——你姪兒李社今年又考大學啦。剛考完。要考上大學了，他一輩子也是要在外面世界混事兒。要在外面闖蕩世界呢。他要看見那文章、故事咋辦呢？他邊上的人看了你編的故事都當成真事咋辦呢?!你為了掙錢——你們叫稿費——潤筆費——你為了稿費、名聲你讓別人咋過呢?你讓你的姪兒李社日後咋樣讀書混世界?

「所以說，連科呀。你給我說句實在話，你到底把我和你嫂子的事情寫成文章沒?把我們寫成好人還是壞人啦?咱眼下先說那件事，再說你今兒來的事。

「告訴我，你寫那文章它叫啥名兒?在哪能找到、買到我讓你姪兒看一看，給我念一遍。告訴我，你寫那文章掙了多少錢。告訴我，到底能掙多少錢，你就不念咱們這同村同土的老情誼，要把世界上所有的屎盆子都扣在家鄉人的頭上去。都扣在我的頭上去。都扣在你嫂子娟子的頭上去，讓她死了還背著壞名聲。讓你姪兒李社活一輩子還那麼年輕就開始背這壞名聲。

「說吧兄弟，你到底掙了多少錢?那文章它叫啥名兒……今兒天，都是我在說話兒，你來找我你還沒說幾句。現在輪到你說了。你說吧，現在你說我聽著。

「說吧你。你說我聽著。先說那件事。說完了我再讓你知道我在北京和李靜這檔子事。這檔子事情奇得很。寫出來準是好文章。好故事!寫成書能賣很多錢。可你得先說說你那文章裡編我強姦你嫂子那檔兒事。

「說吧你。輪到你說了。你看日頭都西偏到一拽就會掉下來，輪到你說了。說吧你!」

……

2. 洪文鑫

時間：六月十四日　夜　八點十分左右

地點：洪文鑫家　室內

人物：我、洪文鑫老人、他老伴和他大兒子。

環境與說明：洪家的上房是新蓋的兩層樓，客廳大而亮堂，雪白的牆壁上，左面掛了巨幅彩色八仙過海圖，右邊掛滿了各種鏡框和獎狀。鏡框裡是他們的全家福和他孫子、孫女天真、淳樸的彩色照。各種獎狀是他孫兒、孫女們讀書的成績喜報和獲獎證書啥兒的。正屋的牆壁上，貼了三幅領導人的巨幅像，分別是毛澤東、鄧小平和習近平。在這些像下面，是他們洪家祖先的牌位和遺像，其中最新、最邊上的遺像就是洪文鑫的老伴兒，剛剛下世三個月。白色的對聯都還貼在他家門框上。

他的大兒子，那個三十幾年前，第一個在村頭泉邊發現李撞強姦苗娟的洪家大兒子，有些傻癡症的人，而今完全沒有絲毫的癡症和跡象。他實際年齡比李撞大幾歲，卻看上去比他小許多，人如剛步入中年的壯年樣。看著我和他父親洪文鑫老人說話兒，他懷裡抱著鄰居家放在那兒的一個男孩始終不說話，始終都在笑，只是不斷起身倒水給我和他父親續著水杯子。

洪文鑫老人——

「連科姪兒啊，謝謝你到我們家。你喝茶。要不要在茶裡再放一勺白糖啊？咱們這兒現代啦，待客不光要泡茶葉水，還要在茶葉水中放白糖。不過我知道，你們外面人都怕糖尿病，盡量不吃糖。你喝吧，是綠茶。當年茶，算新茶。謝謝你每年回來都到家裡坐一坐，還總是不空手，不拿這個禮，就送那個禮……

「李撞家的事，我想想，你別急。要他爹活著就好了。李撞很孝順，怕他爹。你要問啥李撞他不說，他爹要讓他說他就得一五一十告你啦。可他爹下世了。死時六十五。惡絕症。李撞為給他爹治病房子蓋了半截就停啦。你看見了他家的房子吧？原是準備蓋兩層樓房哪，正蓋著，他爹檢查出了惡症啦。是肺癌。一知道是癌症，李撞停下正蓋的樓房就去給他爹看病啦。花了十幾萬，到現在還欠四鄰八村的親戚很多錢。人死啦，房也沒有蓋起來。有人說人財兩空、雞飛蛋打……啥話兒！道德呢？仁孝呢？雖說人財兩空啦，可李撞的孝心昭然天下啊。可別看李撞出門一身都是怪脾氣，莽撞人，但他對家人那個好，那可沒說的。爹死啦，媳婦又有病，啥病沒人說得清。縣醫院都沒檢查出來呢。

洛陽的人民醫院也沒檢查出來呢。那媳婦——娟娟是我看著出生我看著長大的；我看著她嫁給李撞的。她一輩子都病病懨懨，從來沒好過。也許是李撞上輩子欠了人家苗家的，這輩子他該還人家。誰讓他年輕時候在那村頭泉邊欺負人家娟子呢。欺負了那一次，他就該還上一輩子！老天他是長眼的。每天都睜眼看著人在做啥兒，誰欠了誰的帳，誰還了誰的帳。別以為現在世道變化啦，良心帳就可以不還啦。老天不答應！老天每天都睜眼看著人世哪。人在做，天在看——這是古人說的話。古人說的有錯嗎？李撞是孝子，結婚以後也是好男人。但他要說他年輕時候沒有欺負人家苗家的姑娘你讓他來對我說。

「他對我從來不敢這樣說。

「他在我手裡有短處。每次見我臉上都是掛著笑——洪老師——洪大伯——見我老遠他都這麼叫著我。年輕時，見我他還會羞慚的低頭繞道走。繞不過去了，還會輕聲說一句：『洪老師，我不是人。可你讓我做成了人。』要說我算是他的恩人呢。可時間長久了，你也不能天天讓人家把你當成恩人呀。我老啦。人家都成家立業啦，只是媳婦每次懷孕都流產，懷孕都流產。結婚十幾年都沒生成一個娃——第一個娃兒倒是生成了，取名叫李社。可那娃兒不到三歲有病夭折啦。後來他們李家為了念記那娃兒，生的娃兒都取名叫李社。娃兒一生沒有呼吸的，也都取名叫李社。直到現在這個李社活下來。算一算，這可能是第四、第五個李社了。也算是老天懲戒他李撞吧。活該懲戒他。誰讓他造孽造在人家那麼小的年齡上。不過老天終歸還是睜著眼，最終讓他家有了一個活李社。還讓那娃人性好、學習好。雖然連考幾年沒考到大學去，可那娃兒有志氣，考不上了還要考。我想總會有一天那娃會考上大學的。要是我教他，也許他早就考上了。可那娃上學前我都不再教書啦。都是老天安排的，沒法兒……現在還說李撞的事。其實自己說這半天都在說李撞。都是在說他家的事。如果有一天我說連科姪，你要寫他了，你不能把他當成壞人寫，他身上有很多善良別人都沒有……比如說……比如說……比如說他爹活著養過羊，過年李撞殺了一隻羊。殺那隻羊時那羊望著李撞掉了淚……從此李撞就不再殺羊啦。那年過年他也沒有吃羊肉……不過呢。李撞他也怪得很，身上有正氣也有邪性兒。他不再殺自家的羊，他殺別家的羊。他爹還養羊，每年過年時，他把他家的羊送給別人殺，把人家的羊牽到自己家裡殺。換著殺。換著殺也還是個殺。可畢竟比自己殺了自己養的好得多。比如說……

「比如說……真要問我具體的，倒一下把我問住了。總之說，李撞是好人，最多身上有些邪性、有些怪東西……可他終歸還是個好人哪！咱們村其實都是好人哪。全世界都是好人哪。比如說，家家都過得富富裕裕，吃穿不愁，和共產主義樣，誰還去做那壞事犯罪呀。誰不知道在家裡溫溫暖暖、舒舒服服要比監獄好！所以說，滿天下都是好人呢。有壞人只是我們不知道那壞人為啥壞。不知道壞人有啥兒經歷、經過讓人壞了呢。

人之初，性本善。性本善嘛——這是古人和老天告訴我們的話……咋兒啦？李撞在外邊又犯事兒啦？

「不犯事兒你會從北京追到村裡採訪他？

「他一定又犯事兒啦。

「不過我想也不是啥兒大事吧。如果是大事，追回來的就不是你連科，一定是公安、員警和派出所……

「可能是一樁奇事吧？對了呢，你們寫作編故事，對奇事、怪事最興趣。一定是李撞在北京有了一樁千奇百怪的事。他不講，我能讓他講——連科姪兒你聽我的話，大方些，給他塞些錢，讓他把他的奇事怪事賣給你。給點錢他還有什麼不講呢？五十不行就一百。一百不行就二百。坐那兒說會兒話，聊聊天，說些自家經歷過的事，還得上二百、三百塊，還有啥兒不講呢？有誰會不講呢？除非是殺人、放火、偷盜、強姦的祕密不能講，別的你給錢有誰不講呢？有啥不能講給你？你圖名，讓村人們圖些利。人家說你寫了一輩子，寫的都是村裡的事，既然這樣你就該給村人花些錢。這不是買賣，可它是禮節。知恩圖報是咱中國人的美德呢。滴水之恩，當以湧泉相報——連科姪兒啊，如果我是你，就把掙的稿費拿出一半給村裡建小學，或者弄個基金會，專給村裡每個七十歲以上的老人辦個敬老院……聽我的，沒有錯。我教了一輩子書——半輩子。半輩子過的橋比別人一輩子走的路還長。經驗告訴我，只要捨得花錢，就沒有辦不成的事。廣告上說的『捨得』——是個酒廣告，可那話是唯一一句今人比古人說得好的話——只要你捨得錢，就沒有李撞捨不得講的話。一百不行給二百。二百不行給三百。三百再不行，你給他五百塊！憑空說話讓他掙五百，他有啥兒不講啊！在北京、在廣州、在深圳，他搬磚提灰，累死累活，一天不也才掙上一百嘛……

「對了。你就給他五百塊！你們寫文章的講究……講究……講究生活呢。既然文章靠生活，就給生活五百塊。給他李撞五百塊。給他五百說不定你能掙一千。說不定你能掙兩千。最後算算賺的還是你。又有名，又有利。有名有利你為啥不大方一些呢？就給他五百塊。給他五百和他李撞聊會兒天，我就不信他李撞不把他的故事講給你……」

……

「就走了？不再坐一會？」

……

「那我不送了……慢些啊！天黑你慢些，今夜兒連個星星也沒有……聽我的，你就給他五百塊！給他五百塊他會把心掏給你……」

3.李撞

時間：六月十五日　上午九點十分

地點：李撞家　院內

人物：我、李撞和他的老母親

環境與說明：是陰天，但也不是那種陰雨天，只是霧霧霾霾，空氣中有一股焦燎味。那時候，北京的霾天已經嚴重到人人上街戴口罩。大街上的霾空中，噘著豬嘴的白口罩，像無數的半圓幽靈在空中晃動著。可我家鄉的人，只知道世界惡變了，晴天越來越少了，但沒有人能理解霾天是個啥樣兒。我說：「半個中國都是霧霾了，空氣中有種含毒的顆粒物。」「有毒才好呢，」村人們說：「空氣中有毒多好呀，要死大家一塊死，要活一塊活。」我便無話了。更不好追問連六月初夏我老家為啥也有霧霾天。就和李撞坐在那霾院裡（反正屋裡也和外面一模樣。不光李撞家，村裡家家門窗封閉都不好。風俗又是家家白天不關門）。所以我們就坐在屋外院落裡。

李撞他娘在灶台收拾鍋碗，洗洗刷刷，叮噹聲帶著久違的親切和民間音樂樣。門外不斷有人走過去，多會扭頭和我打個招呼啥兒的。我說把大門關上吧，李撞說關啥呀關，我倆又不偷。然後又朝我放在他面前小桌上那個厚厚的信封看了看。

「五千太多了。」他又一次這樣鄭鄭重重說，像他如果要了那袋裡的五千塊，就賤了人品、顯出貪欲了，就有些訛詐、有些欺騙、有些藉機落井下石的嫌疑了。「你再拿走三千塊，我最多要兩千。」說著他去把那信封拿起來，要把那錢重新還我三千塊。

我把他的手抓住制止在了半空裡。

「撞哥，我比你掙得多。還有你和娟嫂那事兒，我確實寫成文章過。掙的稿費比這多。」

他怔怔的盯著我。

「對不起，算我給你和娟嫂的一點歉意吧。」

他把胳膊從空中抽了回去啦。靜一會，又自己去關了院落門，回來坐下默一會，點了一根菸，話就如亂麻中的頭緒一樣扯開了。

李撞——

「無論如何，五千還是太多了。我在外打工，很少有一月能掙五千過……既然你真心，那我就昧著良心把你這錢給收下了。我也不白收你的錢。你想採訪我，那我就隨便你採訪。想知道啥兒我就給你說啥兒。我不讓你白花這五千塊。

「你想知道啥？我和李靜那事兒？那我就直說啦——我知道手機上有人把我和李靜

的事兒寫成文章啦。那文章——盡是他媽瞎扯呢！你想想，我這個熊樣兒，農民工，年齡能做李靜的爹，你說我會去找人家李靜求婚嗎？

「壓根不是那麼一回事。我要知道是誰寫了那文章，逮住他我撕爛他的嘴！剁了他打電腦的手！我的手機上看不到那文章——老手機，諾基亞（他掏出已經磨掉漆的諾基亞手機給我看了看），一百塊錢在咱皋田鎮上買的貨。可工地上的年輕人，一月掙他媽三千塊，都敢拿六千買個蘋果手機耍。他們把那文章看了呢。還念給工地上人們聽。他媽的，工頭也聽了，哈哈笑笑還朝我屁股上踹一腳。『癩蛤蟆！』工頭他罵我。我他媽真想拿起一塊磚頭拍在工頭的腦門上！

「可是咋敢呀！

「拍了他我也得蹲監獄。蹲監獄我老娘誰養活（他朝廚房那兒看了看，老人家正在那兒抓了一把玉米餵雞子）？還有娃子李社咋辦呢？

「不敢咋樣包工頭，我就想去揍一頓那寫文章的人。誰寫的？誰也不知道。要知道，我能告他個誣諂罪。可法院誰理咱這鳥事兒。一個農民工，名譽就像大街上扔的破鞋樣，誰都可以上去踩一腳。汽車司機看見都懶得轉一下方向盤。

「名譽臭了。工地上人人取笑我，我就從北京回來啦。

「人過留名，樹過留影呀——這道理我能不懂嗎？壓根兒不是那回事。雖然你嫂子走了，我沒媳婦了，可我寧可去找寡婦睡，我也不會去找人家北京大學的漂亮學生呀。你知道不知道？北京郊區有專門讓農民工解決那事的老寡婦……我是聽說的，可我沒去過。真的沒去過。我的意思是，我急了可以去那兒，不會把主意打到人家北京大學女生的身上去。何況是李靜，研究生，又漂亮，南方人。後來我知道她是杭州人。上有天堂，下有蘇杭嘛！我咋就會打人家李靜姑娘的主意呢?!

「這事得怪麥子那死貨。麥子你認識吧？你當兵離開家時他還沒出生。可他爹你知道，村東羅木匠家的大娃子。這個羅麥子，這個死娃兒，學習不好，老早就下學打工，走南闖北，見多識廣，一肚子都是壞主意。那一天，就是我出事的一週前，工地上熱得和火爐樣。那一天，我倆正在樓上搬磚運灰——咱他媽笨，一輩子打工都是當小工，做苦活——那時候李靜姑娘又從樓下走過去——一年多，整整一年多，她每天上班都從那工地前邊走過去。我想她是貪那未名湖邊的樹蔭和水才每天都從那兒走過的。走多了，就讓人給記住了。又總是打一把紅的太陽傘，和日頭從陰天、黑天露將出來樣。

「那一天，她又從未名湖那兒走過來。又到了工地前的小路上。麥子就一臉賴笑爬在我臉上說：『撞哥，你看下面那個姑娘漂亮吧？』也是我不好，他一問，我就順著他指的方向朝著樓下看。看了還朝麥子胸上打了一拳頭：『咋？動心啦？』我問麥子說。

「麥子一臉賴笑著：『要叫你睡你睡不睡？』

「我又朝他胸口打了一拳頭。

「這麥子，他竟收了笑，忽然對我說：『他媽的，城裡姑娘一定和咱農村的睡著不一樣。我說李擅哥，你要能替咱農民和她睡一覺，花多少錢我都替你出！』」

「『讓人家和咱睡？』我說：『你哥真的沒有那本事。』他又說：『只要你能和她約個會，請她一塊吃頓飯，飯錢由我出，我再給你一千塊。』

「我沒有說啥話，盯著麥子看了看。以為他是開玩笑，可他臉上的正經和城牆一樣厚；和城門一樣莊重呢。我沒有說啥話。沒說話，其實我是動心了。可麥子以為我不敢，以為我是犯慫了，忽然又說到：『能和她約會一下子，不吃飯，你們兩個哪怕只在路邊一人喝杯涼汽水，我都給你兩千塊！』

「他奶奶，一下就又漲到兩千塊。你知道，在工地上累死累活，人和牛馬一模樣，一月才掙三千多塊錢，刨去吃，刨去抽菸電話費，有時候再兌錢喝瓶啤酒吃根火腿腸，一個月下來難落兩千塊。可這會，只要能和那姑娘約著一塊喝杯汽水就有兩千塊——我就答應啦。我怕麥子他後悔，我讓他先給我一千塊。這個死娃子，流氓貨，竟真的先給了我一千塊。

「第二天，就是我娃子高考後那一天……過程有些丟人呢。現在想著很丟人，那當兒，我壓根就沒想丟人不丟人的事。為了錢，那時候我啥丟人的事兒都能做出來。那一天，說實話我是真心想掙麥子那兩千塊錢呢——那一天，到了那老時候，李靜果真又從未名湖的邊上朝工地走過來。越來越近，就像季節時令越來越近樣，你不抓緊下了那種子，就將錯過一季、錯過一年呀。錯過季節一年就沒糧食吃了啊。她來了，我就早早從工地樓上走出來，藏在路邊一棵柳樹後。她來了，我就猛地閃出來，站在路中央。她怔一下就豎在我面前。

「我說，『咱倆約會一下吧，你有空我請你吃頓飯。』我直直正正說。現在想一想，要拐個彎兒說話就好啦。

「就這樣，她盯著我，臉上說不清那算啥表情，像撞見了鬼樣慌忙朝四周看了看，見四周都是人，臉上那表情又恢復到往常一樣了：

「——『你是誰?!』她很大聲地問，和我是賊樣。

「——『我叫李撞。在你們學校幹活兩年啦。沒啥邪意思，就是想讓你陪我吃頓飯，不讓你花一分錢。』我直直正正、死乞白賴地笑著說。人家斜我一眼睛，就從我面前撤著過去了。

「我又追著喚：『一塊喝杯汽水行不行?!』

「人家回頭罵了句：『神經病！』

「就走了。事情就這樣。這時候麥子從我身後走出來，大笑著要我還他給我的一千塊。我咋兒捨得還他呀！他的兩千塊錢我都在我心裡排上用場啦。兩千塊，我才拿到了一千塊。那一千還沒拿到呢，我咋捨得還他這一千？『還有明兒呢，』我對麥子吼：『明兒天我要不能約上她吃頓飯，或者喝杯汽水吃個冰棍啥兒的，我不光把這一千還給你，還再多還你五百塊！』你聽聽，一串兒都是打賭的話。都是氣話兒。可事情竟成真的啦。沒想到麥子和我一樣認真啦。

「『你要約不上，不多還我五百你是孫子啊！』麥子說。

「我也更加認真了：『我要約上你後邊那一千不給我你是重孫子！』我對麥子吼。

「他就盯著我：『好！約不上不多還我五百你是我孫子。約上了我不把那一千給你我是你重孫子！』

「事就這麼僵住了。

「騎虎難下了。可偏偏後邊好幾天，人家李靜姑娘不知是過星期天，還是知道我們還會纏人家，人家上下班都不從未名湖的那兒走過了。我們等呀等，等得眼珠都疼了。上班時間等，下班時間等。功夫不負有心人——幾天後的黃昏我們從工地上下來，我去學校門前的沃爾瑪裡買啥兒——買個球，瞎轉悠。沃爾瑪裡的東西咱哪能買得起？就是瞎轉悠。這一轉悠，就看見李靜姑娘從沃爾瑪商場出來了。還是打了那把紅的遮陽傘，手裡提了一兜水果和零食，這樣我就跟著她，盯梢一直從北大西門口的沃爾瑪，盯到西門南邊的胡同裡。原來她並不住在校區裡。原來她畢業分在北四環一家啥子公司上班呢，買房住在北大西南中關村西小街的潤澤小區裡。找到她住的地方後，我想那兩千塊錢我百分之百掙到手裡啦。慌慌張張回去找到死麥子，告訴他我找到李靜的住址啦，說明天我一定約她吃頓飯，最少讓麥子看著我倆在路邊的那兒喝杯汽水或吃個霜淇淋。人家是城裡人，咱得請人家吃個霜淇淋，吃個冰棍多他媽沒有檔次呀。丟咱河南人！

「我讓麥子把另外一千塊錢準備好，說和她一約會，他就得把另外一千塊錢給了我。

「這麥子——也是把我往死牆角裡逼。『好！』他說，『你也把你那五百準備好，約不上就還我一千五！』

「就是這樣兒。整個一夜裡，我都沒有睡好覺，都想著咋樣約上她，第一句話兒說啥兒。第二天，在工地幹活都沒心思幹。上班時，她果然沒有再從工地下的未名湖的邊上走。下班時，我和麥子就提前溜到中關西東小街潤澤小區門前的街心公園裡——啥公園，就是幾棵樹和幾個花池子，地場還沒有我家院子大。差不多。大也大不了幾巴掌。我倆藏在那，落日時分她就果然從中關村西小街的口上走來了。老樣子，打個紅的遮陽傘，個不算太高，可人還是很漂亮。真的很漂亮！不是咱農村人見了城裡姑娘那種籠籠統統誰誰都漂亮。她苗條瘦巧，漂亮得如野草坡上突然竄跳出來的一枝花。那紅傘的光亮照在她臉上，就像一早的日光出來落在咱們家的老舊窗上樣——就來了。越來越近了。

我手裡捏了一把汗。那汗越來越多，像我抓了一把水。就這時，李靜快到我近前時，麥子他媽的突然對我說：『李撞哥，不敢就算了。你別多給我五百塊。你多給我二百就中啦。』我知道他是怕我真的掙到他的兩千塊。他是捨不得他的兩千才那樣故意給我台階下。我又瞪了他一眼：『你看你那慫樣兒！』我罵他一句就從小樹林裡邊出去了，步子快得和跑了出去樣……現在我是真的不敢了。可那時，就有那麼一股賊膽兒，看見李靜到了面前不遠處，就衝出去橫在人家面前說了那句話：

「──『陪我吃頓飯，不讓你花錢我再給你一百行不行？』

「沒錯兒，就是這一句。這是我一夜沒睡想好的一句話。為這句我還偷偷練著說了幾十遍。上百遍！可誰想到她不僅沒答應，還嚇得臉色慘白，手裡提的啥兒也嚇掉在了路邊上……這有啥兒可怕呢？到現在我也沒想通，我請她吃飯，不讓她花錢，吃完了還再給她一百塊，你說這不是一樁好事嗎？天上掉餡餅的好事情，可她不僅沒答應，還朝後退一步，和幾天前我第一次攔她一模樣，罵我一句『神經病──又是你！』就拾起她掉的東西撤著身子要往小區走。咋就能走呢？她走了我不僅掙不到那兩千塊，還要再賠進去五百塊，你說我哪能讓她走掉呢！就又橫跨一步攔住她，朝她躬身說──是彎腰躬身說，可不是那手機上的文章寫的跪下說，是我躬身厚著臉皮求著說：

「──『沒時間吃飯，就到前邊陪我吃個霜淇淋也行呀。不讓你花錢，我請客。吃完了我再給你二百行不行?!』

「看她像是要喚叫，要找人，我慌忙又追著加錢說：『二百不行三百行不行?!』

「她就果真喚叫了。『抓流氓！抓流氓！』——我咋就成了流氓呢？心裡一點邪念都沒有。通過這事你就知道啦，北京人壓根瞧不起咱外地人。還有潤澤小區住的人，都是北京大學的教授和家屬們，都是文化人，一聽說『抓流氓』，不分青紅皂白就把我當成流氓啦。不調查，不研究，就都把我當成流氓啦！他奶奶，滿大街都寫著『公正、平等、自由』啥啥的，可把我當成流氓時，沒有一點『公正、平等、自由』那意思。惡得狠。嘩一下就圍上來很多人，劈哩啪啦都朝我頭上、臉上打。朝我身上踢。他媽的，還不是看我是個農民工，好欺負！儘管我去攔截李靜前，特意回到宿舍換了一身好衣服，洗了臉，梳了頭，穿了現在穿的這雙黑皮鞋，可咱咋樣打扮也還是個農民工。人家一眼就能認出你是農民工，就往死裡打。打得我兩眼冒金星。從人群縫裡偷偷看了一眼兒，等著麥子來拉我一把呀，可他連個人影都沒有。倒是把員警看來了；等來了。直到現在我都沒有想明白，你說員警咋會那麼快的趕到呢？

「派出所確實離那小區門口近，可再近也不能三分鐘就剛好趕到呀！

「連科兄弟——你替我想一想，會不會是我一離開小樹林，麥子那死貨，怕我掙了他的兩千塊，就給派出所打了電話報了警？我想一準是。百分之百是他算計了我。那傢伙，一肚子都是壞主意。可事後，他發誓賭咒說不是他，說他一直在人群替我拉著架，員警來了才躲到人群一邊去，怕員警也把他帶走罰上一筆錢……

「反正我就那樣被員警揪走啦。

「我沒有證據是麥子報警算計我。派出所離潤澤小區門口確實只有百來米。確實太近啦。我應該事前去那兒踩點看一看，知道有派出所就到別的地方攔那李靜姑娘嘛。到沒人的地方攔她就好了。沒想到……誰能想到這事能和流氓、犯罪扯到一塊兒；能和滋事、鬧事扯到一塊兒；還能和和諧北京、和諧中國扯到一塊兒……我就是想約李靜姑娘吃頓飯，或者請她吃個霜淇淋。又不讓她花錢，還再給她一百、二百、三百的，你說她吃了啥虧啦？憑啥兒不答應？

「哎——你說說——連科你說說——這『約會』的意思是請人吃飯、見面就叫約會呢，還是一說約會，就等於是男女要到沒人的地方摟摟抱抱，弄那事兒才叫約會呢？

「……就是嘛！

「我說請她和我約會就是請她吃頓飯，在路邊讓麥子看著說會兒話，她咋就能把約會想成男女那事兒？咋就把我當成流氓想要強姦她？真想強姦她，我會明目張膽、光天化日，就在那小區門前嗎？就在下班人多的時候嗎？這道理她咋就不懂呢？還是北京大學的高材生，連人家員警都不如。全中國、滿天下人都覺得員警粗野沒文化，我這次被抓進去才知道，哪兒都沒有派出所的小屋子好。誰都沒有員警文明有文化。實事求是說句良心話，人家員警根本沒有把我當成流氓看。對我好得很！除了剛到那小屋有個員警在我後背上猛地推一下——不是打，就是推了一下子：『蹲那兒，反省反省——也不想想你是誰，北京大學的姑娘你也敢動心，那是你能愛的嗎?!』你聽聽，人家沒說那是你能『弄』的嗎，人家說那是你能『愛』的嗎？我一聽說那個字——以前一聽說那個字，就覺得牙根又酸又癢的。可那一會，一聽說那個字——『愛』——『那是你能愛的嗎？』我的心裡就暖啦，就知道我沒有啥兒大事啦。果然的，人家沒打我，沒罵我，就讓我蹲在那間小屋裡——屋裡有張長條凳，蹲累了我起身去坐在條凳上。進那屋裡時，也就是傍晚六點來鐘吧，大約過了兩個來鐘頭，八點鐘左右都一直沒人進屋問我一句話。可到了八點十分吧，那兩個抓我的民警進來了，一個問，一個做紀錄——這個不算審，就是一問一答，一個做紀錄。有時候，我答了啥兒他倆還相互看看笑一下。你說員警審問你，他們會相互笑笑嗎？會對你笑笑嗎？『坦白從寬，抗拒從嚴。』這是那屋裡寫的大標語。牆面白得好像昨天剛剛刷了白石灰，連一個黑點都沒有。那紅標語上的黑字，也刺目照眼和剛剛寫上去的樣。我進去就看見那橫在頭上的標語啦。進去我就決定一五一十、老老實實坦白啦。北京人，你只要誠實人家還是很好的。都有同情心。理解外地人。更何況還是農民工。要求對農民工溫和、善良、理解，溫家寶當總理時候都已經開始啦，何況到現在。於是人家問啥咱答啥，有的不問咱也答。最後你猜出了啥事兒？打死你也猜不到，人家看我配合得好，沒說一句假話兒，問了半個小時後，不到四十分鐘吧，那兩員警問完了，合上筆，讓我在紀錄本上按了手印兒，出去給我買了一盒大米飯，還給我買了一盒紅燒肉，一盤土豆絲——我靠，是真的，人家花錢給我買了飯，還特意為我點了炒菜，還有一大碗的紅燒肉！

「這哪是行政拘留呀，這是讓我白吃白喝住賓館！

「晚上還給那屋裡開冷氣。涼快得我恨不得把麥子也叫進去享受一晚上。真的和住賓館一模一樣兒。那天晚上睡得我四仰八叉，舒服得就如真和李靜姑娘睡了樣。沒想到，在北京幹活三年多，吃得好，睡得好的一夜竟是在行政拘留的派出所。那時候只要是我一個人，我就老在那屋裡想：『他媽的，別讓我出去了，就讓我在這住上一輩子。你們要把我拘留一輩子，那我這輩子真是燒了高香啦』……

「可好景不長啊。第二天上午十一點——不是那寫文章上說的，拘留了我三天。只一天，也就一晚上。第二天上午十一點，人家就把我放了呢。你猜咋？打死你都猜不到，把我放了時，讓我在一張放人的紙上簽了字，按了紅手印，從那賓館似的屋裡走出來，在門口等我的不是羅麥子，不是我娃子。麥子和李社都沒來。來接我的是李靜……

「是李靜那姑娘！

「真的是李靜那姑娘。我的天，我一下就怔在那兒啦，像我突然攔她她一下怔住樣。我怔在那兒朝四處掃了掃，沒有看見麥子和李社，又不敢相信她站在那兒是為了接我出去的。那一天，天氣熱得很，派出所各個屋裡都有空調風。風從各屋吹出來，又朝屋子總門口兒吹過去。我就站在總門口兒上，看著門外——派出所院裡的李靜姑娘，還是穿了昨天穿的短裙子，淺藍色的短上衣，背了咱說不上名兒的啥兒包。因為沒打傘，臉上顯得有些蒼白色。可說是蒼白，還是那種不得了的好看那種白。我就怔在那，還是抓我那員警，大高個，比我高許多，他在我肩上拍一下說：

「——『走吧你，遇到好人啦。』

「這樣一說，他又輕輕在我腰上戳了一指頭，像要把我朝李靜面前推過去；像要把我推到她的懷裡樣。

「——『走吧，出去再說。』

「這是李靜對我說的話。說完看著我，這次可不是素不相識那目光，是多年不見、但也不得不見、又沒有多麼親熱那目光。目光和冬天的樹枝一樣兒，沒生氣，可也沒死氣。就是僵僵木木的。說著她就轉身走掉了。我不敢信她是來接我出去的，站在那兒不敢動。又是那大個員警過來對我說：『走吧你！自由啦，說不定還有好事等你哪！』他說著臉上掛了快活的笑。不像是嘲笑。像是弄不懂的那種好事使他羨慕樣。

「就走啦。

「跟在李靜身後邊。走出派出所的大門外，李靜看我在她後邊拉開的距離遠，她站著等我一會兒。等我快到了，就又在前邊領著我。我們去了潤澤小區門前的一家川菜館。裡邊乾淨齊整，說不上高檔不高檔，可是很乾淨。不是農民工時不時就進去大吃一頓的店，也不是一輩子就進不起的店。她在大堂的一個窗口角上選了位置坐下來，服務員過來送上菜單還和她說了話。『家裡來人啦？』像和她很熟悉，又不敢相信我是李靜家裡人。李靜『嗯』一下，說『是我叔』，然後就問我：『能吃辣的嗎？』我說：『能。』『想吃啥？』我說：『隨便吧，都想吃。』她就當家點了一桌子，有水煮魚、醃臘肉、魚香肉絲和宮保雞丁啥兒的。要說這些菜我從前都吃過，可就是覺得和那天吃的不一樣。不是香，也不是辣，就是覺得對胃口，合味兒。吃起來味道不在嘴裡、舌上和肚子裡，而是在心裡。是味兒流在血管裡。

「這輩子，我是第一次體會到味道不在嘴裡而在心上的味道啦。心裡怦怦跳，拿筷子的手不停地抖，每次去夾菜都夾不住。她還給我要了啤酒哪。還是青島啤酒哪。易開罐。給她自己倒了蓋住瓶底兒，給我倒了一滿杯，還主動和我碰了一下杯。我倆碰杯時，我看見她的目光不是冬日的樹枝啦，而是春來泛綠泛綠的柳枝兒，翠亮翠亮，好像伸手一碰那目光就會柳葉一樣落在你手上。她小口吃菜兒，卻讓我大口吃，還說不夠吃啦再加菜。在她的目光裡，我不敢吃，也不敢喝，生怕我一動，她的目光就會碎落一地掉下來。

「他媽的，我這輩子都沒見過那目光……我可不敢說那目光就是愛情啥兒的。咱是農民，也不配說『愛情』那兩字。只配說喜歡不喜歡。可又哪兒敢說人家的目光是喜歡咱？只能說是咱喜歡人家、喜歡人家那目光。當時麥子要在就好啦。工地上的農民工們都在就好啦。和作夢一個樣。她不停地給我夾菜說：『你吃呀！你吃呀！』是一張方桌子。桌上擺滿菜。菜盤裡的熱氣和床紗一模樣。小桌子，面對面，她離我那麼近，又是穿的露著脖子和半胸的那個啥兒衣……不說這。說這就俗啦。就汙辱人家啦。可事情又確實是那樣。說句不要臉的話，我雖然年紀大，可長得並不差。我不應該往感情、愛情那個地方想，可那次見面有許多事讓我說不清，不能不往那條路上想。

「比如說，她不停地給我倒酒和夾菜，從坐在桌前到最後，目光都一直看著我，那目光就像三月河邊的柳條樣。

「我說：『咋是你去派出所擔保讓我出來呢？』

「她說：『我見你兒子和你們村的麥子啦，知道你不是壞人活得不容易。』

「我說：『今天我請客，不讓你破費。』

「她頓了一會兒：『我一個月的工資就等於你們整整幹半年……』後邊我以為她會說出她一個月是多少錢，看著她，等她說出那個數，她卻又給我倒了半罐兒啤酒，夾了兩筷子菜：『你今年多大啦？』她沒說她一個月能掙多少錢，卻突然問我多大啦……我心跳得好像會從胸膛裡蹦出來。她問我多大啦，目光在我臉上就像在誰家的窗外要往屋裡看。我慌啦，不抖的筷子又在手裡抖起來。『我長得老相，年齡其實沒有那麼大。』我這樣回答她。老老實實，一五一十回答她。我知道這時候誠實多重要。誠實比錢都重要！說完我就望著她。一直望著她。最後反倒是她有些不好意思啦，低下頭，看著自己的胸口兒，還動手把那過低的胸口上的襟子往上提了提。提了提，又很鄭重、很大方地對我說：『你人不錯，你兒子李社也不錯。今年考不上大學了讓他繼續考，需要幫什麼忙了都可以給我說。』」

說到這兒李撞的娘從灶房出來啦。她洗了鍋碗餵了雞，還又洗了李撞的衣服過來搭在院落繩子上。李撞一直都在對我說。我聽得就像我自己已經不再存在樣。我們都忘了他娘還在屋裡、院裡忙碌著。是她搭衣服的滴水聲把我和李撞驚醒了。我們都把目光朝老人投過去，直到老人搭完衣服又走去忙啥兒，我們才又回到我們的情景和李撞與李靜相對相望的情景裡。

回到這雙重的情景我們又都靜了一會兒。靜了一會兒，李撞把目光又柔柔疑疑搭在我身上，像李靜把她的目光落在李撞身上樣。

「連科呀，」叫了我，李撞又沉默一會兒，接著道：「你說李靜她會不會對我有些啥意思？沒有意思她咋會去派出所把我接出來？咋會請我吃飯不讓男的花錢呢？咋會吃了飯，她去結了帳，又給我買了一兜吃的，還又到商店給我買了很貴一件尖口T恤衫？那T衫我沒捨得穿，現在還疊著藏在屋裡箱子底。你要不要看看那T衫？看了我去拿出來……看看吧……真的不看呀？不看就算了，我知道那T衫對你不稀奇……

「接著說？好。接著說。想不到的事情還在後邊哪。就這樣，吃過飯，她一路提著東西把我送到工地旁邊北大那棟老樓下，看著我走進門洞裡，這時想不到的事情發生了——你猜咋？分手時候她把提的東西給我後，想不到她竟又給我塞了五千塊錢不說，還說她要出差回趟家，回來週末了，請我和我兒子李社、麥子們一塊吃頓飯，並且最後很鄭重地說了句：

「——『以後你就把我當成你妹子或者女兒看，有啥事了只管找我或者給我打話！』」

到這兒，李撞把李靜給他的名片掏出來給我看了看。那名片是用紅綢包住的。用紅綢包住還又放在他胸口裡邊的一個內兜裡。我猜想，那印有「北京大學」字樣的汗襯胸裡不僅李撞專門為李靜這張名片縫了一個小兜兒，那小兜裡一定還裝著李撞為他和李靜的畸戀準備的錢啊、心啊、照片什麼的……可在我想要去問時，李撞家大門被人推開了，鄰居來他家借籮筐要去街上挑什麼，我們的談話——採訪，就這樣被鄰人的籮筐打斷挑走了。

4. 羅麥子

時間：六月十七日　中午十二點
地點：北京大學西區食堂三〇七號小包間
人物：我和羅麥子

環境與說明：這個環境沒有啥兒好說的，是個不足八平米的臨窗小房間。窗外有幾棵老柏樹。柏樹下是來回走動的學生們。我是昨天從老家回到北京的。因為來回高鐵我都買了商務座（有顧長衛的五十萬元墊在口袋裡，讓我變得和富豪樣），所以，緊鑼密鼓的採訪和見人，也變成了一樁我遊覽人生的放鬆和參觀。就這樣，昨天回來，今天我就約了羅麥子。

麥子剛過三十歲，矮胖，結實，整個人都如一段圓滾的石頭般，說話快捷、粗野，口音比我還濃重。每說一句話，都多帶髒字兒。髒字髒話在他就像中國產的益達口香糖。他是我在採訪李擅的人生愛戀中最為讓我難忘的一個人，也是我整個採訪過程中，最易採訪的一個人。

羅麥子——

「我知道你會來採訪我。我靠，要了解李撞，誰都沒有我清楚。我就像李撞肚子裡的蛔蟲樣，他啥時高潮射精我都知道呢。我們這幾年打工都在一塊兒。有時睡覺還睡一個被窩裡。我雖然有腳氣，可他很少洗過腳，半斤八兩誰也不說誰。給你說，連科叔——按輩分我該叫你叔。你雖然在村裡不認識我們這一輩兒人，可我們這下一輩的全都知道你。知道你現在有名啦，弄住大事啦……可是叔，村裡人都很奇怪你，弄住大事你咋不會到咱縣弄個縣長、書記當當啊？哪怕弄個鎮長也比你現在牛逼啊。吃香喝辣、吆三喝四，走到哪誰見了都像見了皇帝樣。你說你現在要是縣長、鎮長、市長那多牛逼呀！那多風光呀！隨便管個啥事兒，比如管個工程能掙他媽多少錢。會有多少人爭著給你送禮呀。隨便給你送些都比你寫稿掙錢多，也不至於為了採訪李撞還得花錢跑回老家去。還得花錢請我這樣的鳥人吃頓飯，敬得我像神一樣……嘿嘿，你別笑話我。我知道，我就是個鳥人兒，像烏鴉貪蟲一樣貪嘴吃。你今天請我吃這頓得花多少錢？就咱倆人吃飯你還點這麼多的菜，雞呀、魚呀，紅燒肉，還有這麼好的酒。五糧液，這是我這輩子第一次喝這麼好的酒。你說五糧液和茅台哪個好？……那下次你請我喝茅台！說定了，下次請我喝茅台！……我都半月沒有喝酒吃肉啦……嘿嘿，喝好酒，吃大肉，多好的人生啊！哎，這些……這些……吃不完了你帶走……那你不帶我就打包啦。帶回去，晚上我再喝一頓……

「說正事……好，說正事。靠，我這張嘴就是遇到好吃的就他媽興奮、激動，和結婚第一夜進了洞房樣。好，說正事。說李撞……

「李撞那屌人，他說的話你不能全相信。信一半……信三成也就不錯啦！別看那屌人苦大仇深的樣，其實他心裡美得很。臉上的善良和女人的奶子樣，其實那奶子是炸彈，是點了導火索的炸藥包。我太知道他李撞啦，知道他比知道我自己還要多。實說吧，我倆一塊打過架，一塊嫖過娼，一塊偷過工地上的鋼筋水泥賣……他媽的，我就是擼不住這張嘴，啥他媽的人和事，喝點酒就都兜底往外倒。給你說，我和李撞在廣東找工頭討薪時，每個人拿個鎯頭闖到工頭家裡去，嚇得那工頭不光當場給了錢，還每人多給了我們三千塊。

我操，那一次我倆是嘗了搶劫的味道了。如果不是擔心被人發現被人抓，世界上啥也沒有搶劫的味道好。我靠……現在回想一下子，要不是我理智，幾次攔截了李撞他，他就要真的走到搶劫的路上啦！你信不信連科叔？李撞幾次給我說──『他媽的，去搶一家銀行就一輩子回老家過神仙日子啦』。要不是我理智、清醒，聰明地攔住他，說不定他真去搶人家銀行啦。要那樣，他現在就不是在咱老家裡，就是在哪兒的監獄啦！

「說起來，他得感謝我。真得感謝我！你猜咋？他去找人家李靜姑娘可不是他說的和我打賭去找人家搭訕請吃一頓飯，或者請吃一個霜淇淋。他是想連色帶財搶劫人家哪。他就是在那邊未名湖的邊上盯上人家李靜的。因為在未名湖那兒蓋樓房，一來二去他就看上人家李靜啦。你猜咋？有一次，李靜從那未名湖的邊上走過去，他盯著人家看半天，回過頭來突然對我說：『哎，麥子，你說要和這北大的女生上床睡一覺會是啥滋味？一定他媽的和咱們農村的媳婦弄著不是一個味兒吧？』我靠，連科叔，你看這鳥人，腦子裡他都想的啥。就這還有很多人覺得他善良，心裡平和好像一輩子不見風的湖。不見風的湖，那是一潭死水呀。李撞心裡才不是死水呢。他心裡和咱老家雨季的伊河樣。和電視上看的黃河壺口樣。瀑得很！邪得很！他想和那李靜睡一覺，想嘗嘗城裡姑娘、又是北大學生和人家弄弄的味道呢……你看看！你看看……你也喝呀連科叔，別光讓我一個喝……你放心，我這半輩子都沒喝醉過。我自己都不知道我醉酒是啥樣子……

「好！好！還說那事兒。還說那李撞……對，我不拐話題。剛才說李撞想睡李靜那姑娘，其實他就是想找文化睡睡、找城市睡睡的那種酸農民。雖然被我攔住了，想想也不能都怪李撞哥。李撞哥畢竟媳婦死了三年啦，他咋能見了女人不急哪？給你說，你去過天通苑北邊郊區那兒吧？那兒有專門為農民工解決男女那事兒的民工村。我想這都是政府人道的好，掃黃從來不去那兒掃。這不明擺著是對農民工的理解和照顧嘛。你看看，政府不僅想著農民工的娃兒上學那事兒，政府還考慮農民工長年在外打工男女日弄那事兒，你說去哪兒找這麼好的政府呢？

「我就看不慣天天罵政府的人。

「我這輩子從來沒罵過政府一句話。別看我這人嘴上髒，嘴像糞池一模樣。可是對政府，我嘴上淨著哪，潔潔素素，嘴和咱們村那幾口清泉一模樣……

「他媽的，這一改革，連咱們村頭山坡上的清泉也都乾了呢。你說那水都流到哪兒了？十年二十年，那麼旺的泉，咋就成了專門侍奉民工的老女人們的身子了，一點水兒都沒了。沒水兒，價格還不低。李撞去過一次他就不去了。就瞄上北京大學的女生李靜啦。賊心呀！犯罪呀！是我把他攔下了……可攔住他人攔不住他的心。又過了三幾個月，也許半年吧，你猜咋？以為每天大家都在工地上出死力，幹死活，誰想李撞他的賊心從來沒死過。不知道咋樣他就打聽出李靜的根底啦。知道那姑娘不光長得好，學習好，大學問，家庭條件也好到了天上去。父親是杭州浙江大學的老教授，母親是杭州重點中學的特級教師哩。這家庭，我靠，知識份子呀！你說這家庭叫不叫知識份子家庭呢？……哎，連科叔，你說是你學問大，還是教授學問大？你們這靠瞎編故事掙錢的職業真是奇怪哦，每天胡編亂造，啥都弄得和真的樣。要說世上、社會上的造謠，你們才是最造謠的人。你們是靠造謠吃飯的人。可你們造謠政府也不管，法律也不管。別人造謠一句話就被抓走了，你們造謠一本書，政府還鼓勵，還發獎狀和獎金。這政府也奇怪，世界也奇怪。造謠在嘴上就是犯罪了；造謠在書上就成學問啦！

「我靠，想不通。真的想不通！

「對李撞的事我一點不造謠，一句瞎話都不講。你猜咋？半月前，李撞有天睡到半夜睡不著，把我從地下室叫到外邊去。我倆就在北大校園最北邊樹林邊上轉。那兒是空地，沒有學生樓。我們住在那最北一棟廢樓的地下室。地下室裡蚊子多，咬得睡不著，我倆就在外面轉。月亮明得和未名湖的水一樣。我倆正轉悠，李撞忽然對我說：

「『哎，麥子，知道吧，那李靜姑娘家裡有很多錢……父母親都是高工資，她自己工作也還那麼好，獨生子女，家裡肯定有很多很多錢！』

「我懵懵懂懂盯著李撞看。蚊子叮在我的臉上，也叮在李撞的臉上咬。我看他，他就在他臉上拍了一把蚊子又說道：

「『這家庭，那長相，真格值得和她睡一覺，把城市和文化都弄了，然後再搶上她一把，連色帶財就都有啦。』

「我說：『你瘋啦？不怕蹲監獄？』

「他說：『設計周密些，肯定沒事兒。』

「我說：『咋樣才能萬無一失沒事兒？』

「他想了一會兒：『先和她談朋友。勾引她。等她上鉤了，然後再連色帶財都拿走。』「你想想，連科叔——這世界都成啥兒啦。他說先和人家談朋友。真敢想，也不撒出雞巴尿一泡，照照自己那副德性和影兒。論年齡，他能做人家的爹。論長相，他醜得和榨菜一模樣，人家和北大校園的月季花一樣。是校花。在這一打工，我知道校花是啥兒意思了。就是全校長得最好那女生。就是李靜姑娘那樣兒的人。再說啦，學問那東西，人家李靜是北京大學畢業的研究生，你李撞上完初中，高中都沒考上——我都不知道苗娟娟為啥會嫁給他那樣的人。不知道他是咋把苗娟嫂子弄到了手。媒人也是瞎了眼。要把苗娟介紹給我大哥、二哥該多好。我大嫂、二嫂都不是人，偷東摸西，賽著對我爹娘指桑罵槐的。可惜苗娟嫁給了他，不是我大嫂或二嫂……對，對。話又拐彎了。這酒咋會這麼滋潤呢，真是好喝啊。好酒就是那種讓人話多的酒，讓人說話拐彎那種酒。現在咱把話兒拉回正道上——總之一句話，我不理解李撞咋他媽能想到要先和人家李靜談朋友，勾引成了再連色帶財都拿走……

「虧他想得出來呢。他以為他是省長、市長家的娃子呀。他以為他是大老闆或者總經理？真虧他媽的想得出來呢。當時我都聽傻啦。想要笑出來。可當時半夜我又憋了一泡尿，沒有笑，沒有和他爭，轉身在那樹林裡尿了一泡尿。一大泡的尿。這一尿，就把要和他爭吵的事給尿了出去啦。尿完了，我回身對他說：

「『蚊子不多啦，天也涼快啦，咱回去睡覺吧。』

「就又一道回去睡覺啦。並肩走，他又問我說：『你說先和李靜談談朋友這法兒行不行？』

「我說：『咋談呢？』

「他說：『勾引她。』

「我問：『咋勾引？』

「他說：『想法兒。』

「我說：『啥法兒？』

「他說：『慢慢想。』

「就到了我們住的那棟樓下啦。往地下室去的那個門洞口，有一棵老槐樹，碗口一樣粗，高不過一層樓。那槐樹常年沒人修，樹枝樹冠朝下垂。有一根樹枝長到了我們門洞門口上，大家出門、進門都要擦著樹枝走。那晚上的後半夜，我倆回去時，我被那槐枝掛了一下子。他媽的，這一掛，我醒了過來啦——你李撞去勾引人家李靜，又要財，又要色，狗日的可你弄美了，口袋也鼓啦，我麥子落了啥兒呢？如果劫財劫色都不成，那就是搶劫罪加上強姦罪，可我一不做，二不休，就因為知道這些也就成了同犯啦！判他十年我最少也得住五年；判他五年我最少也得住二年。我靠啊，你說我圖啥？我才結婚沒幾年，媳婦連娃兒都還沒有給我生出來，我要一住監，人家不是又嫁人了嗎？

「我操！這叫啥事兒。我才沒有那麼二逼哪！

「我說——我仍舊站在那槐樹下，月亮西偏啦，月光和女人的皮膚樣。說不定就和李靜那姑娘的皮膚樣。又涼爽，又光滑，像白綢在水裡過了一遍樣。我盯著李撞的臉，那時樹影落在他的那張枯臉上，如一塊黑粗布搭在他的臉上樣。我說：『李撞哥，你瘋啦？你傻啦？憑你那熊樣你能把人家李靜勾引到手嗎？你想想，又劫財，又劫色，到時候人家一報案，你他媽就進到監獄啦。你以為城裡人和大學生，都像咱農村姑娘樣，被男人騙啦日弄啦，怕名聲壞了就甘願吃虧不聲張，不報案，大不了就在家裡或野地躲著哭一場？人家沒有不報案的呢。人家都懂法律呢。給你說，李撞哥』——我又抬高嗓門很強調地對他說，『李撞哥，你初中畢業，那麼差的學校，那麼差的老師，你還學習在班裡倒數第幾名。可是我，高中生，學校好、老師好，我還學習那麼好。考大學就差一分沒過線，結果哪也沒錄取。要報好志願就一定被全國重點錄取啦。要我像你娃子李社樣，再複讀一年，說不定我就不是這北大校園的農民工，而是這北大校園的大學生。是和李靜一樣一樣的大學生或者研究生。說不定還是博士呢。說不定看上李靜的不是你，而是我。說不定我倆已經結婚啦。說不定我們在北京早就有房、有車、也有娃兒啦……』

「靠！命運啊！我他媽學習好，脾氣倔，考不上就堅決不再複讀啦。嫌複讀丟人就出門打工啦。這一打工，就成今天這個鳥樣兒。連科叔，你說說，我這輩子虧不虧？虧死了我！所以說，我沒上大學也比他李撞有文化，有見識。於是我就對他說：『李撞哥，你聽我一句話，我懂法律就像知道鞋子大小、穿在腳上可腳不可腳的號碼樣。給你說，千萬別想著又劫財、又劫色的美事兒。法律的大門對咱這號人，本來是個小窗口，可只要一犯法，那窗口就成大門啦。就城門洞啦。』『城門洞開』這詞用到這兒沒錯吧？連科叔……好，我就再喝這一小杯，喝完也就不喝啦……主食咱倆吃麵條？……算了吧，不吃省一點。我給你說了這麼多的事，提供了這麼多的好素材，看你聽我說話眼都瞪大了，是不是我說的你都能寫到文章裡？在那文章裡都是好東西？就像餃子皮裡的肉餡樣，都是精華、都是純肉的餡。好！好！長話短說，畫龍點睛。我對你說啊連科叔，你猜咋了呢？你猜出了啥兒事？猜不到！打死你都猜不到。我也猜不到。靠！這才叫意料之外，又情理之中呢。我對李撞說：『我以法律的名譽勸勸你——懸崖勒馬，回頭是岸。有一天你被抓了可別說我沒有勸你阻止你，把我變成一個知情不報的同夥犯！』同時我又去那槐樹葉上摸了摸，摸了一把天快亮的露水抹在我的眼皮上。瞌睡少了呢，越發清醒了。於是，我就對李撞很親情也很智慧的——像諸葛亮勸劉備去取荊州樣，我勸李撞說：『撞哥呀，你他媽的真夠傻。你是我哥我無法罵你是二逼那樣的話。可你想想，你和二逼有啥兒差別呢？你想想，你想想』——

「我對李撞說：『憑你的樣兒人家李靜會和你談朋友？你想想，人家真和你談朋友了你還用要色劫財嗎？你都和她上床睡覺了，她還不把她的錢一百、兩百，一千、兩千的給你花？你要真的在床上讓她舒服啦，讓她離不開你這屌人啦，她還不把她的錢一萬、兩萬的送給你花嗎？』

「你猜咋？連科叔，我這一說又一問，你猜咋兒了？那李撞用手往額門上用力連拍三、四下：『對呀，我要和她談成朋友啦，她的錢不都成了我的錢！他的家產不都成了我的家產啦！這樣兒，我倆都有愛情啦，我還劫他媽的啥色啥財呀！都有愛情啦，愛情如春花夏枝一樣旺著啦，到那個火候上，如果我突然決定不要她的色，不要她的財，說不定她還會哭著求著給我哪！』

「『就是呀！我咋沒想到！』李撞又是跺腳，又是拿腳朝那槐樹上踢，『她奶奶個逼——就是呀，我咋沒想到！』他連連這樣說。為了感謝我的聰明和提醒，他媽的，那李撞拉著我就往通向地下室的門洞裡走，還邊走邊感激不盡地對我說：『麥子啊，咋樣和李靜談上戀愛你別管，但有一點你放心，等老哥我把那姑娘弄到手，騙她一千我給你五百塊，騙她一萬我給你五千塊。可我要騙她十萬、二十萬，你別要那麼多。你別和你哥對半分。哥要那錢有大用，家裡房子都還沒有蓋起來，老娘也八十多歲了，李社要考上大學還得供他上大學，考不上大學也該訂婚啦。哪哪都用錢。要騙她十萬、二十萬，我給你三萬或五萬，別的都留給你哥我自己。年齡大了呢，哪哪都得用錢呢……』

「你說說，這李撞想得有多美。頂多就是一場夢。和夢裡跑馬射精一樣兒。美得很，又高潮，又快活，可精水一射完，夢醒了，空他媽歡喜一場兒，還把自己的身子、褲衩、被子、褥子全都他媽弄髒啦。操！就是這事兒，就和做夢跑馬射精一樣兒，空歡喜一場就算啦。咋就能夠當真呢？咋就能真的當成一回兒事？不就是半夜睡不著覺的胡扯嗎？不就是睡得太著的一場夢話嗎？

「我倆就回去睡覺啦。天都快要亮了呢。我壓根沒有把這些放到心上去。都睡了，睡得和豬一樣。可誰能想到李撞把這些當成真的了。誰能想到第二天，就發生了他在工地樓下攔截人家李靜姑娘的事。誰能想到他不僅在未名湖的邊上攔人家，還會盯梢盯到人家小區門口上。操，光天化日，大白天的，他竟敢在小區門口攔人家，求人家，請人家單獨吃飯、單獨說話、單獨去約會……你說說，你說說，這太出人意料啦。——你看那李撞，看他媽的多雞賊；看他媽的多二逼……後邊這些事，我是他被抓到派出所以後聽說的。員警還把我叫去問了大半天，做了口供和筆錄，我還按了紅手印。

「操，太他媽的丟人啦。太他媽的想不到！丟死的人。咱河南人本來在全國名聲都不好，再出個李撞的事兒名聲就更加不好啦……

「我說連科叔，李撞的事兒，我一五一十全都給你說了呢。給派出所的員警說時我說了一點假話兒。我得向著李撞呀。他娃李社一見我都向我叫叔呢，像我向你叫叔樣。我當然得說些假話讓李撞早些放出來。可今兒，對你說的話，我連一句假話都沒有。連一絲水分都沒有。我覺得連科叔，你寫故事文章時候不一定照我說的寫，你要在文章中說些假話兒。嘴上造謠是犯罪，筆下造謠就是文章學問啦。你要在你筆下多造一些好謠兒。多說些好假話，把咱河南人寫得好一些……

「把李撞寫得好一些……

「把我也寫得好一些。這可不是我和李撞形象好不好的事。這事關係到咱河南一億人口的形象好不好。你在北京不知道，為河南人的形象，把河南人都給愁死啦。前不久省長和省委書記還在電視上號召全省人民要樹立好河南人的形象哪……哎，哎……連科叔，這剩下的雞鴨魚肉你真的不要了？你不要我就打包啦。打了包我今晚可以再喝一頓酒。要李撞沒回老家就好啦。我倆在一塊，白酒一次能喝兩瓶兒。啤酒一頓兩個人能喝三箱子。一箱六瓶，三箱就是十八瓶。那時候，邊喝邊說，兩個人就和日弄女人樣，就和高潮樣。」

……

5. 李靜

時間：六月十七日　下午四點三十五分
地點：北京我家和杭州她家
人物：李靜和我
環境與說明：李靜是通過電話採訪的。我在我家的書房裡，她好像是在杭州她家的臥室、陽台或者客廳裡。

李靜——

「喂——是李靜小姐嗎？對不起，打攪了。」

「嗯……請問你是誰？」

「我叫閻連科。幾次給你打電話，不是關機就是沒人接。所以，也才短信你，請你務必接我個電話……占用你十分鐘的時間就行了。」

「你有什麼事？」

「我是個作家……對不起，我這樣介紹我自己你不介意吧？」

「不介意……你是作家，叫閻、閻……」

「閻連科。你沒聽說過？」

「從沒聽說過。」

「當代作家你知道誰？」

「誰也不知道。我是理工生，我們老師在課堂上說，當代文學都是垃圾，中國文學到魯迅那一代，就基本結束了。關心當代文學，還不如去關心日本的動漫和韓國的電視劇。老師說讀當代文學，純粹是浪費時間，就和一個人在家無聊時，嗑著堅果在屋裡轉來轉去樣。」

「哦，這樣啊……莫言知道嗎？」

「這個人，拿了諾貝爾獎後我才想起看過從他小說改編的電影《紅高粱》。」

「那你看過張藝謀的另外一部電影《活著》嗎？」

「我的室友、閨蜜她看過。」

「好不好哦啊？電影的原作者叫余華聽沒聽說過？」

「嗨——別扯了。你說吧，找我什麼事？」

「請問你什麼時候回北京？」

「我是兩年的假期一塊休，回去要到七月底。」

「哦……那我就在電話直說啦……請問……請問你認識在北京大學打工的來自河南的農民工李撞嗎？」

「……」

「對不起，對不起。你如果不想聊這些，我們聊別的……」

「我想聊！」她聲音突然大起來，像想用她巨大的聲音把我的手機震炸樣：「問吧閻作家，你問什麼我就答什麼！」

「真的對不起……也許我不該這樣直截了當地問。因為我和李撞是一個村的人，年齡差不多，小的時候我們還經常在一起割草、放牛、種莊稼。」

「哦，這樣啊……你竟是真的閻連科……你是想用我和李撞的故事寫小說還是改編電視劇？」

我想了一會兒：「只是好奇。因為好奇就想了解一下子。你知道，作家都是閒賤的人。閒賤的人，都對生活裡的奇事異物充滿好奇心。」

「不會不寫什麼文章吧？」

「這……得尊重你的意見。你不讓寫，我就一個字兒都不寫。」

「真的嗎？」

「你在北大讀書，我在人大教書，你不相信作家，你不會不相信一個老師吧？」

「那倒是……問吧你。你好奇什麼就問什麼……可要快一些，過一會還要陪我爸、媽去看一個人。」

「你真的認識我們村的李撞呀？」

「真的呀。」

「你咋會認識他……你是北京大學畢業的研究生，他只是一個農民工……」

「這有什麼好奇怪？王子不是還愛過醜小鴨，公主不是還嫁過砍柴郎的嘛。」

「你是說……」

「說什麼？」

「你是說你和李撞是……是那種關係？」

「哪種關係？簡單的關係，就是他是在北京大學校園內打工的農民工，我是北京大學畢業的研究生，現在為北四環保福寺橋邊上國營集團公司二三一研究所的高薪白領對不對？可你一定不是想知道這層最簡單、無聊的關係吧？」

「對，對。那當然……」

「你想知道我內心最隱密的想法對不對？」

「對、對。我沒想到你這麼坦蕩、坦率，完全和別的南方姑娘不一樣。」

「你是說我應該繞著彎兒對你說，每次都像擠牙膏樣給你透露一點點……閻作家……閻老師，不是我不尊敬你，我真的過一會兒得和我爸、媽去看一個病人呢。我們簡明扼要，長話短說好不好……對你說，我有點喜歡你們村的李撞啦。也喜歡他的孩子李社啦。這種喜歡不是約會出去吃頓飯，不是看個電影吃兩盒霜淇淋……如果不是年齡差別太大，如果不是世俗的眼光，也不考慮我爸媽接受和不接受，我想的可不是我和他的忘年交、做朋友，我想的是做他的情人還是下決心和他結婚的事……」

「……」

「喂……喂……閻老師，是我的話把你嚇住了？你不是最想知道我的內心怎麼想的嗎？不下十個記者打電話，要採訪我什麼都沒講。聽說是記者我就掛電話。現在我把最內心、最真實的給你說了，是把你嚇住了，還是你和所有的人一樣，在用最世俗的目光來打量我和李撞的感情交往呢？」

「我……我非常支持你。我支持在感情問題上，在個人生活問題上，每個人的私生活，只要是自己由衷的選擇，都應該得到支持和尊重……只是……只是，只是我想知道為什麼？」

「為什麼？不為什麼呀。你們人大不還有個女博士最終嫁給了你們人大門口賣羊肉串的中年嗎？他們的年齡差別，比我和李撞的年齡差別還大一歲。想知道為什麼，你去採訪一下你們人大的博士不就清楚了。人家現在不光結了婚，孩子都已經上了幼稚園。」

「我……還是有些不太懂……」

「不懂多想想。你們作家不是最擅長想像和虛構嗎？我已經給了你最真實的兩個點：我和李撞，一男一女，真實相愛。這兩個點已經給你了。中間缺少的邏輯就用你的想像和虛構填上吧……對不起，閻老師，我爸、媽在客廳叫我啦……」

「稍等，李靜。請稍等……最多再用你三分鐘。最後一個問題，我想知道你和李撞到底怎麼認識的——就是你們第一次見面是怎麼一回事？在哪兒，是什麼時間和什麼方式認識的？」

「第一次……」李靜想了一會兒：「這說來就話長啦，現在時間有點緊……第一次，第一次是在兩年前，我讀研還沒畢業，碩士論文答辯那一天。按習慣是答辯那一天，碩士、博士的論文通過了，為了感謝導師幾年間的教育之恩，學生都會請導師吃頓飯。那一天，我去北大門前、沃爾瑪邊上的泰國餐廳訂房間，並順便到沃爾瑪裡邊的花店給導師訂束花。可一到鮮花店裡訂花交錢時，我的錢包不在啦……不說錢，裡邊不光有幾千元人民幣，還有身分證、學生證和門卡什麼的……急死我啦！除了這些，錢包裡還有一個Ｕ盤。Ｕ盤上全是我這幾年寫的東西。有許多是不能給人看的隱私文章和日記……那要給人看了，發在網上要比陳冠希的豔照門更為可怕和轟動……可就是這些都丟了。明明在泰國餐廳時，還在我的小包裡，可到了十幾步路的沃爾瑪，就啥都沒有了……那個急，當時就出了一身汗……可就這時候，李撞從外邊進來了，拿著那個錢包站在我身邊，把錢包遞給我說：『這是你的吧？』我接過錢包，一陣驚喜。打開錢包一看，什麼都不少。一分錢都沒少。身分證、學生證、U盤啥兒的，連一丁點兒都不少。我驚喜的望著他，他說我慌慌張張往這花店裡跑，到門口挎包在腰間甩一下，錢包就被甩了出去啦。那時他剛好從花店門前過，就看見錢包落在花店門口的花盆下……這是不是很庸俗，很落套的情節啊！閣作家，可生活、現實經常就是這樣啊。沒辦法，就是這麼庸俗落套兒，毫無新意哪……就這麼，我倆認識了。第一次見面和電影上的情節樣，和英雄救美樣，就這麼庸庸常常見面認識啦……」

前邊講過了，我是在我家書房和李靜通電話。那時在書房聽著李靜在電話上的敘述，真的就像我在看一部毫無才華和想像力的通俗小說樣。就像我自己也是那小說中的世俗人物樣。於是，就用小說人物的口氣問著小說中的人物說：

「這就能促使你去愛他嗎？」

「愛，」李靜用否認甚至嘲弄的口氣說：「愛還談不上。遠遠談不上。但我對他有了好感啦。很普通的好感吧。——誰的東西丟了，被人撿到又還回去都會對對方有好感。就是那種好感吧。拾金不昧加知恩圖報那關係。畢竟一分都沒少。畢竟U盤還在裡邊哪，像自己的隱私還捏在自己手裡樣。我踏實的看看那錢包，看看那U盤，看看面前的李撞

——那時是春天，畢業季，大街上的女孩子們都提前穿了各種花裙子。可我穿了什麼我都忘記了，卻很清楚記得李撞穿著施工隊的工人們穿的勞動布做的老棉襖。棉襖的胳膊上有兩個破洞露出兩團髒棉花。說實話，不是說我作秀或者說我自己是貴族，真的這輩子我是第一次和這麼低……這麼底層的農民站在一塊兒。真的是第一次，站得那麼近，能聞到他身上有刺鼻的一股怪味兒。那味兒有些像過期優酪乳的腐味兒……對不起，我愛喝優酪乳。每天都會喝——因此也就沒有厭煩那味兒。就盯著他的髒衣服——可說髒——農民工們都是那樣子。衣服髒，可他人還是乾淨呢，好像剛洗澡時洗過頭。牙也特別白。又白又整齊。那麼整齊的白牙連學校的男生都少有。加上平頭的硬髮茬裡夾帶了一些白頭髮，臉上是經歷滄桑卻還依然活著的中年樣，目光是從監獄裡出來備加熱愛生命和生活的那目光……你知道不知道閻老師，世界上最能打動女孩的，就是這歷經滄桑、卻更加熱愛生命和生活那種人？南非的曼德拉盡人皆知就不說了。中國的褚時健你一定知道吧？就是原來雲南玉溪紅塔集團的董事長，一九九四年，中國十大改革風雲人物，就是他讓『紅塔山』香菸成為中國的名牌，使玉溪捲菸廠成為亞洲第一、世界前列的大型菸草企業。一九九九年，因經濟問題鋃鐺入獄，被判無期徒刑，剝奪政治權利終身，後又減刑為有期徒刑十七年。二〇〇二年，保外就醫後，與妻子在哀牢山承包荒山種柳丁。二〇一二年，八十五歲高齡的褚時健的『褚橙』經過電商在全國銷售一空，從此他又創造了另一個名牌『褚橙』……閻老師，你能理解當年女大學生有多麼喜歡、崇拜褚時健嗎？如果你能理解，你就知道我第一次見到李撞是什麼感覺了。」

「……」

「……當然啦，單是見一面，單是他拾了錢包還給我，我當然不會愛上他。不會把他當成褚時健。而是他把我錢包還我後，我在花店給導師訂了一束鮮花後，忽然覺得我應該感謝他一下。不能人家拾了錢包還給你，你連句謝謝都沒說。或者說句謝謝也就完事啦。反正是我從花店出來後，忽然想要給他幾百塊錢感謝他一下，就到花店門口去找他。找不到又到沃爾瑪的裡邊找。後來就在沃爾瑪裡邊專賣廚具的地方找到了他。就對他說幾句感謝他的話。又從錢包抽出五百塊錢遞給他。你猜怎麼了？你們河南人說你猜咋？他盯著我，盯著錢，說了一句讓我有些意外、也終生難忘的話：

「他輕聲嘶啞問我說：『你們城裡人是不是覺得農民幹啥都是為了錢?!』」

「天——他還能說出這樣實在、高尚的詰問來。這讓我語塞了。讓我很長時間站在那兒不知該和他說什麼。記得好像過一會我緩過神兒來，又說了幾句謝話就走了。很落寞，很無趣，也不知為啥同時還內疚。我慢慢從人群朝著商場外邊走，可走了幾步路，十幾步，他又從我身後追過來，對我說：『你要覺得不感謝我心裡過意不去的話，你回去替我買一把好的菜刀吧。我媳婦一輩子在灶火』——你們老家是把廚房叫灶火吧？李撞說，『我媳婦一輩子在灶火，一輩子都埋怨我家的菜刀連青菜都切不動。』

「我就回去替他買了一把德國產的鋼菜刀。八百多塊錢。他問我：『多少錢？』我說：『八十塊。』你猜這時候他說了一句啥？

「他說：『這下你心裡好受啦，不用覺得虧欠一個農民啥兒啦。』說完笑笑就轉身走掉了。那笑是僵在他的臉上的，充滿了嘲諷和不屑，像我花八百塊錢替他買把全世界最好用的廚具刀，是替我買了被人一眼看破的虛偽、矯情和假貴族的嘴臉樣。這回是輪到我心裡真的不太舒服了。『他媽的』——當時我真的在心裡罵了一句粗話兒。氣不過，站一會，想來想去我一個北大的學生——你知道我們北大學生不知為啥都有那股兒不受辱的傲勁兒，這就是『厚德載物』的文化吧——氣不過，我又反過來朝李撞追過去……

「就這麼，我倆認識了。

「就這麼，一個北大電腦專業漂亮、學霸到沒有男生敢追的研究生，和可以做她父親的農民工一來二往了，有了感情了……

「好了，閻老師，真的對不起，我爸、媽來催我幾次了。我們得馬上去醫院看個病人——我中學的老師，癌，再不去看可能就沒見面的機會了……對不起，我掛電話啦……」

「哎……李靜，你從醫院回來我們能不能再通次電話呢？或者我讓正在南方出差的蔣方舟去找你？也許你倆會成為無話不談的好朋友……」

「別再麻煩了，我已經給你講了那麼多。那些情節難道還不能滿足你的閒賤好奇嗎？還不能滿足你的需要嗎？」

「能……能……可我想知道……後來……後來……」

「是想知道後來我和他上床沒有嗎？是想知道床前、床上和床後我和他的事情嗎?!」她又變得著急而大聲（也許這時等她去醫院看病人的爸、媽就在她身邊），吼著問完後，她毫不猶豫地把我的電話掛斷了。

這邊的我，在我的書房，舉著從耳邊拿到面前已經發燙的手機，就像看著一部放到中途而停機的電影幕布般，眼前除了一片濛濛的白，別的啥兒和什麼，瞬間全都沒了呢。

6. 李社

時間：六月十八日　上午十一點

地點：朝陽區朝陽南路二十六號工商銀行門前

人物：李社

環境與說明：找到李社容易得像我寫作累了下樓散步樣。像餓了叫一份外賣樣。他在朝陽南路二十六號工商銀行做保安。是這年高考結束後，臨時到這兒打上幾天工。是他的一個做保安的高中同學介紹他到了那兒的。一個保安隊的隊長看看他，在他肩上拍一下，說個頭、形象都不錯，也就把他接受了。因為他是臨時工，剛上幾天班，說不定考上大學九月就該上學了。考不上他說他九月還要回去再複讀。再複讀他就是第四年的複讀生。是高中生中的老學生，青春和鬍子都在他二十二歲的臉上顯出滄桑了（倒是李靜喜歡這種滄桑感）。他的年齡比李靜小（我想是這樣），也可能看上去要比李靜年齡大（我還未真正見過李靜呢，只是從百度上搜出了她的照片看，發現她確實長得很漂亮。研究生的畢業照上，還有著大一、大二新生的幼稚和純淨——也許她真人不是這樣兒。這年月，照片都是人生和往事的美容與化妝）。

見到李社時，我總是想李靜也許和李社有一場情感糾葛更合適（姊弟戀，小鮮肉）。可她卻和他的父親李擅有（到底有沒有？到底到了哪一步？難道他們真的有過風月……上過床？這才真是他媽的，世界精采到蓮花離開汙泥就得死）。大街上，一如往日的人來人往，川流而不息。看不出朝陽區的熱鬧和海淀有什麼不一樣。身邊的人，面前的車，後邊十字路口的紅綠燈……世界是扁平的，把這兒街上所有招牌上的「朝陽」二字抹掉換上「海淀」兩個字，這兒就一定成了海淀區。我們就站在工商銀行門前的一棵國槐下。樹蔭像水紗一樣落在我倆臉上和身上。馬路上六月的驕陽，已經暗含了北京八、九月的酷熱，只是六月的炎熱裡，還偶爾會有股末春綠色的味，而到了八、九月，北京的綠色早就是過早從娼的女人啦，爛熟而熱烈，只有經過苦熬的人生才可承受住。

我就那麼輕易就找到李撞的兒子李社了（也可以不找、不去採訪他，但卻總是覺得不多採訪幾個人，對不起顧長衛給的五十萬。畢竟那不是一筆小數目）。把李社叫出來，站在樹蔭下，看他穿著那雙不十分合體的保安服，就像他爹和李靜那極其不合的戀愛故事樣。二十二週歲，一米七五左右，肩背微駝，該理髮了的髮茬從保安大簷帽中掙出來。當他把帽子摘下時，頭髮腰上留著一圈箍痕兒。臉是古銅色（這種膚色一經保養就是鮮肉紅），鼻梁挺直，眼裡有種遭遇了不平的抱怨、仇恨（也許是發憤和激情）的可怕的光。

我把他叫出來，邊走邊說了一些寒暄的話。我問他六月上旬的高考怎麼樣，志願報到了哪。最後鼓勵他考不上了繼續考。考上了，上大學有什麼困難可以來找我（這是真心的，並不單純是許願）。到末了，進入正題了，和所有的小路都想要連上大道、所有的溪水都終歸大海般，我把話題扯到他父親和李靜的關係上，扯到了被派出所抓走拘留他父親的事件上，然後……

然後他的臉色成了青紫色，把目光從我臉上移到面前的大街上，咬著雙唇兒，把嘴唇咬成一道筆直生硬的線。剛刮過鬍子的唇面如淬完火的青滑的鐵。過了幾秒鐘，又過了幾秒鐘，他回過頭來說了一句驚天動地的話：

「我想殺了他李撞！他不是我爹，他是一頭豬！」

李社——

「我真的想殺了他李撞，他不配做我爹。他就是一頭豬。他真的是頭豬！」

「……」

「不瞞你說叔，我之所以年年連三本的大學都考不上，可還要年年複讀年年考，就是想離開李撞、離開家。我只要和爹在一起，心裡就有火。就有仇氣在身上湧著動著和燥熱一模樣。不知為啥兒，我自小就想一刀殺了爹……要說他對我不算差，和村裡許多家庭比，他對我要比許多人家爹對娃子還要好。可我就是不知為啥想要殺了他。從六、七歲記事起，他對我越好我就越想殺了他。記得六歲時，也許是七歲時，我第一天上學他背著我去送我，我在他的後背上，看著他頭上那個圓旋兒，忽然就想到要拾起一塊石頭、磚頭朝那旋上拍下去。砸下去！從那以後，我就不讓他再背我了，只讓他高興時候抱著我。不讓他背我。不讓我能看見那旋兒。就是吃飯時候一家人在一起，我也只在他面前，不在他背後。一在他背後，我就能看見那旋兒。看見那旋兒，我就會緊張得雙手冒汗想要去抓石頭，找磚頭。給你說，我二十二歲啦，從七歲到現在，十五年來我都躲著爹。我最怕吃飯時候他坐在地上或坐著咱老家那種小矮凳。只要他坐得低，我從他身邊過去就忍不住要看他頭上那水漩渦似的髮旋兒，看見了我就會身上緊張得打擺子，會情不自禁地去四周找磚找石頭。

「我怕爹。怕他不是他對我不好或他有多厲害，而是我怕哪一天我忍不住了真的殺了他。真的從他背後抓起石頭、磚頭砸在他頭上。砸在那個髮旋上。十二歲那一年，我發燒燒到將要活活被燒死，爹背著我從家裡朝著鎮上的醫院跑。娘和奶奶跑得慢，追不上爹還在後邊追著喚：『撞——你快跑！撞——你快跑！』這是奶奶的喚。我娘的喚叫是：『你再跑得快一些——你再跑得快一些——你再不跑快咱娃怕就沒命啦！怕就沒命啦！』現在想起那場景，我都想掉淚，都想哭一場。想哭想掉淚，可我還忘不掉想在爹的頭上狠命地拍上一磚頭；砸上一石頭。那時爹就瘋跑著，娘和奶在後邊瘋追著。爹為了不讓我從他背上滑下來，不斷地跑著把我朝他頭上、朝著半空聳著、托著朝上用著力。這樣兒，一上一下，一起一伏，我就要不停地看到爹頭上那個旋窩了。看見了我就想著拾起石頭、磚頭朝那旋上猛拍一下會是啥樣兒。想起了我就會身上嚇得打擺子。發燒打擺子，想殺爹也要打擺子。那時我真的活不成了呢，擺子打得和風吹樹葉樣。那時十二歲，十二歲我就想要麼我死掉，要麼爹死掉。反正這世界上我倆只能有一個活在村莊裡。我想我發燒如日頭掉落在了我的額頭上，這是老天想讓爹活著，想讓我死去，才要讓我突然發燒燒成一團兒火。想到老天想讓我死時我哭了，淚水撲簌簌地掉在爹的背上、脖子上。掉到爹的脖子裡，爹就知道我哭了，說：『社，不用怕，有爹呢，你沒事。』我就又問爹，『我會燒死嗎？』爹就對我說：『怎麼會。有爹呢。爹讓爹死也不會讓你死。』心裡安慰了。爹就又背著我更加瘋跑了。爹飛快地跑著路邊的樹就像爹把樹們殺了樣。就像我把樹們殺了樣。一棵棵柳樹、楊樹都從我眼前倒過去。都從爹的眼前朝他身後倒過去。可就是這時候，我是那麼感動爹，感激爹，感動、感激我也沒有忘了去盯著爹頭上靠後的髮旋兒。還又想起要抓起磚頭、石頭朝那旋上拍一下的事……

「我想我是有病呢，連科叔，我一輩子都沒有忘記過想要殺了爹。那一次，十二歲發燒那一年，是爹生了我還又救了我，可我連那時候都沒有忘記我要殺了爹。發燒到將近四十度，人迷迷糊糊像在夢裡樣。在夢一樣的迷糊裡，那一次我看見爹頭上的旋兒不是和別人一樣是順時針的轉。它是逆時針的倒轉著的旋。發現爹的旋兒是倒轉時，我覺得我找到要殺爹的原因了。就是因為他是倒轉的旋兒我才想從他身後抓起石頭、磚頭猛地拍一下、砸下去……十二歲，發燒四十度，可我的眼前總是出現一磚頭拍下去，爹嘩啦一下倒在地上，血從他頭上噴出來，一地鮮紅一地都是鮮花的樣……

「太可怕了呢，我總是想要殺了爹。爹在救我的路上我也想要殺了他。他背著我到了咱們鎮子中東邊那條冰河時——大冬天，那河上的白冰像冬天頭上死著的白雲一模樣。所有的鵝卵石上都結著一層冰。那時爹背著我到那河邊上，放下我，彎下腰，脫了鞋，在捲著他的褲腿準備趟河時，我又看見他那又大又圓倒轉的髮旋了。我不知道是因為發燒還是那旋兒，橫豎他在我面前彎腰捲褲腿，我就盯著那旋兒，不自覺的眼前出現了一片鮮血鮮花兒，紅得美得如咱老家洛陽那一片殷紅大紅的牡丹樣。你猜咋？叔，你猜咋，不敢想。真的不敢想。我那時竟不自覺的彎腰去那河邊抓起了一個很大的鵝卵石。那鵝卵石和饅頭、小碗一樣大，結著冰，凍在河邊沙地上。一隻手沒有從沙上揭起那石頭，我就用雙手去把那石頭晃晃抓在手裡了……真的要謝謝那酷冷的天。謝謝石頭上結的一層冰。記得清楚得如白紙黑字樣，我渾身發燒發燙，手上熱得和火樣，那石頭上的冰挨到我的手就化成了一層水。謝謝那麼冷的天。謝謝那小碗似的石頭已經凍透了，整個石頭都成了冰。成了一塊冰石頭。石頭表面上的白冰在我手上化成了一層水，可很快那石頭裡的冷氣又讓那水成了冰，把我的雙手凍在了那塊滾圓滾圓的石頭上。凍住了。黏住了。手凍結在那冰寒的鵝卵石上時，寒氣一下從我的手上躥到我的身上、躥到我的心裡啦。這一下，我渾身激靈一下子，慌忙用力甩著把石頭扔在了河邊沙地上。扔那石頭時，因為石頭凍在了我手上，響出了滋啦啦一聲揭皮聲。疼得我手像被燒樣。可我知道我再不扔掉那石頭，我就會從爹的背後一石頭砸在爹的後腦上。就會從爹的背後一下殺了他……

「我那時被差一點殺了我爹的事情嚇著了。出了一身汗，立在爹的身邊像河邊栽在地上冰凍了的木樁樣，直到爹捲起褲腿、提起鞋子，背上我又嘩嘩趟進河水朝河那邊的醫院裡跑。

「到醫院，醫生量我的體溫時，我一點不發燒。三十七度五，正常得和天陰有雨樣。和日出暖和樣。醫生說：『娃子一點不燒你們急啥呀急！』爹去我的額門上摸。真的一點都不燒。『咋又不燒啦？』一家人都盯著我這樣問著我。我不答。可我知道是因為在河邊我差一點殺了爹的事情把我嚇得不燒了。把高燒嚇退了。不燒啦，我們往回走。因為不燒一家人還在鎮上吃了一頓飯。從吃飯到回去，這半天一路上，我都沒有說過一句話。沒說話，不是我被差一點殺了我爹的事情、念頭魘著了，是我心裡老是後悔我咋沒有殺了我爹呢。我怎麼沒有殺了我爹呢！就是回家時，我爹扯著我的手，我心裡也還是後悔沒有在河邊殺了他……想到我後悔沒有殺了我爹時，我的手上又出了一層汗。爹覺摸到我手上又有一層汗，就用他的手又去我的額門上摸。又摸時，我把爹的手拿下扔到了一邊去。把我的手從他的手裡掙出來，我快步走到爹的面前去。我在爹的前邊走。在我們一家人的前邊走。我擔心走在後邊我又會咋樣看見爹的髮旋兒，會果真抓起一塊石頭砸在他的頭上腦門上。就那麼不言不語冰冰地走。也就從那一刻起，十二歲，發燒看病回家那一次，我決定我要離開爹。這一輩子我一定要離開村莊、離開爹。不離開爹我就會殺了爹。考不上大學複讀、複讀、再複讀，這一切一切都是為了離開爹。為了離開他，離開見他就想殺他的那念頭……

「跟你說，他不是我的爹。他就是一頭豬。從七歲到眼下二十二，這十五年我都沒有斷過想要殺他那念頭。從十二歲那次發燒到現在，這十年我都在後悔那次沒有在河邊殺了他……」

說到這兒李社的語調從激憤轉到平和裡。從要殺他轉到想要殺他了。他說著看著我的臉，像要從我的臉上找到他到底為啥要殺他爹的原因樣（那個逆時針倒轉的髮旋兒），可在盯著我看時，從身後工商銀行的大門口，傳來了「保安！保安！」的喊叫聲。我倆都扭頭朝著工商銀行的門口看，看見穿著工行工作裝的一個姑娘，手裡提著該是李社提的保安棒，大聲叫著朝李社連連招著手，像銀行裡邊出了啥事兒（會不會是有人搶銀行？），她的臉色通紅，嘴裡訓斥著：「上班你不在崗位你出來幹什麼？崗位就是你的一切你不知道嗎？」聽見她的喚，李社迅速把目光從我臉上撕下來，沒說話就半跑半走地朝著銀行那邊去。走了幾步又回頭叮囑我：

「以後關於我爹李撞的事情你別再來問我啦。問我我就後悔十二歲那年沒有殺了他！」

然後他就急切切地跟著那姑娘進了銀行裡。而我那時候，盯著李社的後影兒，沉默在他說的他要殺了他爹的舉措和情景裡。我不驚訝他為啥要殺爹，而在腦裡極度興奮出的一個念頭是——多麼好的一部小說素材哦，以後我應該把李社說的寫一部小說吧？是寫一部中篇還是一部長篇呢？

五　卷宗

1.關於李撞案中李撞的審訊筆錄

問：你叫啥？
答：你們不是都已經知道啦……
問：別打岔！問你啥你就回答啥……你叫啥？
答：李撞。
問：哪裡人？
答：河南。
問：更具體、詳細的？
答：河南省、洛陽市、耙樓山下的皋田村。
問：別山下、山下的。行政的？

答：行政……啥是行政呀？

問：就是省、市、縣、鄉和村的那順序。

答：我家是河南省、洛陽市、沼南縣、田鎮、皋田村、第二小組。住在西街最南第四戶。

問：身分證號？

答：身分證不是被你們收走了嘛。

問：出生年、月、日？

答：一九六二年臘月二十三。

問：西曆？

答：西曆……沒有西曆。我們那兒說生日都是說農曆。

問：審訊室的政策知道嗎？

答：知道。

問：說一遍？

答：坦白從寬，抗拒從嚴。

問：把你的犯罪經過……滋事鬧事的經過再詳詳細細說一遍。

答：還說呀？

問：說！

答：就是兩年前，具體日子記不清楚了，反正我從那時開始就在北京大學未名湖的北邊工地蓋樓房。二十六層樓，施工品質不夠好，蓋蓋停停折騰了兩、三年，還要保護文物啥兒的，所以施工進度和螞蟻搬家樣……

問：和本案無關的不要東拉西扯，只說和今天下午這滋事鬧事相關的。

答：好。可說的就是相關的……我就在那工地上打著工。天天幹活也沒禮拜天。有時還會被派到清華大學和人民大學那兒去修路、補牆啥兒的。施工隊，是專門為中關村這一帶的大學服務的。我跟著這施工隊幹了幾年啦。半月前，我在北大校園中間的一個銅像邊上填著地上的一個坑……那銅像名叫蔡元培。人家說他是北京大學的老校長。第一任的老校長，那學校就是他弄建起來的，所以死了才給他立銅像。入夏到了雨季裡，有雨就是連陰雨。一場雨後那銅像邊的地上塌了一個坑。坑很深，和農村的墓坑塌了樣。草坪都掉進坑裡了。我被施工隊派去填那坑，從別處拉些土過去，再把坑裡的草皮撿到坑外邊，填上土，夯結實，把草皮種到坑面上。我就幹這些。幹了一整天。黃昏時在那坑上邊種草皮，一撮一棵慢慢種，和農村種麥、種菜樣，把那草皮上的綠草一棵一棵栽上去……其實我有些磨洋工。發工資是論天計錢數，所以我不急。也就磨洋工。種草仔細得和我娘給補那爛了的衣裳樣……

我娘八十二歲了，眼睛又老花眼，可每次給補衣裳時……對不起，我又說得拐彎了。說回來，我這就說回來。黃昏我在仔仔細細種那草皮時，李靜走來了，站在我身邊，忽然對我說：

「你種得好認真啊！」

我抬起頭，一看是李靜。那時我不知道她叫李靜呢。可一看就知道她是北大的學生呀，手裡拿著一本很厚的書。手裡不拿書，那叫啥兒學生呀。我就特別愛看我娃子一天到晚手裡捧著一本書。見李靜手裡拿著一本很厚的書，我就對人家笑了笑。就這樣，她說她在那兒讀書讀了一整天。一整天都看我沒有偷懶歇一會。也沒有磨蹭偷懶磨洋工。也就和我說起了話。也就問起了我家裡的事。我就對她說，我娃子叫李社，學習好得不得了，一心一意要考到北大來讀書，別的學校都不去。對她說，李社連考二年都是只差一、二分。考不上了還要考，別的好學校錄取也不去。別的好學校老師到我們鎮上、村裡、家裡咋做工作也不去。就是一心一意要上北大。說他邪著北大了，堅決要上北大。於是，就複讀。複讀要花很多錢。我說我出門打工都是為了讓娃子複讀上北大……

我還對她說了很多事，她就感動了。當時就說她願意供我兒子複讀考大學。說我兒子如果今年真的考上了，她願意替我兒子交學費，供我兒子上大學。以為她也就是說說呢，誰知道，第二天她真的去我施工的工地找到我，給我送了八千塊，說我娃子無論今年是複讀還是上大學，那八千塊錢就作為他今年的學費用……

原來天下真的有這樣的好人呀。真的有人和那雷鋒樣。這李靜就是北京大學培養的雷鋒呀。可人家是雷鋒，咱也不能真的就要人家八千塊。一千我就接了呢，可那是八千塊。於是我就把錢還給她。她越是不接我越是要還人家呀。讓來讓去，退來退去，最後我熬持不過就接了那八千塊。接了人家還不讓我對別人說。說，說出去就沒意思啦。尤其是報紙一宣傳，那就更沒意思啦……你們說，這是不是國家宣導的做好事不留姓名那種文明啊？……

北京大學就是好，你們看，又為咱國家培養出了一個女雷鋒。這種事情我以前聽說過，可從來沒有遇到過。可這次，我們祖上的老墳冒了青煙啦，讓我遇上啦……八千塊，人家就那樣白白給我啦。不要都不行。可你接了人家的錢，總得有點謝意呀。這樣我就想請人家吃頓飯。我們老家那，要感謝誰就是擺上一桌請人吃一頓。以前是在家裡自己做，現在是請人下館子。我就想單獨請李靜姑娘下館子、酒店吃頓飯。後來知道人家是北京大學的研究生，畢業在北四環保福寺橋那兒上著班。每天上班和下班，都從未名湖北邊我們施工的樓下過，我每天就在那工地等她要請她吃頓飯。下決心花上三、四百，五、六百，可人家怕我花錢就是不肯呢。越是不肯咱就越感動，越要在那兒等她約她想要請她吃頓飯。不信你去問問我們村的羅麥子。麥子也知道這事兒。他還開玩笑說我一定和李靜姑娘有關係，人家才肯給我這八千塊。不然誰傻呀，素不相識說幾句話，就白白送我八千塊。

你看這——就為了這。人家是好人，怕咱花錢就是不讓請。為了不讓請，後幾天上班還不從未名湖工地那兒走了呢。

你看這——就為了這。人家不讓請，咱越是心理不落停。咱憑啥素不相識就花人家八千塊錢呢？咱就是想要請人家吃頓飯……就是不吃飯，能請人家吃頓霜淇淋也好呀。夏天嘛，讓請一盒霜淇淋也好呀。接了人家八千塊，心理不落停。人家上班又不從未名湖的邊上過了呢……就等啊，就找啊！今天終於就等著見了她。巧得很，我是因為下班早，去沃爾瑪那兒瞎轉悠，就在沃爾瑪門口看見了她。離得遠，認不清，就追著人家追到了這中關村西路的潤澤小區門前邊，就一定要請人家吃頓飯。說不花那麼多的錢，二百、一百也行呀。盡盡心。表達表達心。人家不肯我就求著向她跪下了……農民嘛，賤得很，沒有法兒表達感謝時，就會向人跪下來。我就跪下向她求著喚：

「讓我請你吃頓飯，花二百不行一百也行呀！」

「讓我請你吃頓飯，花二百不行一百也行呀！」

就這事。

就這樣！

我不知道這事、這樣礙了別人咋兒啦。有人看見我在那兒攔李靜、跪了下來求李靜，就以為我是耍流氓，上來圍著我就亂踢亂打了。有個小夥的耳光摑得我兩眼冒金星……幸虧你們去得早，再晚一會說不定他們會活活把我打死呢。連人家李靜喚著別打啦！別打啦……他們都不理不停呢。

都說你們北京人民好，講文明，有文化，經過今兒這事我看不一定。你們的文明、文化是看對誰哩。要對我們農民工……哼，誰都想離得遠一些，走路老遠都躲著農民工。可要把我們當成流氓暴打時，誰都想離得再近些，不踢不打幾下就像吃了虧……我說的不是嗎？你倆咋還笑……

我說的話完了。事情經過就這樣。真的就是這樣兒，我要說一句假話我去死。你們槍斃我。你們把我關在監獄十年、二十年！

……

問：你說的每一句話我們都記了，連一個字都沒漏下去。現在我問你，我頭上的標語是什麼？

答：那不是「坦白從寬，抗拒從嚴」嘛！

問：知道就好。再問你，你真的能保證你沒有假話嗎？

答：當然能。我有假話讓天打五雷轟！

問：法律——說法律。

答：坦白從寬，抗拒從嚴。我說假話了你們可以槍斃我……你們可以去問李靜。對呀……你們問李靜，口供一對不就實事求是啦。

問：老實說，你對李靜沒有別的意思嗎?!

答：啥意思？

問：男女那意思……

答：男女那意思是啥意思……咋會呀！你們往哪兒想……我一個農民工，年齡都能做人家的爹……打死我都不會往那兒想。

問：你為什麼要送給李靜一把遮陽傘？

答：咱不是要感謝人家嘛。看她每天上班打的傘舊了，就想買把新的給她作禮物。

問：李靜那時候為什麼會喚「抓流氓！抓流氓……」？

答：抓流氓……她喚了？她哪兒喚了呀！她是大聲喚著「別纏我……別纏我」……哦，對——你們說，人家李靜躲著我，不從未名湖的邊上走，是不是我纏著要請人家吃飯人家煩了呢……有可能，是人家煩了才不從未名湖那兒走過了……

問詢人：趙強國（化名）

答詢人：（李撞的簽名和手印）

記錄員：葛小亮（化名　實習生）

二〇一六年六月十二日二十二點三十分

2. 關於李撞案中李靜的詢問錄

問：李女士，麻煩你配合一下，我們問什麼，你就如實的回答什麼好不好？

答：嗯……

問：叫什麼？

答：李靜。

問：籍貫？

答：浙江杭州人。

問：出生年月？

答：一九八八年二月十八日。

問：工作單位？

答：西四環中路五十一號二三一研究所。

問：職務？

答：實習期。沒職務。

問：工作證號？

答：ＮＶ二三九六號。

問：今天事情的經過？

答：都說嗎？

問：越詳細越好。

答：事情是這樣的——半月前，應該是六月一號，因為單位要進行一次業務外語考試，我就又到北大校園去複習。我原來是北大電腦系的學生，本科和研究生都是這專業。因為在校時，考試前的複習都會在校園的樹林、草坪的人少處。現在畢業了，工作了，要讀書、複習都還在校園裡。潤澤小區又離校園那麼近。六月一日這一天，就又在老校長蔡元培雕像的附近複習和讀書。一天都在那兒讀。一天都見李撞在那兒默默地拉土、填土、種草幹活兒。前幾天下了雨，蔡元培的雕像邊上塌了很大一個坑。李撞是個農民工，那一天他都在填那塌坑幹活兒。我看他一天在那幹活沒有坐下歇一會，中午吃飯是乾吃了兩個冷饅頭，吃完了就去旁邊扭開澆花的水龍頭咕咕喝生水。其實中午時，我都想去學生食堂給他買兩個炒菜端一碗湯。我雖然畢業了，可身上還有別的同學的學生卡，在學校吃飯便宜又好吃。說一說，卻猶猶豫豫並沒有給他買飯買兩個菜。可我去學生食堂吃完飯，回來見他吃完饅頭趴在水龍頭上喝那生水時，就覺得欠他什麼了。有些對不起他了呢。人的感覺怪得很，一旦你覺得欠了他什麼，就會老覺得欠著他，不還他就會覺得越欠越多、越欠越大，開始是欠他一塊錢，到後來你會覺得欠他一百、一千塊。

我對李撞就是那樣兒。中午我回小區睡了一小覺。睡覺時因為覺得欠他什麼反倒沒睡著。下午又到那兒複習英語時，老覺得欠著他，就時不時地看他一眼兒。見他連種草也那麼認真細緻，一棵一棵，種歪了還要去扶正那些草，和杭州郊區的農民種菜樣，就忍不住去和他說話了。沒想到，他的家裡那麼窮。沒想到，他兒子在貧窮山區學習那麼好，連考二年北大都只差一、二分。沒想到，他兒子除了上北大，別的哪個學校再好也不去。沒想到李撞為了讓兒子複讀，在外邊打工，吃冷饅頭連一包榨菜都捨不得買，覺得世界上最好吃的東西是火腿腸……我真的是被李撞家的事情感動了，何況他和他兒子的全部努力，都是要考進我的母校裡。於是就覺得應該供他兒子複讀或者上大學，也就第二天就找到他給他送了八千塊。八千塊，正是我們學校一年的學費錢。這八千，對我們來說說不上多，也說不上少，但真的不是一個大問題。我父母親工作都在教育上，工資高，我又一上班每月都是兩萬多。真的是給他八千塊錢不算一個啥事兒。可是沒想到，為這八千塊，他一定要花錢請我吃頓飯……要說陪他吃頓飯也沒啥事，可不知為什麼，我寧可給他八千、一萬、兩萬塊，也不想和他坐在一塊吃頓飯……

我不知道這是啥心理。可能骨子裡還是瞧不起人家吧。覺得和他單獨坐在一塊兒吃頓飯……怎麼說，一想到我要和他坐在一塊兒吃飯……身上就像長了蝨子、爬了蟲子樣。所以說，他幾次在未名湖那兒攔我要請我吃飯時，我都慌忙拒絕、慌忙撤著身子走掉了。他在那兒攔我、截我共三次，每次攔我、截我說請我吃飯時，周圍的人都用很奇怪的目光瞅著我，好像我有熟人、親戚在那幹活、打工是很丟人的事。為了不讓他攔截我，不讓他大聲吵吵著請我去吃飯，有幾天，我上班、下班都不從校園裡邊穿過了。我走校園外，繞到中關村大街，再繞道北四環的輔路上。可是沒想到，今天他不知怎麼就突然在我下班回來時，出現在了小區門口前。這就發生了下午的事……大家打了他，你們還又抓了他……

問：聽你這麼一說，抓他還是我們的錯？

答：誰都沒有錯。是一場誤會吧。

問：那你為什麼在那兒大喚「抓流氓！抓流氓！」？

答：抓流氓?!……我沒喚呀。我是對李撞喚著「你別纏我，別纏我！」。

問：旁邊的群眾可不是這樣說的呢。群眾都聽得很清楚，說是聽你大喚「抓流氓」，才都圍上去解圍，動手打了李撞的……當然，動手把他打得那麼重，群眾們也是有錯誤，細追細究也是犯法呢。

答：群眾犯法不犯法我不管，可李撞真的沒犯法。他對我沒有半點侮辱那意思。我真的也沒有喚叫「抓流氓」。真的我是對李撞大喚「你別纏我，別纏我！」可能這就是我說的我可以大大方方給李撞八千、一萬塊，但不想單獨和他坐下吃頓飯的心理吧。每一個城市的人，北京的人，潤澤小區的人，都對農民有著同情心。可有這種同情心的人，如果他們看到一個農民工和一個城市的、又是北大的學生坐在一起了，那就怕不再會是同情心，而是莫名其妙的不解、猜妒和……抱怨吧。所以說，一當聽到我的呼叫，又看見李撞跪在地上拉扯著我，我再因為慌亂喚得不清楚，他們也許就想當然地認定李撞是流氓，一定是要纏我侮辱我，就圍攻上來救我了……

問：那麼……李撞為啥要給你送把傘？他真的沒有別的意思嗎？

答：那就是一把傘。看我的花傘舊了不好看——那是他的審美嘛，就要買把新傘作禮物，是和請我吃飯一模一樣的意思吧……怎麼說，你們也不能因為一個農民工要請我吃飯，要送給我禮物就把他關起來！

問：你還有別的要說嗎？

答：今夜能放李撞嗎？沒啥事就把他放了吧。

問：法律是有程序的，不是你說沒事就可以放人的。

答：你們不放他，我就不離開你們派出所。我不能因為我，讓一個人無緣無故地被抓起來。

問：哎，你這姑娘……還北京大學的研究生，你懂點法律呀！法律程序你知道嗎？我們不能聽你說李撞沒事就沒事。我們還需要其他有效的證言和材料你懂不懂？

答：我懂！可在今天的事情上，我的話是最有法律效力的證言和材料！

問：……

答：你們放不放？要關他超過二十四小時你們可也是違法呀。

問：我就納悶啦，你是受害人……你們倆到底是什麼關係呀？

答：現在說什麼關係都行呀。父女關係，同事關係，戀人關係……只要你們能盡快放了他。

問：你走吧，現在半夜了。我們抓緊再找幾個證人問一問，如果真如你說的那樣，我們明天上午就把他人放了。

……

問詢人：趙強國

答詢人：（李靜的簽名與手印）

記錄員：葛小亮
二〇一六年六月十二日二十四點四十分

3.關於李撞案的證明信、保證書和結案書

證明信

我證明我們村的李撞和北京大學畢業的李靜姑娘確實以前都認識。李撞在六月六日給我說過這莊（樁）事，說他幾天前有天下午在校園菜（蔡）元陪（培）的像邊填坑種草時，李靜在那學習，了解了李撞家的困難，要支（資）助李撞的娃子李社讀書，給了他八千元的人民幣。他感激不過，就想請人家吃頓飯。還和我商量過去哪請人家，要花多少錢……

後邊的事我就不知道啦。

證明人：羅麥子（農民工）
身分證號：XXXXXXXXXX
二〇一六年六月十三日八點二十分

證明信

我證明，二〇一六年六月十二日下午六點二十分左右，在本潤澤小區門前，不知道為何有一農民工模樣的中年，突然攔截住在本小區二號樓的李靜小姐。二人有糾纏行為。李靜有了大叫聲，具體喚叫什麼，因事發突然，並未聽清。而我當時正在路邊商場購物，剛好出來看到一群人正在把中年農民工按在地上群毆群打。李靜確實在邊上焦急地大喚，「別打啦！別打啦！」

之後，街道派出所的民警及時趕到，制止了群毆，帶走了那位中年農民工（李撞）。

證明人：柳水菁（潤澤小區居民）
身分證號：XXXXXXXXX
二〇一六年六月十三日九時

保證書

我叫李撞，籍貫是河南省沼南縣皋田鎮皋田村第二小組人，在北京大學富強建築隊打工。二〇一六年六月十二日下午，因李靜同志要資助我娃子讀書，給了我八千元人民幣，為了感謝，我反覆請人家吃飯人家不肯，於是，就追到潤澤小區門前攔截人家。因為行動過激，發生誤會，造成了一場不小的混亂，為北京的和諧社會和國泰民安，添了亂子，製造了麻煩。這次街道派出所的民警同志，把我帶到派出所後，讓我吃得好，住得好，教育得好，我很感動。因此我保證，出去以後，好好為北京的大建設添磚加瓦，出力流汗。以實際行動，迎接黨的十九大的召開。遵守習主席的教導和紀律，好好幹活，好好做人，為建設藍天北京，和諧北京，做出最大的努力。

請民警同志放心，我一定會做一個遵紀守法的好民工。

保證人：李撞（簽字、手印）

代筆人：李靜

二〇一六年六月十三日上午九點五十分

結案書

關於農民工李撞在我派出所之轄區，中關村西街十一號潤澤小區門前滋事鬧事一案，經過認真調查、詢問和各種知情人的了解與證明，李撞與李靜，確係我們社會所宣導的城市人資助貧困山區青年讀書計畫的實施資助之關係。所滋之事，有誤會成分，但也造成了一定範圍的社會混亂。經教育，李撞不僅錯誤輕微，而且認錯態度很好，所以，於二〇一六年六月十三日十點二十分使其離開，回到北京大學富強施工隊繼續打工工作，為迎接十九大的召開，營造良好的自然環境和社會環境。

（潤澤街道派出所公章）
二〇一六年六月十三日

六 速求共眠（二）

1

為了成就我因膨脹的激情所動念的自編、自導、自演一部電影的奢望，以滿足我人到中年對名利渴求的妄願，誠實而言，我是下了工夫、做足了功課的。當然，也不能忘記顧長衛給的我五十萬人民幣的鼎力相助與支持。沒有那五十萬，也許事情就不是今天這樣兒。說一千，道一萬，還是要感激顧他給的錢。世界上的萬事萬物，一切高尚的理想在實施的過程中，皆需要錢的恩善和支持，這實在是一道諷刺的悖論和荒謬。就是直到今天之事後，我在寫作這本《速求共眠——我與生活的一段非虛構》的小書時，也還為我那時的熱情感到滑稽、可笑和心動。我甚至都不太能相信，以我這個如此慵懶、無趣的人，為什麼會為一時之激動，付出那麼長時間的興奮和激情。會從六月十四日坐高鐵趕回老家，在短短的三天時間裡，就採訪了李撞和他的母親，洪文鑫和他的兒子，還有李撞的左右鄰居郝民和林小芬。這其中還不包括飯前飯後，睡前睡後和我母親、姊姊們的談話、聊天和他們談論李撞和李撞一家的日常與怪異，意料之內或意料之外的發生和皋田人道聽塗說的議論和猜測。更無法想像，我會在那僅有的三天時間裡，拿出大半天，拉上我的一個同學加戰友，一早騎車從我們村裡出發，到來回五十六里耙耬山脈深處的桃園村，了解、採訪了只有點滴洩露而其他人完全不知的一樁事。這樁隱密、真實的事件，成了後來我創作電影劇本《速求共眠》中最為重要的情節和人物百怪千奇的發動機。那事情如同我要尋找銀行時，抓到了一把金庫的鑰匙般。那時候——老實說，電影中我準備出演的那個男一號——李撞那個人物（是入木三分嗎？算不算在電影人物的畫廊裡，我也為之增加了一個偉大而不朽的形象呢？），在我心裡就如我自己栩栩如生地活在這個世上樣。儘管如此——也許是為了要向顧長衛等證實我的誠信與認真，並不白白首先索要他五十萬元人民幣，十六日傍晚回到北京後，十七日我就又採訪了也要成為電影人物的生活中的原型羅麥子和李撞的兒子李社等。而且出乎我意料的，通過適當或不適當的途徑，到潤澤派出所，真真假假、虛虛實實，與辦案民警聊了大半天，既說理又求情地竟也看到了李撞社會滋事一案中最原始的全部審訊錄和其他的卷宗與材料（把它們通過手機拍照後，幾乎原封不動的搬進小說是不是一種違法行為呢？）。到末了，民警朋友還自掏腰包請我吃了一頓飯。在這個過程中，他們當然不知道，我那時已經有五十萬元在我的卡上睡得沉穩而香甜，並不時發出急於醒來消費的呼嚕聲……總之說，該做的事情都做了，該有的素材都有了。我可以坐下創作我的電影劇本《速求共眠》了。

六月二十日，我坐在書房寫下了電影劇本的故事大綱。

六月二十一日，寫了故事中出現的主要人物之小傳。

六月二十二日上午，和顧長衛通了很長時間的電話，討論了劇本創作中應該注意的要點及事項，確定了一些原則性問題，比如劇本的藝術性和必須審查通過的技巧性；比如在保證審查通過的前提下，為獨一無二的故事而努力；為獨一無二的主要人物而立傳；人物對話要準確而精少，能用細節、心理變化的，絕不讓人物把話說出來等。我們彼此相談甚歡，似乎不謀而合。可放下電話後，我就把我倆邊談話邊記在一張紙上的創作要點和注意事項揉成一團扔進了紙簍裡。接著又莫名其妙、無所事事地約上了蔣方舟和楊薇薇，到北京大學東門正對著的城府路大街吃了一頓飯。在那飯桌上，我借助她們尊師的習養，無聊，吹牛，夸夸其談（每部作品在動筆前，我都有這種尋找聽眾、夸夸其談的壞毛病）。然後，我就回家寫作了。很快在稿子上寫了這樣兩段人物限定性的話：

人物

李撞——河南鄉村人，五十餘歲，但看上去也許更老，因為生活和經歷所致，使他身上有一種焦躁不安和莫名之煩惱，這種來自生命的情緒，似乎總在等待一種類似向現實復仇的發洩。於是他就在自己的生活和生命歷程中，有些怪異、莽撞、無來由的歇斯底里。然其結果，因其內心所使，又最終總是走向平和與靜緩，如耶穌復活後，變得更加平靜、舒緩、寬容和偉大樣。

李靜——二十四歲左右，北京大學電腦系剛畢業的研究生，杭州人，秀麗、專注，才華橫溢，但卻在性情與性格上，有些固執和敏感。她因知道自己固執而敏感，又因其敏感而更固執，但卻又同時顯出一種當代青年女性柔韌和不失堅守的美。雖在故事中的表現，有些與李撞相似、卻又完全不一樣的不安和焦躁，但這一切的缺陷都如維納斯的斷臂般，無法遮掩她本質單純、善良和天使般的美。而與此同時，與李撞一樣，命運中彼此的相近與相異，都正彰顯出我們這個偉大時代的豐富、複雜和不確定性的矛盾、現實與未來的各種可能性。

然後……然後電影故事中的其他人物與情節，在我筆下就像壞了龍頭的自來水，一旦打開，想止住流淌幾乎是樁不可能的事情了。上午寫，下午寫，晚上繼續寫。一場戲，又一場戲。一個情節又一個情節。其速度無法想像，寫作的快感也無法想像。我不知道那麼快捷流淌的寫作，是有賴於我那大量的採訪和生活之積累，還是有賴於名利膨脹成的創作激情或者名利發動機。三天後的六月二十六日凌晨兩點鐘，在劇本的最後一頁寫上「完稿」二字時，我長長地舒了一口氣，望著那一疊疊的白紙黑字之手稿，體會到了腰痠背疼的高潮與快樂，宛若一個士兵在戰場上用一點可以藥救的負傷而贏得整個戰役的偉大勝利樣。之後等待那位士兵的，將會是凱旋、鮮花、勳章和無盡的對英雄的讚譽和歌頌。

六月二十六日上午，我把劇本看了一遍，做了輕微的傷補和修改，下午，就讓人送給楊薇薇幫我收錄列印了。二十六日晚，從郵箱收到楊薇薇完美無缺的劇本電子版（很遺憾，沒有同時收到她對劇本的讚揚聲），連夜我又進行了校對和修正。第二天，我就把這個改定的劇本發給了顧長衛、蔣方舟（她正在南方出差）和郭芳芳。

種植已經完成，收穫即將到來。水分、陽光、沃土與滋養，季節與鋤草，春風和雨露，還缺什麼呢？顧、蔣、郭，還有楊薇薇，現在你們可以靜心閱讀那部不一樣的電影作品了，可以看到真實而令你們意外的李撞、李靜、李社、麥子，還有張華（這個人物身上的部分情節是虛構的）的命運了。那麼，這部《我與生活的一段非虛構》的讀者們，我也請你們，現在與那時的他們一樣，來閱讀李撞一家與李靜等人在北京中關村西街潤澤小區那一夜的電影故事吧。

2

速求共眠（電影劇本）
——根據真人真事改編

（說明：這是一個幾乎完全發生在北大附近的真實故事，人物、事件、環境，都是現實生活的真實存在。但為了藝術和拍攝的需要，我把真實故事中的時間、地點及情節，做了部分的挪移、集中、加工和想像）

人物

李撞——河南鄉村人，五十餘歲但看上去似乎更老、更滄桑。

李靜——二十四歲左右，北京大學電腦系剛畢業的研究生，南方人。

張華——某國企下屬的二三一研究院院長，四十來歲。

吳敏慧——李靜讀研的閨蜜，與其同租宿舍住在北大附近。

麥子——三十餘歲，和李撞一塊打工的農民工。

工頭——四十餘歲，麥子和李撞的包工頭。
李社——二十一歲，李撞的兒子。
吳國強——李靜的畢業學兄。
趙明——李靜的在校學兄。

員警、張華妻、售貨員、男同學等等若干。

1 北大門前　十字路口　午　外　烈日

這年盛夏的一天，北京天氣悶熱，酷燥異常，幾乎所有路上的汽車前玻璃都掛著遮陽布；所有的女性行人，都舉著遮陽傘。

在北大門前的某個路口上，農民工李撞用棍子挑著一個巨大的王八在賣。而他持棍的左手食指是個斷手指，鮮明而突出，似乎在講述著一段不為人知的什麼故事。他站在路邊喚買喚賣，舉止行為和附近的建築及進進出出的北大學子們，顯得極不協調。

李撞：要不要？要不要？大補啊！

李撞：要不要？要不要……

李撞逢人便喊，路人都不屑地朝他一看，匆匆走去。

李靜騎著一輛鮮豔的新自行車，從北大附近的胡同裡出來，因天氣過熱，她在臉上罩了遮陽紗，到李撞面前時，突然那隻巨大的王八伸在了她的面前，嚇得她一下從自行車上掉了下來，差點摔倒。

李撞：要不要？便宜賣，二百塊。

李靜不耐煩地看看，推著自行車躲著李撞。

李撞追著李靜。

李撞：姑娘——一百五十塊！買了送給你們領導，你就會一天好運氣——是一年好運氣；一輩子好運氣！

李靜慌忙騎車走去。

李撞一臉汗珠，失落地站在馬路中央。

有小車開來，在李撞面前緊急煞車。

李撞以為人家買王八，一喜，把王八舉了過去。

李撞：哎……王八……

司機（大怒）：不活啦?!滾！

李撞慌忙退回到路邊上。

李撞有些茫然、無奈地看著來往的人群和大街。

身後的建築工地上，麥子在樓頂大喊。

麥子：李撞——幹活啦！

李撞聽到喚後，望望烈日、工地，最後怏怏而回。

2 北大附近寫字樓 日 外 林蔭大道

一座現代精美的寫字樓前，掛著「二三一機械研究院」字樣的牌子。旋轉門外，環境整潔，綠茵遍地，修剪過的花草依次鋪開。

研究院院長張華自駕嶄新的豪車上班開來，車的牌子都還未及去上。他剛把車在地庫停好出來，就在大廳遠遠看見了來上班的李靜，於是臉上有了猶豫之色。之後他朝邊上閃了一下，欲走，又遲疑著轉身回來，在大廳等著李靜。

李靜笑容滿面。

李靜：院長，這批機械資料算好了，A項是32735，B項是49780.2。

李靜遞上滿紙公式和資料的資料，張華猶豫著未接。

張華（內疚的）：李靜，我張院長對不起你……你從今天起，你就不用再來上班了。

李靜愕然目呆。

張華：別問我為啥——我給你多開三個月的工資，多發三個月的獎金。

張華言畢，轉身走去。

李靜站在原地呆著，似乎沒有醒轉過來。

3 研究院　日　內

研究院內整潔、明亮、現代。

李靜表情木然的走來。

李靜到院長辦公室門前站站，推門而入。

張華看見李靜，慌忙放下手裡正打著的電話。

李靜鄭重的把那疊資料資料放在張華面前，冷而有些堅毅地問。

李靜：你得給我說個為什麼！

張華（囁嚅）：……我給你多發半年工資、半年獎金。

李靜（堅決的）：我不要錢，我要工作。半年前我來院裡實習時，我們是談好把我留在院裡的；說只要我表現好，院裡就把今年大學生的進京指標留給我。

張華無奈並無語，最後只好沉默一會，朝外走去。

李靜隨後，一直追著走去的張華。

4 廁所　內

張華在廁所從容的洗手、擦手、烘乾。

張華從廁所門的玻璃上朝外看著。

然而，張華從廁所開門出來，發現李靜依然站在男廁所外固執的等他。

李靜：我所有的同學都工作落實了，他們也都知道我在研究院就業上班了。現在你讓我走，你毀的不是我一天一年，而是一輩子！

張華不耐煩的低頭走著。

李靜緊跟其後。

李靜：我到院裡半年來，無論是國內的數位核准，還是國外的資料翻譯和核校，都謹小慎微，連 0.01 的錯誤都沒犯過；就是作為辦公室的文祕到你家，我也和保母一樣，幫你家拖地、買菜、哄孩子……

張華聽著撤著，走得更快。

李靜又緊追兩步。

李靜（大聲）：張院長——你們家裝修的每一根管道都是經過我算的；連你夫人用的衛生巾尺寸都是我按她的要求去買的！

張華淡了步子，但沒回辦公室，而是想想，又躲著李靜拐彎，朝車庫走去。

李靜一直跟到車庫，看著張華開車走遠。

5 北大附近工地　日　外

這兒一片凌亂，噪音隆隆。

李撞扛著一袋袋水泥朝攪拌機前倒著扔著，面前不斷騰起飛揚的灰塵。

那隻沒有賣掉的王八，掛在路邊的一棵小樹上。李撞再次走來時，用小木棍捅捅王八的頭，那王八迅速把頭縮了回去。

李撞把太陽下的王八取下，掛在了另一邊的樹蔭下，並用一個水泥袋子在樹枝上給王八撐起一把遮陽傘。

遠處的麥子手在嘴上握成喇叭喚叫著。

麥子：李撞——你在那兒耍啥王八呀！快些扛，這兒的機器等著哪。

6 研究院車庫　內

時過很久，日已西偏，但太陽依舊燥熱。

張華終於又開車回來，進了浩大整潔的地庫。

張華下車鎖車，擔心什麼似的左右看看。

張華放心地朝地下電梯走去。

李靜意外的從一個柱子後面閃了出來，橫在張華面前。

李靜前後看看，見地庫別無他人，默一會突然生硬地說道——

李靜：張院長，你把我留下工作，幫我申請進京指標，我願意把身子給你；願意陪你……

張華更感意外，聽了半截慌忙走開。

李靜盯著欲走的張華，上前兩步攔住他的去路，拿出了最後的資本。

李靜（小聲而肯定）：我還是處女。

張華愣了一下，更快地閃躲著到了電梯門口。

張華按著開了門的電梯鍵，扭頭半是解釋半是譏諷地大聲說。

張華：你還是處女啊，怪不得！今天回去先把你的處女破掉吧——破掉你就知道現實社會不是0.1和0.2的事情了；就知道……

張華話未說完，電梯門開，他止言而入。

李靜茫然的站在空無他人的一片豪車地庫裡。

李靜突然對著電梯裡的張華反彈一樣暴怒大喊。

李靜：張華——你還是一個海歸哪，唯我為尊、獨斷專行——我告訴你，我這一輩子就是回到老家當小學老師都不會再求你，不會再來研究院！

李靜話一落音，張華關了電梯門。

李靜只好無奈呆呆的站在那兒，把腳下的一個小磚塊朝電梯門狠狠地踢過去。

7 北大附近　李靜租房的小區　日　外

烈日。沉悶。寂靜。

小區的自行車棚裡一排長長停放的自行車。

李靜極度沮喪的推車回來。

李靜在一排自行車頭上鎖車、鎖車後，莫名的站在那兒。

李靜忽然把自己的自行車用力一推，眼看著自己的自行車砸倒了兩輛自行車才轉身走去。

邊上一個玩滑板的小男孩瞪大眼睛，吃驚地望著李靜。

李靜回身朝自己的租屋走著。

玩滑板的男孩一直不解的看著李靜走遠，才熟練地滑著滑板離開。

而此時，因某個被砸的自行車站立不穩，那長長的一排自行車又開始如多米諾骨牌樣繼續嘩嘩的倒著，且還一倒而不可收拾，一直倒到最後一輛。

李靜聽到倒車的聲音，轉身後一直站在那兒遠遠望著。

8 李靜住處 日 內

單元房內，李靜從樓梯走上二樓。

李靜正欲開門，門卻從裡邊突然打開。

李靜的女同學吳敏慧和她的男朋友從屋裡出來。

吳敏慧落落大方，可她的男朋友卻有些緊張羞澀。

李靜意外地閃到一邊望著他們。

吳敏慧（介紹）：我的新朋友司馬海；這是我的閨蜜——李靜。

李靜和司馬海彼此點頭。

吳敏慧拉著男友欲走。

吳敏慧：李靜，對不起啊！剛才我們慌不擇路了……今晚我們住賓館，把房子留給你。

他們走後，李靜進屋，又聽見吳敏慧的喊話交代。

吳敏慧：別浪費房間啊！

這是一套公寓房，臥室、客廳都在一個較大的空間內。牆上掛有醒目而又抽象的百元人民幣的油畫作品。

李靜進屋後看看茶几上吃剩下的水果和西瓜皮，看看隨地扔著的吳的拖鞋，她用腳把那拖鞋慢慢的踢到門後，並用腳把吳的男友用過的拖鞋踢擺整齊到牆下。

李靜回身，又突然看見窗下桌角上放著一個醒目的避孕套的空盒子，她厭惡地拿腳在桌腿上踢了一下，抽出一張餐巾紙墊著，用手指捏起盒子，扔進了廢紙簍裡，然後疲憊的坐在了自己的床上。

李靜本能感覺到什麼，又起身打開自己那被拉亂的毛毯，忽然看到異常乾淨的床單上，隨手扔著幾本書（曼德拉的《漫漫自由路》或別的書籍）和一片做愛弄髒的汙漬。

李靜似乎明白過來，氣憤地衝上陽台，欲喚欲罵時，看見閨蜜和男友已經親熱著走遠，最後只好望望吵嚷的大街和北大的偏門，從陽台上退了回來。

李靜站在床前發呆。

李靜又本能的掀起自己的枕頭，看見了枕頭下吳敏慧和她男友做愛後用過的一團衛生紙和從那紙裡露出的用過的避孕套，她忍無可忍，徹底爆發，忽地抓起枕頭和那一團髒紙摔在地上，又扯下床單用腳跺著踩著。

李靜有些歇斯底里，看見茶几上半尺長的菜刀（水果刀）後，一把抓起那刀，用刀在床單上一下一下捅劃著。

床單上一片捅破劃開的洞口。

李靜捅劃一陣，扔下刀子，又嘩嘩的撕著床單。

李靜把房間弄得凌亂不堪，也把自己折騰得精疲力盡，最後終於滿頭大汗地蹲在了地上。

李靜望著對面吳敏慧乾淨、整潔的床鋪和床頭上她分別和三個男友的三張親密無間的合影照，不言不語，拿起地上的枕巾，擦了一把臉上的汗，有兩行極度委屈的淚水，莫名的流了出來。

9 **北大附近　日　外**

高樓、人流、車流和喧囂。

北大門前進出的學子們……

10 **李靜住處　日　內**

李靜宣洩後木然的坐在地上。

李靜似乎從宣洩的焦躁中安靜下來。

李靜扭身拿過空調遙控器，打開了空調。

在空調風中，李靜把目光落在被自己撞倒的廢紙簍上，那個避孕套盒，正好掛在廢紙簍的最上端。

李靜的目光落在了那個避孕套的盒子上。

屋內沉靜異常。

李靜盯著避孕套盒有些迷茫的目光……

李靜盯著看著，那個避孕套盒剛好自動從廢紙簍上端掉落下來。

李靜盯著落在地上的避孕套盒子一動不動。

最後，李靜有些疲勞的蹲在地上拿起避孕套盒看了一會，慢慢放下，若有所思，取出手機。

李靜經過猶豫，似乎拿定了什麼主意，開始翻著手機上的通信錄。

李靜的目光停在了吳國強的名字上。

李靜終於撥通了吳國強的電話。

11

北大門口　外

吳國強年輕帥氣，戴著墨鏡，有些公子哥的樣兒，正開著一輛跑車朝北大校內進著。

電話鈴響，吳看看名字，接了電話。

吳國強（面帶笑容）：李靜兩年了……你還會主動給我打電話呀。

12 **李靜住處　內**

李靜對著電話猶豫不語。

吳國強在電話中的聲音。

吳國強：說話呀，是不是談了新男友覺得他哪都不如我？沒有我的工作好，沒有我錢多，還沒有我酷的分數高……當然，我還是一個北京人。

李靜聽著，最後主動掛了電話。

13 **北大院內　外**

吳國強開車在北大院內也關了電話。

吳（自語）：神經病！

吳把手機扔在了鄰座。

14 **李靜住處　內**

李靜繼續在翻看自己手機的通信錄。

李靜終於又下決心撥通一個電話。

接電話的是正走在未名湖邊大她幾歲的在讀博士趙明。

李靜在電話上單刀直入，非常直率。

李靜：趙明，我是你師妹李靜。我想讓你到我房間來一下。現在——就現在！我的住處只有我一個人……

趙明聽了此話，慌忙左右看看，朝路邊躲著。

趙明：李靜，你怎麼了？有事嗎？

李靜：有事。急事——我需要男人。我想讓你到我房間來……就是現在，一分鐘我都不願等！

趙明嚇得把電話從耳邊拿開，看看手機和左右，又把手機放回到耳朵上。

趙明：師妹，這個玩笑開不得，我都已經結婚了……

李靜：你來還是不來？放心，我不會賴著你。現在我就想和一個男人在一起，哪怕只是喝杯咖啡說說話，面對面的坐一會。

趙明（推拖的）：我的博士論文還沒寫完，現在正去找導師討論哪……

李靜不語。

趙明：師妹……師妹……

李靜再次掛了電話。

李靜又撥了一個號碼。

盲音。

李靜又撥，盲音。

李靜的電話通訊錄很快到了最後。

李靜猶豫一會，最後再次盯著第一個吳國強的名字。

15

北大校內

吳國強正開車從北大校區朝外走著，這時他摘了墨鏡，貌似斯文並很有修養的樣。而在他身邊坐著的，是一個相貌單純的女生，顯見這是他正追求的一個新學生。

手機響起，吳看看李靜的名字，動了一下電話鍵，開車駛向四環路。

16

李靜住處

李靜看吳沒有接電話，等電話響出「對方不在服務區」的聲音後，她又第三次固執地再次撥通。

吳國強聽著電話鈴聲，看看路邊「機場方向」的牌子，只好接了電話。

李靜：吳國強，為了你，我放棄了讀博，放棄了留校的可能……現在，我想滿足你，想和你在一起說說話，然後把我的一切……都放棄掉！

吳聽出了李靜的言外之意，變得君子一般。

吳國強：李靜，你認錯人了。我吳國強是除了愛——最純粹的愛，什麼都不需要的人，包括性和羅莉塔的身子。對你說，沒有愛，性就是一束罌粟花。

說完，吳佯裝磊落的把手機調到免持鍵，放在手機座。

吳身邊的女生意外而敬重的望著他。

而李靜，這時則盯著手機啞然無語。

手機中繼續傳來吳虛偽的聲音。

吳國強：李靜，沒辦法，我不會滿足你。誰讓我們都是北大的畢業生；誰讓我想要成為中國最好的知識份子哪。

李靜終於忍無可忍，把手機甩在了床上。

手機中依然是吳的聲音。

吳國強（極度嘲諷的）：是把手機甩在了床上了？別這樣——聽我說，在性的問題上，這個世界上沒有誰能配上你獻身。守身而如玉，則品德如崑崙。如果你守著了處女身，你就守住了我們中華民族偉大的傳統美德了！為了祖國，為了我們民族，你一定要守身如玉啊……

李靜完全被侮辱所擊垮，她再次抓起手機，摔在了門口的牆下。

這次手機落地，響出了嘟嘟的聲音。

而李靜站在屋內，咬牙切齒，氣得雙手捏拳跺腳。可隨著她的跺腳落地，從腳尖挑起的是那個避孕套的盒子。

李靜低頭，望著那個盒子，凝目而視；一動不動。

17 工地　外　烈日

烈日行走。掛在小樹樹蔭下的王八，又處在烈日之下，龜頭在慢慢伸動。

李撞光背大汗，滿臉塵灰地在扛著水泥。

李撞看見工頭和另外兩個人從別處走來。

李撞扛著水泥在王八邊上等著。

工頭走近，李撞巴結地。

李撞：哎——這王八你吃嗎？大補。

工頭沒有理他。

李撞：送給你的，不要錢。

工頭看看，不搭理地從他面前過去。

最後，李撞扛著水泥追上。

李撞（囁嚅）：哎，不給我八千，能不能……再借給我五千。

工頭（不冷不熱）：借！借！每天都有人來借錢，我要都借給你們，我他媽早被借垮啦！

李撞無言，站在那兒等工頭走遠，他把肩上的水泥摔在地上，頓時騰起一片煙塵。

李撞在煙塵中呆了許久，最後轉身，又從凌亂的施工樓梯，朝樓上慢慢爬著。

18　**李靜住處　內**

李靜坐在桌前，背對屋門。

而她面前電腦的桌面上，是最大字體的兩行字：

人生絕處，

誰能與我共眠？

李靜盯著那字，鍵盤迅速響起，那兩行字變成了——

人生絕處
速求共眠

19
樓頂工地　烈日　外

在十幾層的樓頂上，工頭正向年輕的農民工麥子交代著什麼。

李撞慢慢走來，幾近哀求。

李撞：哎……哎……這樣吧，你提前給我五個月的工錢，從現在起，我給你幹夠十個月；這十個月我分文不要。

工頭又看看李撞，扭頭走開。

李撞（追著）：我白幹一年行不行?!

工頭坐著捲揚機的罐車下樓，平靜回話。

工頭：我不剝削你們，你們也別欠我的。

李撞木呆無言。

捲揚機罐箱慢慢消失。

李撞無助的站在樓頂，看看烈日、天空和樓下大街上的繁華街景，最後把目光落在了北京大學的門口上。

那門口的學子們人流不斷。

有一個轟隆震動的聲音，把李撞從茫然中拽出。他扭回頭來，看見麥子正把腳手架的木板扛著堆到一邊，坐在那兒抽菸。

李撞朝麥子走去，途中拿起地上的流水皮管，咕咕地喝著。

李撞到來，坐在了麥子身邊。

年輕的麥子，遞給李撞一支香菸。

麥子：你不該叫他哎……哎，你得叫他王總。

李撞有些不解。

麥子狡黠地笑笑，從李撞的光背上，揭下一塊曬脫的薄翼紗皮，對著太陽照著不語。

李撞看看麥子舉起的自己背上的紗翼皮，又看看樓下清晰可見的北大校門，莫名而有力地自語。

李撞：媽的，真想殺個人啊。

麥子一怔，扔了手裡李撞的脫皮。

麥子：真想？

李撞看著麥子。

麥子從口袋取出一個菸盒看看，見裡邊沒錢，又取出一個裝電池的老式手機，打開電池蓋，從蓋內取出一張百元的鈔票，朝李撞遞著。

麥子：真想殺？買刀去。

靜一會兒，李撞突然奪過麥子的錢，也對著太陽辨著真假。

麥子：真錢，放心。

20　沃爾瑪商場門前　外　落日

北大附近的沃爾瑪門前廣場上，人進人出，熱鬧異常。

李撞和麥子並肩朝商場走來。他們洗了臉，經過了簡單收拾，但在人群中，農民工的樣子依然突出。在商場入口處的門前，他們看見邊上有一賣甘蔗、鳳梨的商販，嫻熟如藝術般旋削著鳳梨皮的刀子，長而鋒利。於是，他們過來站在賣鳳梨的攤位前。

商販：買嗎？

李撞：買。都買完，刀也買走，賣不賣？

商販一愣一笑：大哥，別這樣，咱們出門都不易……

麥子（推著李撞走去）：裡邊有好刀。

到商場門前，他們又見與商場相鄰的專家公寓樓那兒，圍有許多人群，如看戲一般，李撞又好奇的朝那兒望著。

麥子：撞哥，你到底買不買刀？

李撞收回目光，二人進了商場。

21 商場　內

李撞和麥子在沃爾瑪超市邊走邊看。

顯然，麥子在這兒比李撞熟悉，他引著李撞逕直走著。

麥子：這邊、在這邊……

麥子把李撞帶到了刀具櫃前。

他們在挑選著各種菜刀。

麥子一眼看上了完全可以殺人的一把鋼刀。

麥子：這把怎樣？

李撞（提刀試了幾下）：就它吧！

他們拿刀交錢，到收銀櫃服務台前，服務員不斷地打量著他們倆。

麥子（聰明的）：做飯用，他是廚師。

服務員：身分證——買這種菜刀需要登記身分證。

麥子欲取身分證時，想起什麼，又面對李撞。

麥子：我忘帶了，你的呢？

李撞猶豫。

麥子自己動手，去李撞身上摸了兩個口袋。他從李撞的第二個口袋裡摸出一個破舊的硬紅紙疊的錢包。那紅紙是揉皺的三好學生證用紙。而且「三好學生」四個字剛好在錢包正面還依稀可見。

麥子打開錢包，裡面包著李撞的身分證和一些零用錢。

麥子向服務員遞上李撞的身分證和自己的一百元錢。

他們買刀後，麥子把刀塞進李撞的後腰蓋好，兩個人朝商場出口走去。

22 專家公寓樓　落日

李撞和麥子從商場出來，他們又不自覺地來到專家公寓樓前的人群邊。這座專家公寓，古香古色。「專家公寓」的大牌子異常醒目。顯而易見，從這兒進出的人多為國內外的知識份子們。

人群裡面，經過精心打扮的李靜，如換了一個人樣。她豔麗、端莊，穿著裙子，站在那兒不言不語。而在她胸前，豎著一塊如運動員入場式一樣的牌子。牌子上貼著一張醒目的獎狀。獎狀的紙上整齊的列印著一行詩句：

走近我，速求共眠。

李靜表情木然，如行為藝術樣在那兒站著不動。

從專家公寓進出的人群中，有中國人也有外國人。其中幾個正舉著手機朝李靜照相；有的照完後在發著微信、微博和手機錄影直播；還有人不屑的看看，提著行李物品匆匆離開。

李撞和麥子走來，他們從人縫朝裡望著。

李撞似乎認出了李靜，邊朝裡擠，又一邊輕聲念著那句話。

李撞：走、近、我——速、求、共……共……

李撞（悄悄問麥子）：後面是啥字？

麥子：共眠。

李撞：啥意思？

麥子（趴在李撞耳朵上）：就是上床睡覺。現在誰敢走到她面前，她立馬就摟著誰睡覺。

李撞不相信的盯著麥子，又看看李靜和那牌子。

麥子：真的，你過去試一試。

說著，麥子輕輕把李撞推進了人群。

李撞回身朝麥子身上打了一下。

麥子（神祕的）：你不去？要擱平常，你想睡個城裡姑娘，給人家一萬塊錢，人家扣子都不給你解一個。

李撞聽著盯著麥子，又回頭去看李靜。

麥子乘機又用力把李撞朝裡推了一把。

人群中的目光，迅速都盯在李撞身上。

李撞看看大家，又看看大感意外的李靜，本能的摸一下腰裡的菜刀，怔一會，竟果然朝李靜走去。

李靜緊張起來。

人群越來越多。

李撞在李靜面前站了下來。

人群中有人起哄：再上前一步，上前一步！

李撞（念著）：走、近、我，速求……共眠。

李靜因緊張而有些不安，但目光依然看著李撞。

李撞念完，在起哄的聲音中，又向前一步，緊緊的站在李靜面前。

人群頓時肅靜，都在緊盯著這時的李靜。

奇靜中，李靜看看人群，看看李撞，擦一把臉上的汗，出乎意料的從隨身背的一個名包中取出一張紙條遞給李撞，然後提上牌子，收拾東西，貌似從容地走出人群。

李撞低頭，看那紙條上列印的兩行字：

今晚八點，中關村西街潤澤小區、
二號樓、二單元、二〇一室

李撞抬頭，看見李靜已經從人群為她閃開的路上走遠，又有些奇怪地站在那兒看著紙條。

人群迅速解散。

麥子過來站在李撞身邊笑著。

麥子：我靠，桃花運啊！

李撞（把紙條遞給麥子）：五百塊錢，賣給你。

麥子：買金買銀，不能去買你的桃花運。

李撞把紙條一揉塞進口袋。

李撞：娘的，首都、大城市，到底和咱們老家不一樣……

說著，他們離開。

23 **北大附近　黃昏**

昏暗中，路燈突然亮起。

一個小賣部內，李撞在買著幾個蘋果和兩瓶可樂。他取出那三好學生證疊的錢包，從包裡倒出一堆零錢付錢後，提著東西朝一棟老樓走去。

小賣部的門前花池上，有年輕人坐在那兒喝著啤酒。李撞出來看看他們，取出一個蘋果放到嘴邊欲吃時，猶豫一下，重又把蘋果放在了袋子裡。

李撞到了一座老樓前，朝地下室拐了進去。

24 **地下室　黃昏　內**

地下室又髒又亂。走廊深處的某個房間裡，正有幾個年輕的農民工在打著麻將，他們每人面前都有一疊碎錢，其中二十一歲的李社，戴著眼鏡，動作生澀，顯然是剛學會小賭。

有人在催著李社：快出牌啊！

李社問旁邊的觀者：出哪張？

觀者指了一下。

李撞在地下室的走廊上走著，昏暗的燈光中他邊走邊喚。

李撞：李社——李社——

麻將屋裡，李社聽到喚聲沒有回應，仍在為出牌猶豫。

另一個小夥（捅李社一下）：你爹找你了，我來。

李社不情願的被人從麻將桌上拉下。

李撞走著喚著：李社——李社——

李社從屋裡出來。

李社（生氣地）：叫啥呀叫！

父子二人站在髒亂的走廊上，彼此看了一眼。

李撞遞上蘋果和可樂。

李社看看，未接；顯見父子關係不和。

李撞又把塑膠袋朝兒子面前遞送一下。

李社終於不情願地接過那一兜蘋果和可樂，順手掛在了牆邊的一顆釘子上。

父子僵持對望。

李撞（求情似的）：都八月下旬了，九月一號就開學，你還是回去複讀吧。

李社梗著脖子不語。

李撞：你娘活著的時候，最希望的就是你能上大學。

李社突然抬頭，小聲而冷硬地。

李社：你別在我面前提我娘，再提小心我一刀捅了你！

李社說完，轉身取下那袋蘋果，不輕不重地丟在李撞面前走去。

李撞站在那兒。

李撞（大聲）：今天是你娘三週年，晚上十二點，咱倆到中關村的大街上給你娘燒張紙吧！

李社在門口淡淡腳，沒有回頭，進屋去了，

李撞（嘟囔）：媽的，不是個東西！

之後，李撞在走廊上呆一會，撿起蘋果袋兒，掛在李社住的房門上，默默離開。

25

街道　夜　外

李撞獨自在胡同小街上走著。

李擅看見有一顯貴的少婦，手裡提著一袋貓糧在小區門口餵著野貓。

李擅在路邊站著看看。

李擅（自語）：奶奶的，活得還不如一隻野貓野狗……

李擅又沿街向前走著，到一個花園廣場，看見很多人都在跳著廣場舞。而邊上原來那喝酒的幾個年輕人，人不在了，酒瓶和沒喝完的酒都還丟在哪兒。

李擅看著「最炫民族風」的廣場舞，不自覺的坐了下來；聽著看著，又不自覺的拿起身邊的啤酒喝了起來。

喝著啤酒，李擅一直盯著在緊密相擁中旋轉共舞的一對男女，似乎想起了什麼，從口袋裡摸出李靜給的那張紙條看看；並且，他一扭頭，竟然發現面前的街道牌子，也正是紙條上寫的「中關村西街」。

李擅又把目光朝面前那對跳廣場交際舞的男女看了一下，忽然把手裡的空酒瓶在花池邊上猛的敲碎、扔掉，站了起來。

李擅拿定了主意，毅然拿著紙條朝東街的深處走去。

26 **李靜樓下　夜　外**

李靜在小區門口謹慎的往回走著看著，似乎在警覺地觀察什麼。

李靜的電話響起。

李靜接電話後先聽了一會。

李靜：真的都發在了微信上……只要我爸我媽不知道……他，那個人……現在九點半了，我可能躲過了一劫。再說，一個農民工，怕連中關村西街在哪都還不知道。

李靜說著，最後看看周圍，走進了小區。

李靜看見有個老人正在自行車棚下整齊地擺著白天倒下的那一排自行車，她關了手機，在那站下來。

李靜看著老人在燈光中擺好最後幾輛自行車——那長長的一排自行車佇列一般，整齊有序——之後她看看手機時間，往自己樓上走去。

27 **李靜住處　夜　內**

李靜開門進屋，小心的鎖門。

李靜在屋裡站站看看，首先把「速求共眠」的牌子擺在門後，接著開始收拾屋子和床鋪，似乎準備睡覺。

有了敲門的聲音。

李靜警覺一下，看著牆上的掛錶，已是將近十點，於是有幾分警覺的走到門後聽聽。

又是兩聲敲門的聲音。

李靜：誰？

敲門的聲音不急不慌，節奏禮貌。

李靜：吳敏慧嗎……

李靜謹慎地打開一條門縫朝外看著。

屋門一下乘機被推了開來。

李撞突然出現在門口，手裡拿著那張尋路的紙條，而且他在哪兒把自己的儀容整理了一下，顯得有些整潔並滑稽。

李靜在屋裡愕然。

李撞朝屋裡探頭看看，擠著身子走了進去，並且隨手關了屋門。

李靜聰明地過去又把屋門打開。

李撞又倔強地把屋門關上，他看看那個靠在門後的「共眠」牌子，然後拉過一把椅子，坐在門前，擋住李靜不能再去開門後打量了一番屋子。

李撞：這房子……得幾百萬才能買下吧？

李靜：租的。

李撞：租的？一月得萬把塊錢吧？

李靜：八千。

李撞：天……我幹死幹活兩個月也交不了這房租。

李靜有些不知所云地站在那兒不動。

李撞最後把目光落在茶几上。茶几上這時正隨意的扔著一張新的十元的票子。他看看那十元的票子，過去把那張路線紙條鋪在錢邊上。

李靜看著紙條上的字，李撞笑了一下。

李撞：靠、近、我……速求……共眠；嗨，我初中畢業，知道共眠就是一塊兒……睡覺那意思。

李靜有些不安。

李撞又在屋裡看著。

李撞的目光從那十元的錢上移到牆上的百元大鈔掛畫上。

李撞來回看了幾下，忽然一笑，如同發現了新大陸。

李撞：啊……這畫……畫的是錢吧?!

李靜（警覺的）：大叔……

李撞（歉意的）：對不住你……有點兒事，我來晚了。

李靜：大叔，我是鬧著玩的，你不能當真……

李撞又回頭看看那共眠牌子，態度生硬起來。

李撞：我可不是玩的、耍的！我這輩子幹啥都說到做到，何況我老婆都已經死了三年。我三年、都沒……那個了。

李靜看著李撞完全當真，思忖著應酬。

李靜（倒水）：大叔，您先喝點水。

李靜把一次性紙杯放在李撞面前的茶几角上，放杯時碰掉了茶几上的一張白紙。那白紙下蓋著的是半個西瓜和半尺長的德國菜刀。

李撞的目光一下釘在了菜刀上。

李靜（機警的）：你吃瓜吧，不夠了我再下樓去買。

李撞一下攔著欲走的李靜。

李撞：不用！

李撞（望著那刀）：今天天氣太熱；天一熱人就煩躁；我一煩躁，就忽然想到了殺人；本來是去商店買刀的，可到那專家樓前碰見了你——靠、近、我，速求共眠——這是一句詩吧？

李撞說得模糊自然。

李靜聽著，慢慢的臉上現出了焦慮。

李撞：後晌……就是下午，為了錢的事，忽然覺得殺個人該有多好，可沒想到，碰見了你。

李靜：……

李撞：我這個人，無論啥事，都說到做到；你也要說到做到；做不到，你就碰了我的殺氣了。

李靜：大叔，殺人是要償命的，別一動就殺人、殺氣的。

李撞（似乎更為認真）：我真的想殺人，你以為我是假的啊！

李靜驚恐不語。

李撞：像我這樣的人，活著難受，死了痛快。你說我死前再殺他一個兩個的，那多賺多快活。

李靜望著李撞。

李撞（笑著）：你有沒有想要殺的人，有了讓我去替你捅他一刀子。

李靜懷疑地盯著李撞。

李撞：想殺人，又不知道去殺誰——難受！

李靜（轉而一思）：大叔，你真想……去殺人？

李撞（大大咧咧）：做夢都想。

李靜：那好。大叔，你幫我一個忙，去殺了我們張院長。

李撞突然怔了一下。

李靜取過一張名片遞過去。

李靜：你去殺了他，回來……你想怎樣我都答應你。

李撞（想一會）：真的我要咋樣你都答應我?!

李靜承諾的點頭。

李撞（看看名片）：你把剛才說的再說一遍給我聽。

李靜（一字一頓）：你去殺了他，回來你想怎麼樣你就怎麼樣！

李撞盯著李靜。

李靜：我們單位就在北四環中關村二橋南邊，二十二層的玻璃樓，門口有二三一研究院的牌子；我們院在一樓；現在院長一定還在他的辦公室。你進去那旋轉門往右拐，十幾米就看到他辦公室的牌子了。你替我殺了他，回來要人給人，要錢給錢。

李撞聽得極其認真。

李靜：你去吧！從這房後胡同穿過去，就是那棟玻璃樓，我們院長中等個、方臉、四十歲，今天穿的是XX牌的紅色花格襯衫。

李撞聽著，竟從茶几上拿過那刀，慢慢把那西瓜從中一分為二。

李撞：我殺了他回來，你要不答應我……

李靜：你也殺了我！

李撞果然放下名片，提刀站起，朝門口走去。

李撞到門口又回過頭來。

李撞：我回來你要敢鎖門不開……

李撞又威脅的晃晃手中的刀。

李靜再次點頭承諾並又遞著名片。

李靜：——保福寺橋南，二十二層玻璃樓……

李撞：北大附近沒有我不熟的，還有清華大學、人民大學，這兒的大學，我哪兒都熟悉。

說著，李撞又把刀用毛巾一裹，開門而去。

李靜在屋裡聽著咚咚咚的下樓聲。

28 **陽台　夜　外**

李靜驚怔一會，慌忙走上陽台。

李靜從陽台上看見李撞果然從房後的街道，朝研究院的方向大步走著。

李靜愣一會，回屋驚慌的收拾一下屋子，就換著衣服朝屋外下樓。

29 **街道派出所　夜　外**

燈光中，派出所的大牌子清晰可見。

李靜急步走來，且邊走邊跑，準備報案。

李靜到派出所門口看看，快步走了進去。

30 **派出所園內　外**

園內空靜。幾排房子的各個門口都有「戶籍室」、「治安辦」、「重大案件辦」等字樣的牌子。有幾輛警用摩托整齊地停在院內。

李靜進院後，慌張地看著那些牌子，不知該走進哪個房間。

李靜在遲疑中，忽有警笛傳來，她一扭頭，有輛警車快速開了進來。

李靜慌忙退到一邊。

李靜看見警車急停後，有一四十歲的老員警和二十幾歲的年輕員警押著一個嫌犯下車。嫌犯是個中年，低頭，驚恐，戴著手銬茫然的站著。

年輕員警上前在嫌犯背上推了一把。

年輕員警（厲聲）：走——到審訊室去！

嫌犯走著，一拐一拐，原來他是一個腿不方便的殘疾人，每走一步，都顯得極其痛苦。

這時，老員警過來扶著嫌犯朝審訊室走去。

李靜看著這一幕，聽著嫌犯因瘸拐而在手上響出的手銬的叮噹聲。

李靜一直看著他們走進審訊室，猶豫一陣，似乎改變了主意，慢慢轉身，朝外走著。

又有一員警端半盆洗腳水出來澆進門口花池後，看見到了大門口的李靜。

員警（喚）：姑娘——有事嗎？

李靜轉身。

員警：報案了到我這邊來。

李靜慌忙擺了幾下手，離開。

31 街道　夜　外

李靜從派出所出來，慢慢往回走著。

李靜取出手機，開始撥號……

32 研究院培訓室　內

一個嶄新、現代的培訓室內，燈火通明，研究院的年輕人都正在上課。

張華用投影儀在幕布上放出一整幕的函數圖案和各種拋物線及其資料後，又用追光燈照著幕布上的數據。

張華：對不起，我拖時間了。最後講講我們工作中最常用的ＴＴ值。這就是ＴＴ值的來源和計算方法……

電話響起。

張華去接聽電話。

33 街道　夜　外

李靜打著電話。

李靜（急切）：張院長，你現在趕快離開研究院，到哪兒都行，趕快離開。不然……

張華（不耐煩）：李靜，我現在正給大家上課哪，請你不要再來影響我。

張華生氣地說著，一下關了手機。

張華重新面向大家。

張華：剛才我說到研究院最常用的ＴＴ值。這個數值，對我們來說，就是日常中高速公路的收費站，把這個數值用好了，我們的經濟效益就會定期定時，源源不斷……

34 街道

李靜茫然的站在那兒望著手機。

李靜迅速地快步走著，朝李撞去的方向追去。

35 僻靜街道 夜 外

燈光、月光，街道寧靜。

李撞獨自朝前走著，腳步快捷有力。

李撞看前後無人，停腳到路邊一棵小樹旁，試刀一樣，抽出刀來看看，摸摸刀刃，又幾下就砍斷了那棵小樹。

小樹落地時，李撞忽然看見樹下有一張一元的票子，他踢了一下，又撿起看看，朝口袋一塞，裹刀而去。但他走著走著，腳步慢了下來，且越來越慢，似乎猶豫著什麼。

36 四環路邊 夜 外

李撞慢慢到了四環路邊。

在一片灰暗的燈光下，李撞剛看到李靜說的寫字樓，同時又聽見了警笛的響聲，他警覺的扭頭，看見幾輛警車迅速開來。

李撞慌忙把鋼刀取出藏在了路邊石縫。

李撞站在路邊看著那幾輛警車，從他面前呼嘯而過。

李撞臉色有些不安，站在那兒想著什麼。

而在遠處，李靜急急地走來，也遠遠看到了過去的警車，有些緊張起來。

這時的李撞，見警車走遠，與自己無關，又重新開始打量那玻璃高樓。

李撞看見寫字樓的清潔工在旋轉門前的一捆垃圾袋上抽出幾個垃圾袋，從旋轉門裡走了進去。

李撞遲疑一下，又把那刀朝路邊的石縫深處踢踢，最後觀察一下四周，才朝寫字樓走去。

李撞在寫字樓的旋轉門前，學著清潔工的樣子，也在那捆垃圾袋上抽下兩個，進了寫字樓內。

37 **寫字樓　夜　內**

寫字樓中一片燈光，雙向上下的斜道電梯在靜靜走著。

李撞進去，左右看看，朝右拐去。

有個白領青年，提著沒吃完的包裝餐盒從電梯上下來，順手將餐盒朝他遞去。

李撞有些緊張的站在那兒不動，青年看李撞沒有反應，奇怪地打量他幾眼，把那餐盒放在了一個垃圾桶的蓋子上。

李撞看著青年走遠，朝張華的辦公室門前走去。

38 張華辦公室　夜　內

李撞找到了張華辦公室，但辦公室內燈光明亮，卻空蕩無人。

李撞反而放下心來，過去朝辦公室中望望，開始好奇地在寫字樓裡幾分悠閒的走著看著。

39 培訓室　內

李撞走來，突然看見了培訓室中張華上課的身影。

李撞朝玻璃隔斷的培訓室走去。

李撞趴在那兒看著，顯得專注起來。

張華在培訓室內換著投影，專注地講著，大家都在用筆記型電腦記著筆記。

李撞盯著最前邊一個空著的位置。

李撞頭腦中幻化出那座位上坐著他兒子李社有幾分鄉土的畫面……

李撞幻化出李社也西裝革履，和別人一模一樣，把鋼筆放到一旁，也同樣取出一個筆記型電腦，開始聽著記著……

李撞最後揉揉眼睛，回到現實，慢慢沮喪地朝回走著。

而大廳某處，一直跟著李撞的李靜，也在遠遠地看著這些。

40 **胡同　夜**

李撞洩氣的往回走著。

李撞到他砍掉的小樹旁坐著抽菸。

李撞擰滅菸，又開始快步回走。

而這時的李靜，依然在他後邊跟著，但手裡多了一兜東西。

41 **李靜住處　夜　外**

李撞走回。

李撞在李靜門前輕輕敲門。

李靜站在李撞身後不語。
李撞見屋裡沒有反應，又急速敲門。
李撞聽不到回應，意識到什麼，馬上取刀返身。
李撞看見身後的李靜，目光疑惑冷硬。
李靜：我去給你買了吃的。
說著，李靜把兜裡的東西提給李撞看看，取出鑰匙開門。
李撞看著李靜提的東西，慢慢釋然放心。

42 李靜住處　夜　內

李靜在屋裡把她提回的火腿、榨菜、海帶絲等簡單的熟食取出來擺在盤內，並替李撞倒著罐裝啤酒。
李撞一直站在那兒。
李撞：我沒有殺他。
李靜佯裝意外的看著李撞。
李撞依舊大大咧咧。
李撞：殺個人無所謂，可我連你叫啥、為啥要殺他都還不知道，這樣替你殺了人，我要蹲監了，被槍斃時我會覺得很窩囊。

李靜沉默一會兒。

李靜：我是南方人，家在杭州；現在是北京大學電腦系剛畢業的研究生，叫李靜。半年前，我在二三一研究院開始實習，現在半年過去了，我該真正就業了，該辦進京手續了，可那院長——張華，今天突然通知我，不要我去上班了——把我解僱了。

李撞：……

李靜（惱怒的）：解僱我，他連一句為什麼都沒有給我說……

李撞：他奶奶的，該殺！

李撞說著，自動坐在茶几前，和殺手一樣拿起筷子吃起來。

李撞邊吃邊喝，語無倫次。

李撞：剛剛，我要去殺他，可他不在辦公室。後來我在一個教室找到了他——那教室裡亮得和夜裡的天安門廣場樣——他在那教室給很多人上著課……媽的，講的沒有一句我能聽懂的……

李撞（喝酒看刀）：這刀不錯，快得很。我在路上砍了一棵樹，只三下兩下。刀沒問題，我一刀準能捅死那院長……或者三刀兩刀砍……死他！

李撞（喝完了一杯啤酒）：奶奶的……也是他命好。半夜還給人上課。實話說，我誰都能殺，可對當老師的我下不了那狠手……

李靜又給李撞倒了半杯酒。

李靜：少喝點，大叔。我也還沒問你叫啥呢？

李撞：李撞——撞死人的撞！

說著，他還在空中寫著「撞」字。

李靜：河南人？

李撞：你咋知道呢？對了，我有口音。可我說的是河南普通話。

李靜：河南哪裡的？

李撞：豫西。和陝西交界，窮山惡水……我就在這附近打工。經常去你們學校。北大、清華，那人民大學，我全都熟悉……你也吃，別光讓我一人吃！

李撞主人似的，給李靜拿過一雙筷子。

李靜扭頭看看，牆上的掛錶時鐘過了十一點。

李靜：你吃吧。十一點多了，吃完後，你想走就走。

李撞（突然警覺）：我走啥?!我才不走呢，我不能白來一趟啊！

李撞說著，去找茶几上找那原來放著的十元錢時，錢已不在，他就又把目光掠著從牆上的人民幣掛畫到那畫下的共眠牌子上。

李撞：速求、共眠，速求、共眠——我知道你多想和男人睡……也不是想和我這樣的男人睡。不想和我誰……行！你給我一筆錢，破財免災我就走。

李靜不語。

李撞：我不讓你吃虧。那院長把你開除了，你給我五千塊，我不殺他我去捅一刀子；給我一萬塊，我捅他兩刀子。這樣兒，那叫啥……豬吃米，羊吃草，各得各的好。

李靜看著李撞。

李撞又猛喝幾口酒。

李撞：你不給錢，那咱倆就睡覺。速眠一下，也算我沒白來。

李撞說著，裝著去解扣的樣，一下露出了半個胸膛來。

李靜驚慌的望著。

李靜（忽又應允）：好。你不用去捅刀子，你去替我在他手上、胳膊上劃條血口就行了……也不用，去把他的衣服劃破就行了。

李撞雙手停在皮帶上。

李撞（暗喜）：一條血口都不用劃，只讓我拿刀嚇嚇他？好！在他衣服上劃條豁口兒……可以啊！可我回來你咋樣報答我?!

李靜：我說過了，劃破他衣服，你回來——要人也行，要錢也行。

李撞：好。就這樣！回來要錢要人我挑一樣……不過，我回來你要反悔呢？

李靜（認真的）：我不會。

李撞（狡黠一笑）：世上反悔的事情多的很——我娃子考大學，我給一個當官的送了很多禮。菸呀酒的，我還專門跑到市裡給他買了茅台酒，還在那酒盒裡放了一萬塊錢。剛從銀行取出的錢，嶄新嶄新。錢上的漆味香得很，刺鼻子。那當官的答應說只要我娃子考的差不多，少一分兩分的，他給我娃子出個啥兒獲獎證，就能加五分；出個少數民族證，就能加十分。可第一年我娃子考學真的少一分，我去找那個當官的，奶奶的，他又反悔了。他說他沒說過那樣的話；他說他從來不收禮；從來不做違法亂紀的事。那時候，我當場就想殺了他，可想到我娃子還要複讀，還要考大學，心又軟下了。可結果，這個死娃子，三年都沒考上，那當官的還又提升了……哎，我說哪兒了？我一喝酒話就多；說話就拐彎……我說我最恨的是說話不算話的人，言而無信，都他媽的該殺！

李靜：我們院長就是言而無信。你不用殺他，我只要你拿刀在他衣服上劃道口子就行了。

李靜說著，取過一把水果小刀遞過去。

李撞斜看一眼那小刀，未接，又把那鋼刀在空中拋一下。

李撞：這太容易了！可我回來你要言而無信呢……

李靜（極其認真）：大叔，你要信我。我從來……沒有正經談過男朋友。是因為沒談過，才招惹了今天事情的……所以你去回來，要人要錢，都由你說了算。

李撞懷疑的望著：我不信，你得給我個啥兒作抵押！

李靜想一會，開始在屋裡翻找著什麼。最後，她從床下箱子裡取出她的大學畢業證、研究生畢業證和各種紅皮證書。

李靜：我沒有什麼押給你，你要回來我反悔了，不幹了——你撕了、燒了我這些，我就一輩子難找工作了。而且……你還可以在我身上捅一刀，在我臉上劃一道，把我的衣服全都劃破撕破行不行？

李撞緊盯著李靜。

李撞呆一會，二話不說，從牆角拿起一個有「北京大學」字樣的提兜，從中取出兩個黃瓜咬一口扔在地上，又很快把李靜遞來的水果刀扔到一邊，快速用毛巾包好鋼刀和那些證書，一道裝進提袋，準備離開。

李靜（強調）：劃破他的衣服替我出口惡氣就行了。

李撞欲走。

李靜看看掛錶，已是十一點半。

李靜：他現在已經不在公司了。他家住在公司後邊別墅區的路邊上。你從公司東邊建設路走進去。看見別墅區的大門你別進，一直朝前走，第五戶，鐵門邊郵箱上的編號是一〇五。你到那兒按門鈴，出來開門的一定是他張院長，他出來你罵他一句言而無信，用刀在他面前晃晃劃一下衣服就行了。

李撞：你放心，我心裡有分寸。

李撞說完，又順手操起那最後的兩罐啤酒，奪門而出。

李撞走後，李靜在屋裡站著，有些茫然和焦躁。

43 **胡同外**

胡同幽靜。

李撞碎步走著，且還打開啤酒邊走邊喝。

44 **李靜住處**

李靜在煩躁中拿起手機，撥通了張華的電話。

45 **張華家　內**

張華家客廳豪華闊大，除了各種布置外，牆上還掛著一把裝飾性的長劍。

張華正在洗漱間刷牙。

客廳的茶几上張華的手機鈴響。

只有二十幾歲的張華的妻子正好從臥室拿著奶瓶出來，她替張華拿起手機看看，見是李靜的名字，有些不悅地把手機遞給張華。

妻子（諷刺的）：接吧——名校的，年輕、漂亮。

張華看看妻子，冷淡地接了電話。

張華：喂……喂……說話呀！

張華妻子一直在邊上嫉妒、警惕地望著。

46 李靜住處

李靜在電話上猶豫幾秒後，謹慎神祕。

李靜：我已經不是院裡的人了，但我最後為你盡上一份心——半個小時後，無論誰敲門，你都不要開門。千萬不要開！

張華：怎麼回事？你說清楚。

李靜：說不清楚。我警告你不要開門就是了。

說完，李靜掛了電話。

那邊的張華，莫名的看看手機，放下後又匆匆的刷牙洗漱。
這邊的李靜，掛電話後依舊煩躁地在屋裡坐著。
李靜開始整理屋裡的凌亂與餐具。
李靜往紙簍裡丟著垃圾時，又看到了那個避孕套盒。
李靜看著，若有所思。
李靜似乎為了預防什麼，她很快的提了垃圾下樓。

47
街區　外

大街上人影晃晃，燈光模糊。
李靜把垃圾放入垃圾箱內，朝一家銀行走去。
李靜在自動取款機上取錢。
李靜看著機面上的款額數位，最後選擇了「二〇〇〇」按鍵。

48
大街

李靜遲疑著到了一家成人用品商店門前。
成人用品商店忽然開門，三十幾歲的店老闆是個男人，他站在門口大喚。

老闆：進來吧！

李靜慢慢的進去，愕然的站在商店內看著櫃檯裡各種各樣的性工具，有些惶惶的不安。

老闆：要套還是工具？

李靜（囁嚅）：套……

老闆：大號小號？

李靜：什麼大號小號？

老闆：真不懂還是假不懂？半夜你出來買套，你能說你不懂大號小號嗎？

李靜極其尷尬的站在那兒。

成人店老闆去櫃內一邊拿貨，一邊略帶幽默地說著。

老闆：把大號、小號、中號全都買回去，大、中、小三種，可以隨便試著用。

李靜似乎明白，慌忙從商店退了出來。

店老闆回身，見櫃檯前已經無人，他抬頭衝著門外。

老闆（大聲）：你不會還是處女吧?!

李靜聽著，慌忙遠離了成人商店。

49 街道某處

李撞走來。

李撞到了一個路燈下，看前後無人，他便到燈光亮處，放下啤酒，打開李靜押給他的各種證件看著。

李撞看著李靜的一本國際數學競賽獲獎證書，之後放下……

李撞翻出李靜的本科畢業證書，看一會放下……

最後，李撞拿出李靜的研究生畢業證書看了許久……最後果決的把研究院發給她的社會實踐證書上有李靜照片的一頁慢慢撕下，裝入自己的錢包，提兜而去。

50 北大校區　夜　外

李靜朝北大校區方向走去。

北大校區，夜色靜美。

李靜穿過未名湖；穿過古建築群。

李靜默默地來到校區一角的避孕套自動售賣機旁。

售賣機旁，空無他人。李靜上前看看那機器上的說明文字，她按說明投幣、按鍵，有個避孕套果然掉了出來，她慌忙回頭看看，見無他人，才拿起那個避孕套，小心地看後收起。

李靜有些好奇地繼續投幣、按鍵，掉出第二個避孕套來……

最後，她竟像孩子一樣，連續投幣、按鍵，待掉出五六個避孕套後，那機器上的字幕顯示「對不起，避孕套已經售盡」的類似字樣。

李靜從避孕套機那兒退了回來。

李靜欲走時，看到一個男同學又去取套。

李靜站在機器旁（門口）等著。

那男生進去按鍵，又很快遺憾地出來。

李靜上前，給那同學遞了四個避孕套。

男同學（羞澀的）：多了……

李靜：你留著。

男同學：謝謝學姊。

李靜：不謝、不謝。

李靜有幾分輕鬆地朝校外走著。

51

張華住宅區　夜　外

李撞在一路口找著路道。

李撞又喝了一口啤酒，朝別墅區這邊走來。

李撞路過別墅區大門，朝那兒看著。

52 張華家　內

張華在客廳內坐著邊看雜誌，又一邊警覺地看看屋門。

張華最後看看手錶，又謹慎的到門口聽聽，放心的朝臥室走去。

53 張華家　夜　外

李撞在張華家門前最後舉罐喝酒，發現罐子已空，他遺憾的把空罐放在張華家門前顯眼的郵箱上，左右看看，輕手輕腳地從籬笆上跳進了院內。

李撞在張華家修剪完美的花園裡，藉著夜色看來看去，還趴在一棵花樹上聞聞。

李撞看到一個氣球掛在一叢花樹的上空，他盯著那氣球看了一會，取刀舉起，看仍然搆不著那氣球，就上跳一下，用刀把那氣球捅破時，氣球發出驚恐的「砰！」的響聲。

李撞怔了一下，慌忙把刀塞進腳下的花棵。

李撞環顧四周，見無動靜，他又把刀取出來擺在樹杈上，似乎擔心掉下，又用花枝編出一個小的圓環，把刀插進花環內吊在路上的空中。

李撞脫鞋，光腳朝院子深處小心地走去。

刀和花環在空中吊著晃著。

李撞到張家門前時，盯著門鈴。

李撞欲按門鈴時，突然傳來嬰兒的哭聲，接著張家臥室的燈光亮了起來。

李撞住手，停一會兒，又朝那窗燈光走去。

也就恰在此事，張華也從臥室出來警覺地在門裡邊聽著門外的動靜。

臥室對拉的窗簾上有一條小縫，李撞走來，把鞋放在窗台上，小心地把臉趴在窗簾縫上，慢慢的看到了張華家裡的溫馨一幕：

一歲的孩子正在哭鬧；而張華的妻子抱著嬰兒，一邊哄著，一邊指著天花板。而張華則穿著睡衣，從外邊端著一個奶杯進來，像是出去倒水。他進來看看孩子，放下奶杯，拽著飄起的氣球的繩子在逗著孩子。而在他們一家人頭頂的天花板上，竟飄了幾乎一層氣球。且那些氣球，在空中飄著被擺成了一個可愛的「笨鵝」的形狀。

兒子在母親的懷裡，慢慢的止哭至笑，再次睡去。

這時的張華，再次看看手錶，又聽了一下動靜，放心地整擺著天花板上亂形的鵝狀氣球。

李撞看著，拿上鞋從窗口小心地退了回來。

燈光熄滅。

李撞再次回到張家門口，又看看門鈴，竟坐在張家門前穿鞋抽菸。

最後李撞菸盡，擰滅菸頭，大步從張家大門提刀出來。

開門時，李撞毫無顧忌的把鐵門弄得叮噹作響。

跟著傳來張華警覺地喚問：誰?!

李撞不驚不恐朝回走著。

張華把門打開，手裡拿著一把長劍站在門口張望。

李撞走遠，一片夜靜。

54 李靜住處　內

李靜回來，開門進屋。

李靜本能地從口袋取出那兩個避孕套看看，和錢一塊放進了抽屜。

李靜坐下等著。

李靜把目光落在吳敏慧床頭的一堆書上。

李靜過去，從那一堆書中很快翻出一本《性生活百問百答》。

李靜打開那書的目錄，找到首篇〈初夜第一次應該注意些什麼？〉。

李靜認真地看一會，又把那書丟在床上。

李靜木呆一會，按書上的提醒，又把避孕套取出放在了床頭枕下，並又拿起一卷衛生紙隨意地擺在桌邊。

片刻之後，李靜很快又把避孕套扔進了抽屜。

跟著傳來上樓梯的腳步聲。

李靜警覺的看著門口。

敲門的聲音。

李靜開門。

李撞進屋，把那提袋扔在地上。

李撞（洩氣的）：我沒嚇唬他，也沒把他衣服劃道豁口兒。

李靜：……

李撞：到了張華家門前，舉手正按門鈴的時候，我激靈一下明白過來一樁事……

李撞（振振有詞）：李靜……你叫李靜。剛才你說你沒有正經談過朋友是不是？

李靜默著。

李撞：就是說，你還是一個處女對吧？

李靜默認。

李撞：這我就把帳算明白過來了。你姓李，我也姓李，八百年前說不定咱是一家人。可你年紀輕輕，今夜卻把我給糊弄了……

李撞說著，又去拿起門後的共眠紙牌舉在李靜面前給她看。

李撞：走、近、我——速求共眠——白紙黑字，鐵證如山。今夜無論誰走近你，你都會忙慌慌摟著人家睡，可唯獨我不行——年齡大、農民工、沒文化。所以，你一會讓我去殺了那院長，一會又讓我只把那院長的衣服劃破就行了——說白吧，你根本沒有害他那份心，你就是想把我支走別待在你這兒。

李靜聽著無言。

李撞：你說我說的對不對？好，我走——走前咱倆要算清這筆帳。你讓我走，是想讓我把你的處女身子留下來。可北京的行情我知道，只要是處女，老闆們去開苞，睡一夜會給小姐三、四萬，加上你這麼年輕、漂亮，又是北京大學的研究生，你這一夜最少值五萬。這樣吧，我打個六零折，五六三十，你給我三萬塊——給了我就走，我把你的處女身子留下來。

李撞說著，而李靜啞然。

李撞：對半折，兩萬五！給了我立馬就走掉。

李靜：大叔，我爸我媽都是普通老師，他們是領著死工資供我上學的。

李撞（冷笑）：兩萬五，一分都不能少！捨不得錢了咱倆就睡覺，讓我共眠你破了你的處女身。

李撞說完又去看掛畫。

李靜把目光落在那張掛畫上。

李靜：你可以把那張畫拿走，現代藝術，最少值十萬。

李撞用鼻子哼一下。

李撞：你當我是三歲娃子呀！啥都別說，是給錢給身子，現在你挑一樣。

李靜：……

李撞：錢？還是身子?!

李靜：……

李撞：不挑不是？你這麼愛惜錢，那我倆就共眠睡覺吧！

李撞說著，又快速解著扣子和腰帶，並且比上次袒露得更多更多。

李靜看看，固執地過去站到床邊。

李靜（堅定的）：睡……可以！可今天誰和我睡，都得去替我出了那口惡氣。我不殺他張華，不捅他一刀子，不劃他一條血口子，也不扯破他衣服，可是我恨他！是因為他我才走到這條速求共眠路上的。

李靜說著，朝身邊的共眠牌子踢一腳。

李撞又把手停在皮帶上。

李靜再看著掛錶，時針指向凌晨一點半。

李靜：現在，我退一萬步，你不用再去捅他一刀了，不用劃他半條血口兒。今天凌晨兩點四十分，他要親自去機場接個德國機械工程師；過一會兒，你就到他門前等著他，等他起床出門開車了，你朝他臉上吐口痰，罵他一句——言而無信，不得好死就行了。

李撞乜斜地看看李靜。

李靜把一張銀行卡拍在桌子上。

李靜（大聲）：去他家門前攔著他，就在他臉上吐這麼一口痰，罵這八個字。你回來我們一塊去取錢！

李撞過去拿去銀行卡看了看，又用手托著試試那卡的重量，再慢慢把卡放在桌角上。

李撞：裡邊有錢嗎？你這姑娘真是讀書讀呆了，以為你讀了大學就能糊弄我?!

李靜：……

李撞（笑笑）：啊——我去吐他一口痰，你好跑到派出所裡去報案……什麼都別說，現在就和我一塊去取錢——兩萬五，少一分都不行，多一分也不要！

說著，李撞狠狠的盯著李靜。

李靜：大叔，我實說，那卡裡只還有三千塊，加上這兩千（李靜取出抽屜的兩千元），五千塊錢我全給你。

李撞看看錢，撇一下嘴，又看看屋裡的陳設和房子。

李撞：租這麼貴的房子，在那麼好的地方上班，你說你只有五千塊……

李撞哼一下，自己動手去李靜的抽屜翻找著。

李撞忽然翻找到了那兩個避孕套。

李撞拿出那兩個避孕套仔細看了看，笑一下。

李撞：哦，看來你是真的愛錢不愛身子了……好。五千塊錢我不要了，我就要了你這處女吧。

李撞說著，樣子又似果真下了決心，再次開始解扣解褲，敞胸露懷。

李撞（低而有力）：脫呀，既然速求共眠了，就別逼我強姦你！

又一陣沉悶，李靜看看李撞，忽然拐個話題。

李靜：大叔，你兒子今年還考大學嗎？

李撞不解的瞟李靜一下。

李靜：他如果還複讀，我能讓他考上。

李撞懷疑地笑一下。

李靜彎腰，又從床下拉出一個箱子；從箱子中取出一個相冊，打開；相冊的每一頁上，都夾著不同男女大學生的六寸彩照，每張照片的上方，都分別寫著「首都師範大學」、「聯合大學」、「理工大學」、「體育大學」和「河北大學」等字樣。

李靜在李撞面前翻著那些照片。

李撞的手從腰帶上鬆了開來。

李靜：我本科、研究生，都在北京大學；這七年，我每年做家教，教過七個孩子，他們都考上了大學。

李靜說著，慢慢收起相冊。

李靜：現在，你可以讓你兒子來北京打工，我免費做他的家教，保證他明年考上你們河南的一本或二本……可今夜，無論你要人還是求財，都得去找那張華，朝他臉上吐口痰，罵他那麼一句話。

李撞（想一會兒）：又來把我支走這一套。一、我不信你；二、不給兩萬五千塊錢，我今夜就要睡這兒。現在就要睡！

說著李撞站起，如真的要睡一般。

李撞：開關哪？關燈吧！

李撞朝門口開關走去。

李靜：李叔……

李撞站住。

李靜（鄭重）：你真的要睡嗎？

李撞：不給我錢了就睡覺。

李靜想一會：好……那就睡吧！反正今夜我是橫豎左右都要破了身子的。可你不去替我找那所長吐口痰，那就陪我到門口多少吃點東西吧。

李撞：你當我是我們村的傻子啊！

李靜（哀求樣）：樓下就是二十四小時的麵食店，你可以提刀陪著我，我真的一天沒有吃飯了……

李撞想想，扭頭看錶。

李靜：不到兩點，回來做什麼都來得及，要錢了還可以順道把卡裡的全都取給你。

李撞（一想）：你把那卡拿上!!

李靜把銀行卡裝進口袋裡。

李撞麻利地穿好衣服，又把那刀取出來別在了腰間。

55　小區外　外

夜深寂靜，燈光晃晃。

李靜在前邊走著，李撞謹慎地跟在後邊，手始終摸著腰間的刀。

可他們剛出小區大門，有個員警從對面走來，李撞望了一下，警覺地裝著去路邊吐痰，沒有和那員警面對面擦肩而過。

李靜回身站著等他。

李撞待員警過去後，走上來有些奇怪的望著李靜；之後又回過頭望望那員警，恰逢員警也回頭看他。

李撞慌忙躲開員警的目光，驚異地看一會李靜，才又上前和李靜並肩。

56　麵館　內

老闆是位五十歲左右的中年婦女。

李靜和李撞進來，她有些詫異的望著他們。

李靜：阿姨，我要一碗餛飩；（又問李撞）你也吃一碗吧！

李撞搖頭，女老闆離開。

李靜和李撞對面相坐。

李撞自語一樣：剛才我以為你會報警……

李靜沉默一會兒，另言他話。

李靜：這麼說……你兒子就住在前面……

李撞點頭。

李撞：不爭氣的東西，第一年考學差一分，第二年差兩分，第三年差三分。簡直笑話！

李靜：不複讀了？

李撞：……

這時老闆端出一碗餛飩出來，她一到大廳，就看到剛才過去的那個員警，又回來站在店內門口。

他們彼此悄然點頭，似乎心照不宣。

老闆把餛飩擺在李靜面前。

老闆：二十塊……

李靜取錢包時，李撞先一步把自己的錢包取了出來，從錢包的隱藏處取出一張二十元的舊錢；而李靜，這時則盯著錢包上的「三好學生」四個字一動不動。

老闆接錢後離開。

李靜慢慢吃了幾口，想著什麼。

李靜（聲微而認真）：我真的能讓他考上大學。我爸是浙大的教授，我媽是杭一高的特級教師。

李撞呆呆地看著李靜。

這時員警走了上來。

警察（盯著李撞）：又是你呀……跟我來一下吧！

李靜愕然地望著。

李撞一驚，回頭懷疑地看看李靜，只好收起錢包，隨員警朝門口走著。

李靜忽然看見李撞身後別著翹起衣服的刀柄。

李靜怔了一下，起身跟著出門。

57　飯店門口　外

門外燈光處，員警和李撞面對面的站在那兒。

員警：說說吧，怎麼回事？

李撞不語。

員警：半夜三更的，什麼關係？

李撞不語。

員警：想和我去所裡一下？

李撞不動，這時李靜適時走來。

李靜：他是我叔，在這附近打工。

員警看著李靜。

李靜慌忙取出自己的身分證和學生證遞上。

員警到燈光下翻看著證件。

員警：喲！北京大學的……這幾天北京有重大國際會議，你們深更半夜別在外邊晃來晃去。

李靜接過員警遞回的證件，點頭後拉著李撞的胳膊朝回走著。

員警和老闆娘在店門口看著他們。

員警突然看見了李撞身後鼓著的刀柄。

員警猛地上前，以熟練、專業的動作，一下抽出了李撞後腰的刀，並很快取出自己帶的手銬，三下兩下就把李撞反扣起來。

在這一連串的突發中，李撞沒有絲毫的反抗。

而這時的李靜，驚異的站在路邊。

老闆娘，相對平靜的站在店的門口。

58 **派出所審訊室　內**

在簡單的審訊室內，那個近四十歲的員警和一個更年輕的在審訊李撞，他們一問一答，更年輕的員警在做著筆錄。

李撞坐在審訊室的屋子中間，這時的手銬是在前邊銬著。

員警：姓名？

李撞：李撞。

員警：年齡？

李撞：五十二歲。

員警（糾正）：出生年月？

李撞：一九六五年七月十三日。

員警：身上為什麼帶刀？和那個姑娘到底什麼關係？

李撞望著員警，樣子像不知該怎樣回答……

59 **李靜住處　內**

李靜驚魂未定的坐在屋裡。

李靜悵然的目光掃過屋子，擱在了門後。

李靜盯著那塊「速求共眠」的牌子。

李靜突然起身，過去舉起牌子，砸在地上，又憤怒地朝那牌子上踩著。

隨之，有了輕聲敲門的聲音。

李靜聽著不動。

60 門口 外

李撞在前，那兩個員警跟在後邊。

似乎事情都已過去，李撞沒有再戴手銬，而是木然的在敲著李靜的門。

61 李靜住處 內

李靜開門。

兩個員警率先進來，李撞只是呆呆地跟著站在門口。

員警一眼看見了地上被摔破的那塊牌子，他們將那把作為證據的刀子放回在茶几上，慢慢把破裂的速眠牌子重新對在一起，取出手機對著那牌子照相。

之後，員警看看室內，又看著李靜。

新員警：麻煩你往亮處站一站。

李靜站著不動。

老員警：請你配合一下，我們也是工作。

李靜不情願的站在更亮的燈光下。

年輕員警給李靜照相。

之後，新員警看看老員警，又望著李靜。

新員警：你最好也和我們去一下……

李靜（倔強的）：我沒有犯法，要問啥就在這兒問吧。

兩個員警彼此看看，有些無奈的點頭。

老員警：那你和我出來一下吧。

李靜不情願地隨著老警出門到門口。

室內，李撞站在一邊，新員警看來看去。

新員警拿起吳敏慧床上的那本《性生活百問百答》，翻翻，扔下。

新員警拉開李靜的抽屜，看看那兩個避孕套，又合上抽屜。

新員警回身盯著李撞。

新員警：看看你的年齡，想想你的老婆，我都想踹你幾腳。

李撞不語。

新員警朝門外看著。

62 門外　樓梯口

燈光昏暗，李靜和老員警站在那兒，顯然他們該問的已經問過。

老員警：大學生，還是研究生，應該自重。

李靜不語。

老員警：就是不能就業，也應該體諒國家，體諒社會。

李靜不語。

老員警說完朝屋裡咳了一下。

63 室內　門口

新員警看著李撞。

員警：走吧。

說著，員警帶李撞出門。

在樓梯口，李撞和李靜彼此看了一下。

員警帶李撞下樓後，李靜久久的站在原地。

64 小區大門 外

李撞在前，兩個員警跟在後邊出來。

他們到小區門口燈光下站住。

老員警（警告）：回去吧——別老在法律的邊緣做事兒；下次還是你，就沒這個結果了。

李撞欲走。

老員警又取出一張五十元的人民幣遞上。

老員警：拿去——去吃一碗夜宵。

李撞取出自己的錢包給員警看看。

李撞：我身上有錢。

（李靜的陽台上，李靜正靜靜的看著樓下）

李撞在那兩個員警的目光中走遠。

65 **大街 夜 外**

寧靜的北京大街。

寧靜的北京大學的校門。

沉睡中的北京……

66 **李靜住處 內**

屋裡仍然凌亂一片。

燈光已熄，只有床頭的檯燈在模糊的亮著。

李靜放下了蚊帳，盤腿沮喪的坐在床頭。

李靜坐著坐著，一把將床上的蚊帳扯下，使自己完全待在網一樣的蚊帳中。

李靜呆一會，撩開身上的蚊帳，看看屋裡，惘然的開門出去。

67 **大街 外**

幽靜中，李靜毫無目的的在街上走著。

有一隻夜貓，在路邊看著李靜。

李靜看看那貓，繼續惘然的向前走去。

李靜路過那家夜麵店，看看裡邊女老闆的背影，無言地過去。

李靜到北京大學門前的交叉路口站住，突然面對大街上零星的行人和高樓，無奈地大聲尖叫。

李靜：李靜啊——李靜！李靜啊——李靜！

路人和開車過去的司機，都莫名地扭頭看看，又漠然走去。

李靜發洩完後，蹲下，捂臉嗚嗚地哭起來。

68 街心花園　外

李靜幽靈一樣朝自己樓下的花園這兒走回。

李靜看見花池上坐著一個人影。

李靜認出了那黑影中的人是李撞。

李靜遲疑之後，朝李撞走去。

燈光的樹影下，李撞獨自坐著，正舉著一個瓶子在喝啤酒。

李靜遠遠地站了下來。

李撞看見了李靜。

二人遠遠地對望一下。

李靜：你還敢在這外面？
李撞：工地大門鎖了。
李靜看一會李撞，走去。
李靜走了幾步，又回身。
李靜：你可以……去我那兒坐到天亮。
李撞聽著，未動。
李靜默默離開。
李靜走了很遠，似乎聽到身後有跟來的腳步聲。
李靜站下，回頭，是李撞跟在後邊。
李撞見李靜站下，他也停了腳步站住。
李靜不言又走。
李撞遠遠地跟著……

69 李靜住處 內

屋子裡經過了簡單收拾，那把刀被擺在了屋裡另外一個地方。
檯燈光下，李靜坐在床邊不言。

李撞這時如不合時宜的客人一樣，怯生生的挎著沙發的頭兒坐在那兒。

顯見，他們之間的關係發生了微妙的變化。

沉悶寂靜之後，李撞看看李靜。

李撞：我想吸菸。

李靜從吳敏慧的抽屜取出半包菸扔給李撞。

李撞翻看著那菸。

李撞：好菸，我都沒有吸過。

李撞默默點菸，光亮明滅。

李靜盯著李撞。

李靜：你犯過事……情吧？

李撞吸了兩口菸，抬頭。

李撞：我偷過東西，被他們抓過。

李靜：……

李撞（平靜的）：半個月前，為了把我老婆的骨灰買回來，我偷了另外一個工地上的鋼筋，被抓到這個派出所關了三天。

李靜有些驚異的看著。

李撞沉默一會。

李撞（擰滅菸）：三年前，我老婆死了，那一年我兒子正好考大學，沒考上，又複讀；沒考上，再複讀。複讀是高價，一年學費一萬多，還要吃、住和花銷，實在沒辦法，我把我老婆的骨灰賣掉了……

李撞說著不斷地瞟看李靜。

李撞：我也不是個東西——我們那兒山……裡的桃園村，有個人五十幾歲了，一輩子光棍，又有了絕症；可他弟弟忽然發了，有錢啦，想給他哥買個女屍……一盒骨灰——準備著等他哥哥一死，就合婚下葬埋一塊。我就把我老婆的骨灰賣給人家了——三萬塊，現金，一把清。我娃子後邊兩年的複讀，都是用的這筆錢。可結果，他知道我把他娘的骨灰賣掉了，就再也不肯和我說話了。

李靜：……

李撞：現在，三年過去了，桃園村那個男的真的快死了。他一死，就要把我老婆的骨灰扒走合葬了。可我、我想把我老婆的骨灰重新買回來。我死了，我倆埋一塊。說好的，三天內我必須還上人家那三萬塊，加上利息三萬多。現在，三天只剩兩天了。為這錢，半月前我請我們同村的麥子幫我去偷鋼筋，偷到第三夜，就被人家抓住了……

李撞說完，和李靜沉默不語。

靜有片刻。

李靜（自語一樣）：你賣了你媳婦的骨灰……

李撞不語，又一陣沉默。

沉默之後，李撞抬頭望著李靜。

李撞：你說，我死了，和我老婆的骨灰埋在一塊兒，這也叫、共眠吧？

李靜聽著，重新去打量著李撞。

李靜去給李撞續水，拿起紙杯看看，扔掉，又取過一個玻璃杯子倒水後，並順手放進去了兩塊冰糖。

李撞喝了一口。

李撞（自卑的）：甜的啊我……可沒有傳染病。

李靜又回到原來的話題。

李靜：他們、抓住你……打你沒？

李撞撩起起衣襟，露出肋間一個鮮明長長的疤痕和一針針縫過的針眼。

李撞：是玻璃杯飛過來劃的……也不怪人家，我只承認偷了一次，死都不承認前面那兩次，惹人家急了。

再靜片刻，牆上掛表清晰地響了四下。

李靜看著掛表，再次長久的沉默。

李靜：三萬，現在我真的沒有。我家剛在杭州買了房子，貸款。

李撞面對李靜看了許久。

李撞：你真的……就是因為那張華把你開除了，就……

李撞問了半截，又回頭把目光落在那破裂的共眠牌子上。

李靜不答，又換個地方坐下來，離李撞遠了一些兒。

李撞（真誠的）：我沒有那意思。我是說，為這，不值。真的不值。

再次經過長長的靜默後，李靜一直看著低頭的李撞。

李靜（突然的）：瞌睡嗎？

李撞不解的抬頭望著李靜。

李靜（站起）：這是我的床，那是人家的，你別碰了人家的床。

李撞懷疑的看著那兒。

李靜盯著李撞。

李靜：今夜是我害了你，我……是真心要把自己變賤的！

李撞望著李靜不語。

李靜（恨著自己）：去洗吧……我想賤！無論是誰。

李撞（似乎隨口）：夜飯後……我洗過了澡。
李撞說著，又忽然似乎明白李靜的意思，再次驚訝的看著李靜。
李撞：不用再去、朝那院長臉上、吐口痰嗎？
李靜尷尬一笑。
李靜（自嘲）：不用——我理解這個國家的難處了，也體諒這個社會了……
李靜說著，猶豫一下，自己拿起睡衣，朝衛生間走去。
李撞一直盯著李靜。
李靜木然地走進衛生間後，從裡邊傳來清晰有力的鎖門聲。
李撞聽著那聲音，一動不動。

70
衛生間　內

李靜進去，站在鏡前看著僵呆的自己。
李靜把那套睡衣丟在洗臉池的邊上，對著鏡子，狠狠的咬牙揪了一把自己的頭髮，木然地坐在洗澡盆沿上。
靜默許久，從外邊傳來李撞大聲的喚問。
李撞：你還想……讓我去朝那院長臉上吐口痰嗎？

李靜（停頓一會）：想！可吐了……我就可以就業嗎？

李靜問著，站起，準備洗浴。

71

臥室　夜　內

從衛生間傳來放水、叮噹的響動。

之後，是較長時間的安靜。

安靜中，有了清晰開鎖的聲音。

衛生間的門終於打開。

門開後，李靜靜靜的站在門口柔亮的燈光下。

李靜換上了一套淺紅色的睡衣，頭髮披肩，站在那兒，有一種完全準備入睡的閒靜。

可房間內，李撞已經不在，室內顯得空空蕩蕩。

李靜有些意外的看著、找著。

李靜發現那把刀子也已不在原處。

72

路口　夜　外

李靜怔一下，又快步走上陽台，看著大街上一片模糊的夜景。

張華家別墅前不遠的路口上，天碧夜寂，四周空曚。

李撞蹲在路口，鋼刀放在身邊，他用一張張書紙在疊著一個個的鄉村的冥物元寶，地上已經堆了很大一堆。

李撞疊完書紙，把那一堆元寶點火燒著。

李撞望著火光。

李撞（自語）：他娘……娟子，這三年，我實在太難……你別怪我，怪了我，你人就不善了。

李撞說著，站起，看著那冥火慢慢燃盡。

火後，李撞提刀，朝張華家門前那兒走去。

73 **張華家門前　外**

李撞走來。

李撞看見張華家車庫的捲門大開，知道張華還沒有回來。

李撞站在那兒看著等著。

李撞忽然取出刀來，朝著張華家別墅方向的上空猛刺幾刀。

李撞刺後，站一會，又開始面對張家和空中揮刀亂舞。

李撞開始如唐吉訶德大戰風車一樣，在那兒對著夜空舞著、刺著、砍著，身子旋轉，刀光留影，而且越舞越快，開始氣喘吁吁，最後終於累得倒在路邊一個夏天旅遊戴的草帽上。

夜深朦朧；一片寧靜。

這時，有汽車的燈光從遠處射來。

李撞慢慢坐起，警覺地朝那燈光望著。

燈光中，可見李撞滿臉大汗，有幾分虛弱。

74 張家門前 夜 外

那開車來的，正是張華。

張華一邊聽著音樂一邊開車，似乎情緒很好。

車快到家時，張華正去關車上的音樂，在這一瞬之間，有一頂草帽從車前飛過。

張華緊急煞車。

隨著車速減緩，有道人影從路邊樹下撲了過來。

之後是尖叫聲和更刺耳的煞車聲。隨之那道人影從車前蓋上滾到了車下。

75
李靜住處　夜　內

李靜有些不安的坐著等著。

鐘錶已經指向了早晨五點，李靜終於忍不住快步從屋裡出來。

76
張華家門前　拂曉　外

李靜快捷的騎車朝張華家這兒趕來。

李靜到了張華家門前下車，看看遠處早起晨練的人們，又看看張家開著的車庫門。

李靜懷疑的推車往回走著。

李靜忽然看見了路邊草地上她的那把刀子，警覺一下，她撿起那刀看看，似乎意識到了什麼，又本能地朝四周望望，很快把那把刀扔進更深的草叢，慌忙上車，更快的往回騎著。

77
李社的住處　晨　外

李靜騎車到來。

李靜下車找著。

李靜找到了這幢老樓的地下室門口。

李靜遲疑一下，停車進去。

78
地下室　晨　內

李靜小心的在地下室的樓梯上走著。

昏暗的燈光中，因氣味異常，李靜捂了一下鼻子。

有一個早起小解的農民工小夥，穿著大褲衩，從廁所走了出來。

李靜吃驚的站在那兒，而那農民工則不以為然的站在走廊上看著李靜。

農民工：你找誰？

李靜不答。

農民工：走錯路了吧！

說著走去，進了一間屋子。

李靜開始在走廊上大喚。

李靜：李社——李社——

李社聽到叫聲，在屋裡床上突然光背坐起。

剛進屋的小夥子兒戲的看著李社。

小夥：李社，叫你哪——城裡人，漂亮得很！

李社重又倒在床上。而在他的床頭，可見掛著的李撞給他買的零食袋裡，只還有一個蘋果。

李靜：李社——李社——！

李社慌忙穿衣下床。

李社淩亂邋遢的從屋裡出來，一看見整潔鮮亮的李靜，猛的呆在門口。

李靜盯著李社。

李靜：你是李撞的兒子李社吧？

李社點頭。

李靜：你爸在不在這兒？

李社搖頭。

李靜：快和我一塊兒去找你爸，他可能出事了！

李社不動。

李靜：愣什麼？快一點，說不定你爸李撞他……

李社懵懵的趕快回屋。

79 工地大門前 晨 外

工地大門前，李靜和李社從胡同急急走來，李靜推著車子，李社跟在後邊。

工地大門緊鎖，李靜和李社茫然的站在那兒。

李靜、李社彼此望了一眼，李社過去接過自行車，往圍牆下一紮，他踩著自行車後座，俐索地跳進了圍牆。

李靜獨自在圍牆外焦急地等著、四處張望著。

李靜看著大街上漸多的人群，去額門上急急擦了一把，取出了手機。

李靜很快翻出張華的名字，撥號。

張華的手機落在他的車內空空的響著鈴聲。

李靜無奈的收了手機。

李靜又望著李社跳進去的那段圍牆。

李社突然從李靜身後的圍牆跳了出來。

李靜回頭。

李社朝李靜搖頭。

李靜：得報警⋯⋯

李社不解地望著。

李靜：可能真出大事啦！

李靜不管李社，只管抓過自行車，騎上就走。
李社遲疑一陣，慌忙快步跟著。

80 派出所院內　晨　外

老員警和李靜、李社站在派出所院內門口，他在分配著任務。
老警（指著李靜）：你現在，騎車去張華家……你，再去二號工地一趟。
李社不明白地望著。
老警（大聲）：就是你爸偷鋼筋的那地方……都去呀！
於是，他們出門，朝三個方向分別急去。

81 二號工地

工地院裡有許多農民工起床洗臉，曬著床單。
李社急急穿過宿舍區，來到工地上。
李社在空蕩的工地上大喊著。
李社：爹——爹——
李社喚著，又滿頭大汗地從樓後腳手架下轉了出來，來到一大堆的圓盤鋼筋垛邊上。

李社：爹——爹——你在哪兒啊?!

李社喊著喊著，又爬到了高高的鋼筋垛頂上，在那兒轉著圈兒撕著嗓子叫。

李社：李撞——李撞——

李社：李撞——你在哪兒啊？你害了我娘，現在又來害我呀——我給你跪下你在哪兒你就出來吧——

李社喚著，果真不自覺地跪在高高的鋼筋垛的半空中，對著日出的方向喊。

李社：李撞——李撞——你兒子在這求你了，無論在哪，你不出來你可千萬不要再出事情啊！

李社：李撞——李撞——

李社嘶啞的喊聲久久的響在半空中。而在那聲音的下邊，鋼筋垛的周圍，這時已站了一大片的農民工和一些北京人，他們都在莫名地望著半空的李社。

恰在此時，李靜也騎車從張華家返回到了這兒，她在人群外邊久久地看著半空中大喊的李社。

李社：李撞——李撞——你在哪兒啊?!

82　李靜住處　晨　內

北京新的一天，又是上午。

大街上車水馬龍，陽光絢麗。

李靜的女同學吳敏慧從外邊走回。

吳敏慧到屋門口，預告似地敲了兩下門。

吳敏慧：我回來了——能進去嗎?!

吳沒有聽到回應，取鑰匙開門。

吳開門進屋，忽然看見李靜和李社都很沉靜的坐在那兒，相對無言。而這時的李社，穿著雖然土氣，但人卻顯得文靜並惹人憐愛。

吳敏慧：喲，有人哦！

李靜不語，看看吳敏慧的身後。

吳敏慧這時沮喪地坐在自己的床上換鞋。

吳敏慧：吹了——高大上的靠不住，矮瘦小的不值得。

吳敏慧有幾分隨意的說著，去衛生間洗臉，又回頭懷疑的看看李靜和李社。

李社不自在的坐在那兒。

李靜不語，憂慮的目光又落在牆角那塊破碎的速求共眠的牌子上。

83 醫院 晨

北京大學附屬第三院醫院的大門外，病人們進進出出。

急救室內，只有張華和李撞二人。

而此時的李撞，頭上裹滿紗布，正在輸液治療。

張華看著快完的輸液吊袋。

張華：李大哥……這事故，不管你為啥突然從路邊衝了出來，只要你願意私了，我怎麼都行……

李撞看著張華。

張華：實話說吧——我那車是剛買的，一個月都沒顧上裝牌子，算是黑車吧，加上昨夜我去機場接人，又在賓館陪客人喝了酒……

李撞（急辯）：我可沒喝酒。我一輩子都不喝酒！昨兒夜我是……媳婦三週年，我出來給她燒紙，然後你就……

張華不安地看著李撞。

李撞有意把目光朝窗外望著……

李撞：今天天氣倒好……涼快。

張華：你說個數……多少錢都行。

李撞：天氣好，心裡也暢快——我知道北京的規矩，只要我告你，你就會被拘留三個月，說不定還是半年。
張華：……
李撞這時摸出錢包，悄悄看了一眼裡邊他撕下的李靜的照片，又收起了錢包。
李撞：我不告你，也不要錢。
張華驚異地看著。
李撞：我有個姪女，在你的院裡上班，叫李靜。我想知道，她好好的，你咋就把她、開除了？
張華愣而不語。
李撞：他是我哥的女兒。我哥很早，就去南方工作了。我不告你，也不要錢。人要言而有信，你得把她工作留下來，讓她也填那大學生留在北京的戶口表。
張華想一會，承諾的點頭。
張華：是進京……
沉靜片刻。
李撞：對我說說，你昨兒天，咋就突然把她、開除了？
張華：咳……是我老婆不同意她在我們院裡工作。李靜年輕、漂亮，又是北大的高材生，我老婆對我不……放心，就堅決讓我把她……

李撞：就為這？

張華：就為這！

沉靜。

84 施工工地　日　外

又是午時，天氣酷熱。

在李撞蓋樓工地的一片凌亂和嘈雜中，李撞頭上包著白紗，和同鄉麥子坐在最高層的半空一塊兒抽著菸。

麥子：哎——撞哥，那刀你要沒用，還給我吧！

李撞不解的望著。

麥子（笑笑）：我老婆早就交代，要我給她買一把那刀帶回去——切菜、剁肉，快得很！

李撞還想說啥，看見樓下，李靜和他兒子李社遠遠走來。

而這一次出現的李社，穿著整潔得體，完全如學生一樣，而且和李靜走在一塊，像一對兄姊弟或戀人。

李撞慌忙從施工樓上走下。

85 工地旁　日　外

工地邊的樹蔭下，李撞走來和李靜、李社站在一起。

李靜取出兩張車票和三打兒裝在信封中的人民幣朝李撞遞去。

李靜：你別管從哪來的，把這錢拿上，今天就走，回去還給你們鄰村那人。

李撞未接，只是望著。

李靜看看李撞頭上的一片白紗，再遞著那錢和車票。

李靜：以後李社就是我弟弟，是我的第八個學生。

李撞終於接了那錢和車票，看著車票上的時間。

李社遞去一兜透明塑膠袋裡的黃瓜、香腸、榨菜、礦泉水和速食麵。

李社：該走了，回去收拾收拾。

李撞接過，笑著摸摸李社的頭，慢慢轉身，對著樓頂的麥子大聲喚著。

李撞：麥子——我有錢了——我現在回去重買你嫂子的骨灰了，我把你那菜刀帶回去給你媳婦吧！

麥子在樓頂望著他們。

麥子（嘟囔）：女大三，抱金磚啊。

麥子自語後幹活去了。

這邊的李撞回過身來，看見轉身回走的李靜和李社，來時從小路走來，走時從大路走著，而那滿是落下的水泥和粉塵的路面上，清晰地留著他們二人並肩的兩行腳印。

李撞站在那兒望著那腳印癡癡不動。

李撞小心地繞過那兩行腳印跟著他們走去。

李撞想起什麼，走了幾步，又回身到那棵樹旁，從一個壓著磚塊的爛瓷盆下，提起那個大的王八，到前面的河邊用石頭砸斷繫王八的繩子，把那王八放生在了水裡。

王八在水裡游著、游著。

李撞、李靜、李社，都站在河邊看著。

86　一個作家的書房　日　內

電影完全從一種氛圍進入另外一種氛圍。

一個整潔、寬敞、明亮的書房，那一排排書架顯出某種不同的氣息；

有一隻安靜的貓（或狗），臥在書房的陽光中。

那個貨真價實的作家（閻連科？這個無恥的東西！），正在明亮的光線裡專注的看書；他看的是一本他剛出版的樣書，書名正是《速求共眠》，且在封腰上鮮明的印著——世上最慰藉心靈的傑作，不久將被改為同名電影，非凡上映。

當作家看完最後一頁時，臉上顯出了疲憊的沮喪。

作家歎氣後喃喃自語。

作家：我他媽的，竟寫出這樣噁心的小說來！

說著，作家點火燒了那本小說。

火光由大至小，漸滅。

作家最後扔掉了那著火的新作。

那隻貓過來跳在了作家的懷裡。

作家抱著貓走到窗前，看著窗外的北京。

高樓、環路，北京的各種標誌性建築。

作家回來，踩滅了地上的火，呆呆的坐在書架旁。

六月二十六日凌晨兩點　完稿

七　一片空白如電影中長時間的黑幕般

1

六月二十七日，這個平常的日子對我是吉好還是凶日呢？

顧長衛在六月二十六日半夜一點給我發了一個微信：「劇本已經看完，如明天下午有空，望下午三點到工作室見面一聊。」為什麼沒有在這個微信上說，「劇本已經看完，大好！」或「意外驚喜！」再或「還不錯」那樣的話？不加評論，不作評價，這多少讓我有些忐忑和不安。一個作家完成一部作品，那些先睹為快的人，難道你們不知道作家的辛勞付出，也就是為了等你們一句「很好！」或是「不錯」的肯定嗎？這時你們對作品的評價，哪怕隻言片語、敷衍應酬，都是對作家久勞成疾的最好良藥。接到顧長衛的微信後，我有些疑惑和失眠，在床上愣著坐了一會兒，又起床去把那電影劇本仔仔細細讀了一遍兒。除了發現了幾個錯字和一兩個細節的不準確，我還是覺得它是個好劇本。何止是好，簡直堪為含而不露、張而不馳，激盪而平靜，一如大海掩蓋著巨大的湧動、凝流樣溫潤和潛藏的經典性——我想，這個劇本倘若能實現我自編、自導、自演之奢望，實現拍一部人類電影史上未曾有過的（也許曾有過，是我不知道？）的「實在之虛構」的藝術片——我是說，不管電影的故事屬於真實之虛，還是千真之實，而拍攝的方法和在電影中用鏡頭講故事的敘述，一定要是「史記紀實法」。就演員而言，除了主演（我），一定要用非職業演員的作家外，其他角色一概都用真實的原型人物來出演，比如讓生活中的羅麥子來演電影中的羅麥子，生活中李撞的兒子李社來演電影中的人物李社等——關於電影《速求共眠》的拍攝法，我已有許多構想和設計。我想把這種「混虛構於紀實之中、混紀實於藝術之中、混藝術於現實的場景和生活之中」的電影拍攝手法和敘事方法稱之為二十一世紀電影革命的「混藝敘事法」——關於這種「混藝敘事法」，在電影成功後，我會為此專門寫一部關於中國電影新敘事革命的理論之專著，以理論帶動實踐，以實踐明證理論，從而使這部我自編、自導、自演的影片，從根到梢、從種子到結果、從現在到未來、從未來到永恆，都成為中國乃至世界電影之旅中最新、最強的里程碑，成為我人生中從作家到電影跨界藝術的集大成者與前無古人、後無來者的曠世奇作和曠世之行為……

可是，顧導演、楊薇薇、蔣方舟，我把這種幾近狂妄而又有可能的種子，在創作劇本時，都已埋在了劇本的情節和細節中，難道你們沒有讀到或者沒有看將出來那春來草發、乾坤扭動的氣息嗎？難道李撞那個人物的貪欲、愛念、殺心、拙善和他狂躁而又計謀，清醒而又莽撞，內心扭曲而又在靈魂上充滿著尚·萬強、拉斯柯尼科夫、聶赫留朵夫等偉大人物的偉大悲傷和矛盾，還有賈寶玉的清潔和阿Q的髒，高老頭的吝嗇和基度山伯爵揮金如土的大度，你們都沒有感覺、沒有嗅聞出來嗎？我在我的書桌前，從夜裡三點發呆、發怔到來日之天亮，待六點半的陽光，從書房的玻璃窗上透進時，我聽到那陽光穿透玻璃使玻璃瀕於碎裂的嘩啦聲。之後，我就帶著懊惱和沮喪，倒在床上睡去了。

竟也睡著了。

午時醒來如餓嬰求奶般，第一件事就是睜眼打開手機看一看。也就如期而至的，看到了楊薇薇和蔣方舟的郵件信。那兩封信的內容，比起顧長衛微信中含蓄的輕淡和冷漠，而對劇本直白或隱藏的否認，昭然天下，有過之而無不及，使我相當沮喪和失望（甚或有一種憤怒和仇怨）。尤其蔣方舟信上對劇本和我的評價與轉述，直到今天我都無法原諒那件事。從她的那封來信裡，埋下的我對她怨懣的種子，直到今天，不僅沒有隨著時間而消失，而且還在養大著有一天的報復心。

楊薇薇的來信是——

閻老師：

昨天晚上將劇本發你後，想了一夜，覺得還是應該把我對劇本的意見寫信告訴你。恕我直言，也望諒解。僅供參考：

1.我不敢恭維說這是一個偉大的劇本，也沒有覺得這個電影故事是如我們最初討論的樣，寫出了李撞和李靜那麼複雜、扭曲的情感糾葛；寫出了世間一對男女完全不可能的愛情故事來。現在這個《速求共眠》，已經不再是我們最初討論的那個「速求共眠」了。

2.就現在已經成型的《速求共眠》劇本言，我覺得你盡被真實的李撞、李靜及李撞的家庭背景束縛了。一句話，你被真實——被真人真事捆綁了。沒有放開去想像李撞和李靜中間那種微妙、扭曲的感情和電影觀眾真正的期待是什麼——是他們兩個人的愛、愛的可能和不可能；可能中的荒誕、扭曲、異化、變形和特殊的「男女關係」等；而在他們這對特有的男女關係中，應該隱藏著不可能的悲劇或喜劇，甚或是鬧劇背後的不可能。總之說，我讀現在這劇本，有一種明顯的失落感；有一種「掉下去」的坍塌感。也許是此前我們在討論中，你把大家的胃口吊得太高了，於是期望過大了，也才有了這種坍塌和失落。

3.我想擺脫原來大家的討論和期望，把這個《速求共眠》放到目前中國電影裡去看待，以平常之心去想它，它還是一個說得過去——甚至不比絕大多數爛片差的「小溫馨」。如果真的你下決心去演李撞，請方舟去演李靜，在「噱頭治天下」的電影市場，說不定真有很好的關注度和話題性（我可以演李靜的閨蜜吳敏慧）。

4.在那幾個電影人物中：李撞、麥子、李社、工頭，乃至次要人物吳慧敏和張華等，相比較我覺得李靜這個人物稍嫌單薄了。這個人物——如果決定就目前這個《速求共眠》，而不是早先大家討論的「李撞和李靜」，什麼時候我和方舟可以把我們讀書、戀愛的經歷貢獻給你，也許可以讓李靜這個人物在修改中豐滿得和李撞差不多。

當然，所有的事情都得看顧導是什麼態度和意見（她並不知道顧導最初在我心裡就不是導演，只是「幫助我和劇組」的預謀與計畫。）也許，我想不出所料，今天或明天，顧導就會約大家來討論這劇本。

方舟好像還在南方出差沒回來，你把劇本給她看沒有？來討論劇本了，請把我上次忘在你家的手機充電器一併帶過來。

楊薇薇
二〇一六年六月二十七日晨

蔣方舟的來信是——

閻老師：

我還在杭州，明天應該可以回北京。

按照你和顧導的交代，也依照我對李靜的好奇，前天上午我從上海趕到了杭州，並很快和李靜聯繫見上了面。在這兒，我想不應該說是我去採訪她，因為年齡、經歷的相近，讓我們很快就成了幾乎是無話不談的朋友。中午我倆是在西湖的介子亭吃的飯。下午我們一直就在西湖的咖啡館裡聊天、喝咖啡。我真的很意外，原來她是那樣一個熱情、豐富、敏感並且對世界和人生都有自己見地的人。她談了許多她未曾向人說過的事。有許多事她交代我任何時候都不能對人講。和她的見面與聊天，再次讓我相信每個人面對世界都有一團祕密和無數不可解的謎。如果讓我選三件可以向你說的事情來描述她，她的這三件事情可能都讓你感到意外、不可思議和惶惑。可這就是她！就是真的李靜，而不是你劇本中寫的那個人。

我想對你說她的三件事情是：

一、她在十三歲時已經開始戀愛了。

你猜她的戀人會是誰？曼德拉！

十三歲生日時，李靜的爸爸給了她兩百元，讓她隨便去買自己最愛看的書。在她買的書中其中一本就是曼德拉的自傳《漫漫自由路》。看了《漫漫自由路》，從此她就愛上了曼德拉；開始瘋狂的閱讀有關曼德拉的書：《與自己對話》《曼德拉傳》《南非的啟示》《曼德拉的禮物》等。凡與曼德拉有關的書籍，她都如備戰高考一樣閱讀和記錄。她說她收藏有關曼德拉的中、英文書籍共有三十餘本，至今都滿滿地擺在她杭州的家裡和北京潤澤小區的床頭上。我們大家誰都不知道，她能大段大段地背誦《漫漫自由路》，倘若不是和她一塊吃飯和聊天，聽她面帶笑容的背誦，連我都無法相信她對曼德拉一廂情願的感情（是愛情？）會有那麼深。她說她從初中到高中，每每半夜想到曼德拉，都會從床頭抽出有關曼德拉的書，望著曼德拉那蒼老微笑的面容，激動得渾身抽搐，甚至會因為激動、想念而不停地掉下眼淚來。她說她這種少女初戀的情懷，直到考上大學才緩解過來好一點。

在她和曼德拉單相思的過程中，她說了一件事，說二〇一三年十二月六日，傳來曼德拉在約翰尼斯堡他的住所逝世的消息時，她正在圖書館裡查資料，從電視上看到曼德拉逝世了，她迅速淚崩不止，大哭著跑回宿舍，關起門來哭了一整天。同學和閨蜜，那一天都以為她家裡出了什麼事，可沒有人知道她那一整天的淚，都是為了她單相思的情人曼德拉。

二，這件事情也許我們可以想得到，也許我們永遠想不到：在大一時候，她曾經想自殺，並且已經把上吊自殺的繩子都在半夜繫到了未名湖的一棵國槐上。

為什麼？幾乎是什麼都不為——她說是在她大一的上半年，在學校食堂吃飯時，她一轉身，有個追求她的男同學，因為沒有追上（那時她正愛著曼德拉！）就把一條蟲子放在了她的菜盤裡。當她回身用筷子在菜盤裡翻出一條活的、還在爬動的青蟲時，她當時就嚇得虛脫到差一點倒在飯堂裡。被同學扶著回到宿舍睡到半夜時，她就莫名其妙想到了死……這件想到死、差一點死了的事，到今天她自己都說不清楚為什麼，也無法把對一條青蟲的可怕和死亡聯繫起來並對等在一起。

可事情就那麼發生了，這也就是那個最真實的李靜吧——她半夜起床竟然到未名湖的西邊——恰巧也是你劇本中寫的李撞、麥子們施工、蓋樓那地方，她把繩子搭到一棵槐樹上時，從她身後走來了一個在學校掃地、撿垃圾的臨時工。她說那臨時工也是你們河南人，五、六十歲，每天都在校園掃掃、撿撿的；每天都到各個學生宿舍樓下收購紙箱、雜誌和報紙；說因為他住在學校最西的一排簡易平房裡，不知幹啥半夜回來路過那兒看到了她，就站在未名湖邊上老遠盯著她。盯著她看了許久後，對她大聲喚了一句話：

「姑娘——你不會是想要自殺吧？要是了你想想你死了，你爹、你娘會哭成啥樣啊！」

就這麼一句話，那個撿垃圾的中年臨時工，說完就不管不顧地從她身邊過去了，朝簡易平房那邊一步一步走去了。

他朝她喚了後，竟然沒有朝她走過去；走了也竟然沒有朝她回頭看一眼。好像對她喚了、問了他就盡到責任了，她死與不死都與他沒有關係了。而且似乎是，他喚了之後後悔自己喊叫了，而其真正的內心是在等著她上吊。等著她去死。甚至她懷疑，那個農民工第二天一早起床會去未名湖邊上看看她到底上吊沒，到底死沒有。李靜說，她之所以決定不再上吊、不再自殺，純粹是因為那個農民工喚了救她卻沒有真的去救她，是他毅然走掉、頭也不回的身影使她決定不死的，決定你要我死我偏就不死的執拗讓她把繩子從樹上拉下扔進了湖裡邊——可又說到底，還是那個農民工的喚話和毅然走去救了她。她說她就是經過了這件事，才開始對某一類人、某一階層的人，比如說李撞這樣的人，懷有非常複雜的感情和看法。她說她一生都不明白那個在北大校園掃地、撿垃圾的河南人，為什麼喚著救了她，卻又沒有真的過去救了她。說自己很長時間都對這件事情想不通，且隨著時間的推移，這種想不通，一如在心裡慢慢脫鏽的一把鎖——原來那把鐵鎖上鏽跡斑斑，時間使那鎖的鎖孔、鑰眼、鎖把和鎖柱都完全和鎖體鏽在一塊了，成了被時間腐爛的一把死鎖了。可在她將要把那死鎖忘記、扔掉時，忽然某一天，那把死鎖上的鏽斑猛地褪去了，被埋在鏽渣中的鎖柱、鎖把變得清晰了；甚至那一天，連早就被堵死的鎖眼也清晰可見了、暢通無阻了。一句話，她心裡那把死鎖又活了過來了。鏽鎖又成了一把新鎖了，只是這把新鎖是沒有鑰匙的鎖。於是就特別想找到那鑰匙——那個你們河南的中年農民工，問問他為什麼看見她想要自殺，明明他喚了話卻又沒有真的過去救下她。然而這時候，當她發現她心裡那把死鎖復活時，她已經是大學二年級，想要找到那個掃地、撿垃圾的人，已經時過景遷了一年多，那個農民工早就不在北大了。

所以她說她和李撞的糾葛不是從見了李撞開始的，是她剛到北大就已經開始了。是在見到李撞多年之前都已開始的。

第三，這一點，希望閻老師可以諒解——我其實可以永遠不對你說，但我忍不住還要對你說——李靜不是一個從來不讀當代文學的人。她對當代作家瞭若指掌，完全是一個當今最文藝的女青年。我們誰都沒想到，當代中國作家的小說，她幾乎全讀過。莫言、余華、蘇童、格非、王安憶、劉震雲、韓少功、李銳、麥家、李洱、賈平凹、畢飛宇、阿來、遲子建、林白、張煒等，甚至連更早的王蒙老師和再晚的七零後、八零後的作家和網路作家們，說出來她都瞭若指掌，如數家珍。是一個地地道道的學理科卻深愛文科的人。其對我的熟悉，讓我驚訝和難堪。也正是因為這，我們才會很快成為好朋友，她也才會和我無話不談，一見面就熟到如閨蜜一模樣。才會在談到文學時，她說了一件令人意外、我可以不講、但卻忍不住想要給你說的話——她說在中國作家中，有三個作家她最為不喜歡，看見名字就想扔了他們的書。在這三個作家中，其中一個，她說到了你……

閻老師，我把她說的這三點（尤其第三點）告訴你，你不會因為我說了實話生氣吧？我是覺得你不會生氣才寫信告訴你的。我們談到你的寫作時，她說了這樣一句非常值得你思考的話：

「閻連科的小說太裝神弄鬼、莫名其妙了。」

你覺得她的這話是有點道理還是沒有一點道理呢？

……

關於李靜，在這封信上我先和你說這些。之所以急不可捺地要和你說這些，是因為沒想到你這麼快就把《速求共眠》的劇本寫了出來了。是我看了劇本後——在你把握的可以通過審查的情況下——在那個電影劇本的故事裡，我並不以為你一定要寫出李撞和李靜的奇戀、扭曲、讓人意外的愛情故事來，而是說，在這個紀實的電影故事中，你對李靜根本不了解。或說了解她也相對皮毛和簡單。而真正那個深層的、不可知的李靜，對你不僅是一團謎，而且是一個你沒有或者根本不願花時間去了解、洞悉的人。

也基於此，對於劇本《速求共眠》——不說故事，僅就人物言，僅就李靜這個當下的青年女性人物言，如果說是失敗你不能接受的話，那就說她沒有那麼成功吧……

上午十點我又約了李靜到杭州的濕地公園去，現在我該走了，停筆打住。餘話回去我們繞著《速求共眠》劇本慢慢聊。

方舟
二〇一六年六月二十七日

2

讀了楊薇薇和蔣方舟的信，我的喉嚨有一種堵塞感，像以為是蜜水卻吞下了一口惡痰樣。或者如吃青嫩的炒菜時，卻吃了一筷子的沙。急急看完她們的郵件後，我在床上呆坐一會兒——呆坐了很久一會兒。尤其讀到蔣方舟來信寫的第三點和最後一段對劇本人物李靜的否定時，我很想把手機一甩扔到哪。

我果真不輕不重把我的手機扔在床上了。

手機在床上虛彈了一下後，如石片在湖面飛濳後沉在湖底一樣安靜著。臥室裡沉悶而寂靜，使我的呼吸如被人拤了脖子般。很想要掙著身子、大打出手從那屋裡跑出去，又想就那麼沉寂呆呆的坐在屋裡想些啥（或者什麼也不想，就那麼久久遠遠呆坐著）。到最後，我選擇了後者呆坐著，直呆到從飯廳傳來家人喚叫我的吃飯聲。

懶散的起床、穿衣、洗漱和莊嚴地吃飯，煎熬到下午兩點鐘，我準時開車到首都機場附近顧長衛的工作室和他見面時，心裡總有一種不祥的預感籠罩著。為了不使這預感釀出天大的事，我放慢車速，恨不得看到螞蟻也把腳踩在煞車上。和顧、楊們見面我遲到了半小時，然到那兒後，我還是在院裡深長地吸口氣，覺得可以裝出若無其事、平靜如水的模樣了，才不慌不忙到他工作室的門前按門鈴，和開門做美術的美女擁抱並問好，然後開始做作、誇張的驚訝顧在他寬大敞亮的工作室的牆壁上懸掛的他的一幅幅巨大的攝影作品——那些作品，全部取材於一百元人民幣上的各種細節、微圖、色彩和我們常人不曾發現的祕密，由他通過特殊的攝像技術和方法，重新拍攝出各種巨幅作品來——比如將一百元中隱藏的毛澤東的頭像放大數千倍，使那本來就一如一分硬幣樣若隱若現的毛澤東的像，大到有三米見方或半個房間樣，從而使那像的若隱若現，不再局限在那張巴掌大的錢幣上，而是若隱若現在了巨大無比的世界中，和今天中國的現實構成一種呼應之關係。比如把錢幣上的兩個英文字母和八個阿拉伯數字的錢幣編號進行一種反復的攝影藝術後，通過神祕而巧妙的排列組合，使攝影的構圖成了寬四米、長六米的巨型密碼牆，從而使我們整個世界的現實都成了一種迷宮的樣。還有以紅色為主的百元人民幣上「１００」後邊那個「０」的藍，經過特殊的攝影處理，竟然成了大海之藍和遠眺大海時海面上無盡無止的海浪和波紋，就連錢幣正面右下角的粗體反向的「ＬＬ」和背面右下角紋中紋的十六個微小如塵的圓中圓，也都被他無限放大、組合成了豐富的光點、烈日和光柱。我此前知道他作為中國「電影第一攝像師」（大師嗎？）開始在電影拍攝的間隙和煩惱時，準備向油畫和攝影的回歸和探求，以為那都是他正業之後的業餘之遊戲，如我這次小說寫作之餘名利膨脹的夢想樣，但卻沒想到，這種帶有遊戲性質的夢幻和理想，他不僅開始了，而且也幾近是實現完成了。

在那些巨幅取材於人民幣的局部異變的現代攝影作品下，我先是有些誇張、驚訝的站著看一會，及至等顧從樓上下來後，待他謙遜、微笑的帶導著我從一樓到三樓參觀他的數十幅這樣的作品時，那樣誇張的驚訝從我臉上消失了，留下的唯一一個念頭是，他能從導演的道上暫時撤回身，做一個獨一無二的現代攝影藝術家（我捨不得把「偉大」二字作為禮物送給他，因為他也從未把「偉大」作為禮物送給我），難道我就不能從寫作那樣清寂、孤寒中抽身出來，做一個偉大（狂妄和瘋癲！）的導演和演員？搖身一變，使自己從作家變成藝術家？

終於的，在這恍惚的冥想中，我們至關重要的談話開始了。

無論是作為一場藝術的談話，還是關於電影《速求共眠》或這部長篇《我和生活的一段非虛構》的寫作，那幾句簡單並致命的談話，都將成為我創作生涯和人生命運中的碑石刻下來，其意義也正如一個人在徒步的長途跋涉中，四野空曠、荒無人煙，而又到了一個三岔路口或十字路口上，在他惘然四顧時，突然出現在眼前的倒在地上沒有字跡的路標和指示牌。

工作室一樓客廳的面積最少有九十平方米（為什麼不再來一次土地革命把他的客廳分給我家呢？），中間放了一圍充滿小資情調的紅沙發，沙發中間是日常普通的方茶几。就在這茶几邊，顧長衛變得有些冷硬叵測了，楊薇薇也變得玄乎叵測了，連一向直爽的郭芳芳，也開始變得神祕叵測起來了。

顧就坐在我邊上，默一會他不著天地、又恰如其分地說了一句話，「閻老師，你說這紅茶好喝嗎？」

「不錯。」我也漫無邊際又毫無趣味地答，「比剛才的咖啡好一點。」

「你走了拿兩盒，是很好的一個朋友送我的。」

「我習慣喝綠茶。」把嘴邊的杯子摘下放在茶几上，我鄭重、直接的引導說：「大家不用拐彎抹角了，都說說劇本吧。你們不覺得那劇本獨一無二，單是說好還不足以形容它的價值嗎？」

顧就微微怔起來，目光盯在我臉上，像看一個他未曾見過、也完全不認識的閻連科。當他從我臉上沒有看出兒戲和遊戲時，不知為何他端茶杯的手，僵在半空一會兒，慢慢動了動，像要放下茶杯拿手去我的額頭摸一摸，看我發燒沒發燒。就在那一刻，我心中有個堅定的念頭產生了：他若真的拿手去我的額頭上摸，我就用我的手把他的手扔到一邊去（要不要把他的手扔到一邊後，再把面前茶杯裡的紅茶很優雅地慢慢倒在茶几上？）。看著他，想像著，也等待著，這時郭芳芳和楊薇薇，也都把她們端的茶杯和咖啡放下了，目光也都緩飄飄飄地落在我臉上。

「閻老師，」顧終於說話了，像許多電影中的江湖老大樣，慢慢悠悠、卻一言九鼎的問：「劇本中你怎麼不寫李撞和李靜的愛情呢？」

我答道：「我覺得現在這對人物的關係要比他們扭曲相愛好。」

「可我們此前說好就是要寫他們扭曲相愛的故事呀！」

「不是我不寫，是生活的真實不讓寫。」

「難道藝術不是突破了生活的真實才有價值嗎？」

「真正的藝術不是要突破生活，而是要沉入到生活底部和人的內部去。」

這是我和顧談話的初開始，一人一句，明槍暗箭，或者暗箭明槍。之後彼此就陷入了一陣深沉的靜默。當我在想我下一步要用怎樣的柔冷和剛硬來對待他和他們的藝術觀念時，顧又恢復到了他那慣有的無邊柔軟和永遠都以柔克剛的秉性裡邊了。他朝我笑了笑，停一會，用變尖、變細並抬高的聲調（柔冷的箭）說：

「實話說，閻老師，這個劇本也不錯。甚至可以說……確實、確實好。我覺得……怎麼說呢？何止是好，我覺得可能堪為中國電影劇本創作中的範文和教科書。」說了這一句，顧又扭頭看看我，習慣性的面色潤紅著，用手去他身邊的包裡摸一陣，再笑笑。「我就直說吧，閻老師，我做電影半輩子，中國和外國的電影和電影劇本看了數百、數千部，從來沒有一個劇本能像《速求共眠》樣，從第一個字到最後一個字，讓我愛不釋手，坐臥不寧（他終於知道我要聽什麼、他該說些什麼了），恨不得一分一秒就把劇本吃進肚裡去，生怕電影劇本中最後一個鏡頭的到來，使故事像危重病人的呼吸機樣突然被拔去……」

（說出來了，說出來了！他終於說出他該說的、我要聽的一番話……請允許我在此處省略掉那時我內心從寒涼到溫暖，從平靜到激動，從可以掩蓋的喜悅到不能掩蓋的狂奮的最少兩千字或者三千字）

「閻老師，因為這個劇本好，」顧把話說到這兒時，他又頓著看看我，端起杯子喝了一口水，臉上再次顯出他剛剛落下的慣有之潤紅，「何止是好，我想時間會證明它偉大如莎士比亞的《哈姆雷特》樣。因為這偉大和可以預想的傳世名作的生命力，這樣的劇本幾十年都難有一個……因為這樣兒，我覺得我來導演這電影，我會毀了這個劇。就是成功了，也有些奪人心血來成全、美化自己了……這樣兒，閻老師，我聽說這個電影你不僅要自編和自演，還想自己做導演，真是這樣嗎？

「閻老師，實話說，你是不是真的想自己做導演？」

（他怎麼知道呢？我還沒有按我的計畫說出來，他怎麼就提前知道了？我原來的計畫是，由他來尋找到資金並組成劇組後，我再故意找茬和他爭吵、矛盾，到最後就攤牌我要做導演，由他隨便在劇組掛個什麼名，比如監製、顧問啥兒的。可現在，他倒首先說出這事了。這中間到底發生了什麼呢？一條暗道到底從哪兒分岔了發生了……此處不是我有意省略什麼情節什麼話，是我真的不知道問題出在哪兒了。所以在這兒，我不得不再次省略從疑問到竊喜、再到不安的內心活動數千字。）

「這樣吧，閻老師，」顧又把他剛才放下的杯子重又端起來，像那茶杯不是杯，而是他內心不安的道具樣。「從昨天晚上到現在，我猶豫再三，最後還是決定，我就不參與你這部電影創作了。我想集中精力用一年的時間，把我這些攝影作品好好整理一下子，到上海、香港和國外做幾次藝術展……至於那劇本創作初的五十萬元人民幣，後邊你劇組成立了，給我也行，不給也行。我想只要你能導演出一部好片子，我也曾為那電影在劇本階段出過力，在劇本和拍攝上，有過建議和看法，在經費上有過我個人的支持和幫助，那都是我莫大的幸運和榮譽。等片子成功了，五億、十億、二十億的票房和國際大獎滾滾到來了，我都會為由衷的為你高興和鼓掌，也為我自己曾經為那電影出過綿薄之力而榮幸」。

……

到這兒，他的話完了。

完了他就看看我，又看看楊薇薇和郭芳芳，再把那已經空乾過的茶杯放在唇邊上。

（為了閱讀的節奏感和我不願說的我的醜陋和暴怒，請你們允許我此處再次省略場景、氣氛和楊薇薇及郭芳芳的談話最少兩千字。省略我的不安、鬱悶和措手不及的慌張三千字和那時我內心突然出現的懸浮、慌亂及無言以對的尷尬三千字。省略掉我望著大家，一時無語，僵直的坐在那兒，像我要入室盜竊時，卻被主人突然拉亮的電燈發現我是他們的熟人和朋友樣，彼此在一瞬間都找不到話說的驚訝、沉默和場景的描寫最少兩千八百字。）

真的不知道我該說什麼好，該有怎樣的舉動、言行和表現。直到今天來寫這部《我與生活的一段非虛構》，我都回憶不清顧在說完那些話後他是怎樣、我是怎樣的。郭芳芳和楊薇薇又是怎樣的。也許我那時的臉色如同豬肝一樣吧。也還許，那時我的臉色就是一塊從古老城牆上扒下來的磚，雖然布滿灰塵，卻以文物的模樣呈現出一種新的價值和期待。到現在，真的記不清和想像不出那時顧的臉上是什麼表情了。這種記不清，不是時間久遠的平息和抹去，而是人在緊張、不安時的思維短路和空白，一如一個人在暴怒殺人時，他的腦子一定是一片空白樣。然而今天來回憶這些時，我似乎可以假設顧以他的善良、質樸乃至懦弱並又對世事洞明的歷練，他可能會為他終於以退為進、以抑為揚、以頌為貶的那番說辭而高興；也可能會以作為兄弟、朋友而最終還是真正認識了我醜陋的本相而默然與欣慰。並且可能會為最終可以把我從他身邊甩離——就像一個農人終於從他腿上的脈管裡，拍拍打打，為擠出了吸血的螞蝗而高興。我彷彿記得那時他說完了那番話，好像臉上是一種輕鬆舒坦的紅，如勞累了一天的日光，終於可以在西山日落間，休息和放鬆一模樣。似乎記得他那時說完後，雙手交叉著背在腦後邊，撐著他那適中的頭顱，朝沙發後背靠過去，樣子是心疼沙發承受不了他的重，怕把沙發靠塌才那樣撐著頭顱、身子，緩緩朝紅色的沙發倒下的（可我呢？你知道我是怎麼想的嗎？難道你疼愛沙發的承受力就不心疼一個作家的承受力？）。空氣好像凝住了。世界也好像不在了。在凝住的空氣間，有誰拿手朝空氣推一把，那空氣定會如一片玻璃樣碎到世界外邊去。就在那冷硬僵直的空間裡，大家就都呆坐著，像誰都隨著空氣的凝固也都凝在了空氣裡邊了；隨著空氣的碎落也都碎落不在了。

能聽見機房人員在做電影剪接時的機器轉動聲。

從窗裡透過來的下午四點半的陽光，紅黃相間，在眼前晃動，像飄著的哪國國旗樣。這時首先打破沉默的是郭芳芳。「喝水呀，閻老師。」她臉上的笑，又一次如同是劇組的美工、化妝幫她畫在臉上般。「或者我再去給你磨一杯咖啡吧？」這樣問著我，不等我答什麼，她自己卻抽出一根香菸點了抽起來。而這時的楊薇薇，倒好像還殘存有對我的同情或者信任感。

「我覺得你自編、自導、自演說不定能成功。閻老師，你有那麼多的好朋友，你就去拉拉資金試試嘛。」

我應該說什麼？

那時我想了什麼呢？

在那種情況下，我會由衷或虛偽的說些什麼呢？是腦子一片空白，如電影在放映過程中，因情節所致，幕布上出現了很長的黑幕和靜止嗎？那麼黑幕過後會出現什麼樣情況和情節呢？故事又會發生怎樣的延宕或反轉？或是那黑幕的出現，只是時間的過度、跳躍或歷史與現實的岔道和改變？

我從顧長衛的工作室裡出來了。

不言不語地從他們那兒離開了。我相信我以沉默為行動，把無聲當有聲，在那時是最為合適的。說什麼？說「天生我才必有用」？這未免過分張狂和絕情。說「謝謝你們賜我良機」，又未免虛偽和無力。微笑、沉默著離開應該是最為得體而有尊嚴的舉措了。就沉默而微笑著離開了。走去了。今天想起來，那時站起欲走時，臉上掛著的不屑和佯裝之鎮定，然後拿起茶几上我的車鑰匙，無論他們誰喚「閻老師……」誰說「你在這吃過晚飯再走吧」，我都沒有應聲也沒有回頭望一眼。

在工作室門前的停車場，我開著我的車子要走時，看見顧長衛的豪車停在路邊上。我想都沒有想一下，就開著我的老捷達，轟然的朝他的路虎車上衝過去。所有的事情都在那一瞬間，一念間，告止一個段落了。一個終結了。那時候，只聽「嘩——嘩——！」的一聲被拉長的巨響，就有一片玻璃飛向了天空，又雨滴、水片一樣落下來。當顧長衛、楊薇薇、郭芳芳和工作室的剪接師和美工們從屋裡衝到門外時，我捂著我的血臉，從車上下來對他們說了一句話：

「對不起，踩煞車時踩著油門了。」

3

（此處省略四千至六千字……）

315　　一片空白如電影中長時間的黑幕般

317　一片空白如電影中長時間的黑幕般

319　一片空白如電影中長時間的黑幕般

4

和蔣方舟的見面是在我到醫院包紮、處理後的第三天。頭上、額門和胳膊上，一共縫了三十針。白紗在胳膊、額門上，如盛開的一朵朵的水仙花。整個人都如剛從戰場上下來一模樣，光榮與夢想，虛無與實在，在我心裡與身上，彷彿麻繩般捆綁了一層又一層。是六月二十九日的上午十點鐘，我們約在成府路的萬聖書苑咖啡館，這是我們經常來這買書見面的老地方。

夏天已經如期而至了。混沌的炎熱如蠶絲被樣蒙著北京城。我是打車去的萬聖書苑咖啡館。路上因為司機怕浪費汽油，沒開空調，我還和他吵了架。讀書人大都知道北京的萬聖書苑吧，經營者如一個牧師經營著他的教堂樣，幾十年如一日，彷若一戶人家世世代代都是虔誠的天主教。當時變世變，讀書業已成為夕陽暮業時，這書苑從成府路的西邊朝東邊挪了二百米。這一挪，無論如何在我就如教堂的感覺不在了，取而代之的是把教堂改為了另外一種宗教的清真寺或者教會堂。那個咖啡館，似乎也不如從前有如我家客廳一樣專供我見人聊天使用了。這新的咖啡館，顯得擁擠、逼仄和緊張，再也沒有了從前「醒客咖啡館」那令人放鬆的自由和寬敞。我到那咖啡館裡時，方舟已經到了一會兒。她在一個僻靜的角落坐下來，等著我像等著一個她將不得不背叛的同黨樣。穿著還是她那剛畢業時的學生樣，臉上的表情卻已經少有大學生的無憂無慮了。十點鐘，咖客和書客都還沒有來，安靜若書店的空調風樣舒適而緩慢。走進去，熟悉的店員朝我點了頭，還很尊敬地向我喊了一聲「閻老師」。

我一眼就看見方舟坐在最遠最西的窗口角落裡。

她看見我慌忙站起來，盯著我頭上手腕和胳膊上的白紗布，怔了一會兒，說了一句誰都在說、誰都在問的話。

「沒事吧？閻老師。」

我說：「沒事兒，前天不知為啥一開車頭就有點暈。」

然後我們坐下了。要了兩杯溫開水和兩杯「醒客咖啡」後，說了幾句閒話兒，諸如書店沒有從前寬敞了，文學書被排在了最不起眼的角落裡，然後就開始說了她早已想好、準備好的只有她才說的話：

「前天我給你寫的那封信……看了你沒有生氣吧？」

……

「其實，說句實話兒，《速求共眠》我是一口氣看完的。劇本是個好劇本，可就人物來說，李靜……並不適合我去演。」

……

「這兩天想來想去，我應該一心一意撲在寫作上，不該什麼有名有利的事情都去沾一把。再一說，演員那職業，我真的不太行，其實我在鏡頭面前經常暈鏡頭。」

……

「還有一件事，是我考慮最多的，說出來你真的千萬別生氣……」

……

「文壇這麼小，人多嘴雜，我倆在一起本來就有人議長說短，如果我倆再真的去演《速求共眠》那電影，演砸了是一場笑話和鬧劇；演成了，哪怕有一點點的成功和利益，你我都會被緋聞的口水淹死或被口水的河流沖得沒影兒，那時候，我倆一輩子就都別想爬上人岸做人了。」

……

「你和我，沒想到，竟然連李靜也懷疑……」

……

「閻老師，你怎麼不說話？」

……

「對不起，閻老師，請你別生氣……我家裡有點事，得提前走一會。」

……

「那我先走了，你再坐會兒。」

看著她慢慢猶豫著起身時，有什麼東西掉在了座位上。找了一會兒，找到收起又朝我歉意的點點頭，到吧檯那兒買了單，又回頭朝我望了望，擺擺手，最終告別下樓了。下樓後，她又一次給我發個微信補歉說：「閻老師，真的對不起。等李靜回來我們一塊兒吃頓飯，你該好好認識她！真正認識了她，你就知道劇本該怎樣修改了。」那時候，是上午十點半。十點半的陽光正是夏天從溫熱轉入酷熱的那一刻。望著手機上的微信時，我臨著窗邊的肩頭是熱的，靠裡的肩頭是冷的。而內心，也一半是心熱，一半是心冷。有人開始從一樓朝著二樓來，腳步聲和鼓樂一樣富有節奏感。不一會，咖啡館的空座就沒幾個了。我沒有喝咖啡，那一滿杯的「醒客」還原封不動的放在桌角上。方舟的咖啡和溫水，也都原封不動的放在桌邊上。我們見面、說話前後也就一刻鐘，她就把這場遊戲、這項工程、這樁事業宣告結束了。我沒有為她的宣告、宣判感到驚訝或者不驚訝。因為經過了前天車禍那樁事（生與死），我忽然被某種冷漠懾住了。我被我的冷漠凍結了，如一盆水被冷凍在了湖面上，一湖水被凍結在海面上。誇張地說，哀莫大於心死。可我怎麼會心死呢？心不死，可又什麼都不想說，也忽然不想做。我以為，那時候我只是想從收穫的沮喪中找到一些安慰、找到一絲鼓舞，重新拾起丟失的欲望和奮鬥的種子去播種、澆灌和收穫。如此而已吧，還有什麼呢？還能有什麼呢？她走了，無非證明了她不能給我期冀、奮鬥的力量吧。還能怎樣呢？這不也是再正常不過的結局嗎？坐在咖啡館，我讓我的情緒和時間一樣毫無目的、毫無方向地流轉著。過了一會兒。又過了一會兒，直到咖啡館座無虛席，有兩個戀人在那兒轉來轉去，盯著我對面的空座位，像盯著我手裡拿著他們的結婚證書樣——既然是你們的結婚證，那就還給你們吧。我起身把座位讓給他們了，從中收穫了兩個感激的點頭和他們異口同聲說的「謝謝」兩個字，像一對新婚夫妻發給我的糖一樣。

從咖啡館裡走出來，信步到書店文學書架那兒看了看，發現原來擺著我的書的書架上，全都改擺了別的當代作家的書，如王安憶、莫言、劉震雲、蘇童和格非等。我出來問店員：「閻連科的書都賣光了嗎？」一個新來的小夥店員很誠信地告訴我：「閻連科的小說從來沒人看，兩個月才賣出去一、兩本，我們前幾天把他所有的小說都下架退回了出版社。」然後呢，然後我就從萬聖書苑下樓出來了，站在路邊望望成府路上東來西去的車流和人流，攔了出租回家了。

回家上車時，我對自己說了一句話：

「沉穩些，發生什麼事都別和司機吵架、打架啊！」

5

（此處省略四千五百字左右。）

327　一片空白如電影中長時間的黑幕般

329　　一片空白如電影中長時間的黑幕般

331　一片空白如電影中長時間的黑幕般

6

時間就這麼一天一天過去了。始於六月三十日，我無所事事，百無聊賴，不到學校去，也很少和朋友們見面和聊天。忽然間，我從一個極度亢奮的狀態進入了一個極度沉默的憂鬱期。有時在書房發呆會一呆大半天，一天不說一句話。不看書也不寫一個字。把門關起來，不讓任何人走進書房打攪我。直到中午十二點和下午六點時，妻子做好午飯和晚飯，謹慎地到書房門口敲門叫我出去吃飯止。有時吃飯時，我會因為一個菜的鹽多鹽少把筷子摔在飯桌上。有一次，還把炒過火的一盤雞蛋抓起甩在了飯廳裡。直到有一天，我在北京三院精神病專科的醫生朋友提著一兜水果、抱著一捆鮮花來我家裡看我和我扯閒篇，循循善誘地使我和他說了很多話，也說了我想自編、自導、自演一部電影的努力和挫折，他才笑著對我說：

「你可能得了亢奮性欲望精神病。」

我用疑問的眼神望著他。

「知道吧——兒童的多動症你可以理解嗎？」他和我一塊兒喝著茶，一字一句解釋說，「許多兒童從一早醒來就開始手腳不停、沒有一分鐘可以安靜的那種多動症，是運動性質的幼兒精神病。這種多動症，一般隨著年齡增長自然就好了。但人到成年和中年，到了成熟期和理性期，會出現像你這種突然為名利而瘋狂……說瘋狂有些不合適，但可以說如你這種過分追名逐利的，都可以叫做『氣質性亢奮精神病』。這種為名利過度亢奮、狂躁的努力，成功了就是才華和回報，失敗了就極容易從欲望亢奮一下跌入情緒的低谷和憂鬱裡，而最終導致每天都鬱鬱寡歡、徹夜失眠、懶於和人交流的憂鬱症……你現在就是這種從精神亢奮轉入情緒鬱悶的憂鬱症。」

說完這些後，他笑著盯著我。我也將信將疑的看著他。我倆就這麼面對面的友好、微笑地沉默著，像那種微笑是一場證明和懷疑的戰爭樣。

「這病……好治嗎？」

「能治。但可能需要長期服藥以抑制你的情緒和想法，比如抑制你的欲望和名利心，使你的精神每天都在自然——順其自然、知足常樂的狀態裡。」說著時，他停下來想了一會兒，接著又很釋然道：「不用怕。也許生活中又突然發生了一件什麼事，對你一刺激，你不吃藥也就病好了。」

我和我的醫生朋友與本文相關的談話就這些。中午他沒有在我家吃飯就走了。後來我知道，他是我兒子和妻子到北京三院的精神病研究所特意把他請來的。他是以出診的名譽到了我家的，每和我聊天一個小時，需要向醫院繳費上千元。但值得在這論述的事情是，我的病被他說中了，差不多屬於不醫而癒了。因為在他走後的半個月，有一天我又在書房發呆時，那天上午九點鐘，我母親從老家給我打來了個電話，告訴了我一件在外人看來奇特而意外的事，說剛才，我們村的李撞被縣公安局逮捕了。有三輛警車鳴著警笛到我們村把他戴上手銬抓走了。說鎮上、村裡誰都沒想到，誰都不知道，他三年前為了他兒子複讀高考，竟把他媳婦苗娟的骨灰賣給了西山桃園村一個有癌症病的人。答應人家那癌病男人一死，就可以來把他媳婦的骨灰扒走和那個男人合葬在一起。可現在，那男人真的病死了，昨天人家弟弟領著人去他家墳上扒他媳婦的骨灰時，他又反悔了，不讓了。說寧可連本帶息還人家錢，也不讓把他媳婦的骨灰扒走去。說他還要死了和他媳婦埋在一塊兒。於是吵起來，打起來，沒想到那時李撞把準備好的斧子拿出來，一下就朝人家頭上砍過去，把人家的頭都給劈開了，差一點把人家活活給砍死。說當時人家就血流如注、如從盆裡倒出去的水。所以一大早，他就被公安局的三個警車帶走了。母親說，她是一早出門倒垃圾，正好目睹了公安抓人那一幕。說有人說，李撞這次被抓走，如果那被砍的人死在醫院裡，他也就要死在監獄了。如果那人被醫院搶救過來了，隨便有一點殘疾或癡呆，他就最少得在監獄住上十幾年。

最後母親問我說：「李撞要還山裡人家那三、四萬塊錢，有人說是你和一個北大的學生一塊給他的，真是這樣嗎？」

還又說：「給了也是好。李撞也是讓人敬。他一早在村裡被人抓走時，上警車後還大聲對著村人們喚：『皋田人——鄰居們——念起我李撞再壞沒有做過對不起大家的事，我被槍斃了，求你們收屍一定要把我和苗娟埋在一塊啊！』」

母親在電話上說完這些話，還又囑託我，說李撞的兒子今年又沒考上學，聽說他還想接著複讀接著考。說現在他爹蹲監了，沒人供他複讀了，讓我一定把李社複讀的學費拿出來。「你們少吃點、少喝點，就夠那娃子讀書了。」這是我母親放下電話前的一句話。待我的手機響出「嘀——嘀——」的斷音時，我坐在書房的椅子上，腦子裡凌亂實塞，一下子滿得連一點縫隙都沒有。連想透進去一絲細風的可能都沒有。這種過分滿塞的感覺，完全不是那種一片空白如電影上長時間的黑幕樣，而是一列火車在裝滿貨物後，快速奔馳的流動感。而且還有火車在郊外原野飛奔的那種哐哐鐺鐺的鐵軌聲。是那種聲音把我從憂鬱、沉默中喚醒和打撈出來了，如把我從將要沉下去的海裡拉上了一個島嶼樣。那時候，我還不知道我的「亢奮性精神憂鬱症」，會因為李撞突然的砍殺被捕而如醫生說的不治而癒或好轉，但收起母親給我打的電話那一刻，我本應該為李撞的命運感慨、唏噓或驚訝，真正產生一種命運無常的憂心和焦慮，然而間，那種惶惑和焦慮，在我心裡僅僅停留了不到半分鐘，也許只有十幾秒，有一種卑鄙的暗喜，就像堤岸的湧漩一樣把我的焦慮沖開了。我忍不住想要去和誰說說話，想要和誰交流、談論、商量一樁什麼大事情。我又想起我的那部電影了。想起《訴求共眠》中的電影故事了。彷彿李撞會砍人、殺人最終走進監獄的命運是我在影片中設計、導演出來的；彷彿為了證明《速求共眠》是我對李撞命運的一部預言書，現在這部預言兌現了，成真了，我必須向所有讀過這部預言書的讀者宣告和證明。於是間，我就又迅速抓起手機，給李社、麥子打了電話後，又向李靜、顧長衛，蔣方舟、楊薇薇和郭芳芳群發了這樣一個微信——

重大事件：我們村的李撞如《速求共眠》中寫的一樣，為了從他人手中奪回他妻子苗娟的骨灰——這份他們生死愛情的唯一物證，昨天因打架失手，致人重傷（也許死亡），現已被公安正式拘捕並抓走。如今李的生死、重判或輕判，完全取決於傷者在醫院中昏迷後的生死和復蘇。為安撫李撞的兒子李社的情緒與生活，今天中午我在西三環紫竹橋西北角的香格里拉請李社和羅麥子等吃頓飯，凡有善心、愛心者，敬情光顧前來，時間是中午十二點。

然後我在書房無所事事了。

那種莫名的不可言說的激動和興奮（絕然不是為李撞砍殺的驚訝和悲傷），讓我從精神病醫生說的沉慮、憂鬱症中又進入了激越、亢奮的精神狀態裡。那時候，我不知道該要做些什麼事。可就是想要做些什麼事。興奮、不安，而又帶著強烈的無可言傳的急切（難道其中沒有幸災樂禍的成分嗎？），使我在屋子裡轉來轉去、走走停停，如同自己是一枚時針不準的定時炸彈般。當發現來回不停的腳步和在窗口的注目遠眺根本無法抑制我心裡那種將要決堤的浪湧時，我從書房出來了。

妻子正在摘韭菜：「中午我們吃餃子？」

「不吃！」我對她上揚式地擺擺手：「出事啦……出了大事啦——我回頭給你說。」說著我就開門出去了，把不解發怔的她留在家裡，像把她的目光奪走使她成了一座無神無韻的泥塑樣。

小區裡依然如故。保安們走來走去。帶著孩子的保母們，站在七月中旬的豔陽樹蔭下，讓兒童們獨自在小區的院裡跑來跑去。而小區外的三環路，依然車水馬龍，每一輛跑過去的小轎車，車殼上都像拖著一團巨大的火。我依舊沿著人行道朝北走了幾十米。依然快速地爬至在天空要兩拐兩折的過街天橋上，依然看到在天橋上擺攤算命的那個禿頂、邋遢的中年算命人，他見了我也依然誇張、驚訝，帶著拯救他人使命的天職大喚道：「喂——看你的氣色，今天你身上必有大事發生啊！」「我等著大事到來早就等煩啦！」這樣對他說著從他面前走過去，走了很遠還又回頭對他補了一句話，「知道嗎？我倆是同行。我也是給人算命的，我算得比你還要準！」然後我就看到他僵在我身後，臉上的笑像發酵過的黃色豆腐樣。

我朝香格里拉走去了。到這兒，親愛的讀者們，《我和生活的一段非虛構》這部紀實小說就完了。沒有什麼可寫了。再多寫一點都有可能是畫蛇添足多餘的。而唯一需要向你們交代的，就是這天中午我所邀請的人，無論是因為好奇心還是道德心，李靜、方舟、顧長衛，郭芳芳和楊薇薇，大家悉數在十二點都到了香格里拉二樓的日本餐廳內。李靜是和方舟一塊到來的。方舟介紹後，我倆握手時，不知為何眼前總是有一種惶惑感，好像和她很早就已見面熟悉了，也好像她根本不是我所熟悉了解的那個李靜樣。就那麼彼此盯著臉上僵著笑，完全不知該說一句什麼話。還是在那間「きくえん」的雅間裡。自然點的還是日式餐。可一個中午大家吃的都是沉默、好奇和彼此的對望及沒話找話的問與答。因為畢竟是大家第一次和李社、李靜、麥子見面兒。第一次共同坐在一張飯桌上。還是麥子和李社第一次吃那種他們認為難吃而且吃不飽的日本餐。所以說，尷尬與好奇，成了那一餐最重要的飯和菜。

到這兒，讀者們，請你們允許我再贅述一句話：這一年，如我母親說的樣，李社雖然沒有接到高考錄取通知書，但他決定留在北京一邊打工一邊複讀了。複讀老師果然是李靜。到這兒，讀者們，請你們再允許我多贅述一句話：半年後，到年底，我們的電影與非虛構中的原型人物李撞被判了十二年，因為對方雖然沒有死，可人家最終成了偏癱了，生活完全不能自理，而終日需要家人照顧著。但令人安慰的是，法院判決李撞妻子苗娟的骨灰依然歸李撞，因為骨灰不屬於人類的販賣品，法院說它屬於生命和愛情，這樣李撞和苗娟，無論如何都還是完整而圓滿的夫妻和愛情。而李社，也因此擁有更豐富和相對完整的家庭和人生。而我和李靜、方舟、楊薇薇及顧導（得罪他了）等，除了偶爾見面也很少再聚在一起了。《速求共眠》的電影劇本荒在那，也無非就是一段記憶中的廢紙吧。

在終要結束這部《速求共眠——我與生活的一段非虛構》的寫作時，我想起了日本最後一位俳句大師小林一茶來。他出生於一七六三年，本名不叫一茶而叫彌太郎。傳說在他十九歲時，寫了他一生的第一首詩：

春來了
彌太郎在一茶的名下
重生

之後他就叫一茶了。一茶兩歲時母親去世，十四歲被繼母逐出家門，離開故鄉長野縣的柏原，前往江戶（東京）饑寒流浪，五十二歲回到故鄉與二十八歲的阿菊結婚，生得三男一女，卻都不幸早夭；六十一歲妻死；六十二歲再婚，不到三個月離婚；六十四歲第三次結婚，但在當年大師自己也淒然離開這個世界時，他給妻子留下一位遺腹女。一茶一生寂寞而又寒涼，只是死後人們才漸漸發現他是俳句之大師，才開始不斷提及他和他的那些不朽的俳句之傑作。比如周作人曾經翻譯的那首：

我知道這世界
如露水般短暫
然而然而

比如：

一切已言盡
思過
為時已晚

比如：

活著，別無其他
在櫻花花蔭之下
便是奇蹟

而大師在他生命將盡之時，用他的生命寫下他這一生最為精傑的句子是：

生命苦短
欲望無限之長
然而　然而

二〇一六年十二月初至二〇一七年二月二十一日
於北京和香港科技大學

文學叢書 565

速求共眠——我與生活的一段非虛構

作　　者	閻連科
總 編 輯	初安民
責任編輯	宋敏菁
美術編輯	陳淑美
校　　對	潘貞仁　宋敏菁
發 行 人	張書銘
出　　版	INK 印刻文學生活雜誌出版有限公司 新北市中和區建一路249號8樓 電話：02-22281626 傳真：02-22281598 e-mail:ink.book@msa.hinet.net
網　　址	舒讀網 http://www.sudu.cc
法律顧問	巨鼎博達法律事務所 施竣中律師
總 代 理	成陽出版股份有限公司 電話：03-3589000（代表號） 傳真：03-3556521
郵政劃撥	19785090 印刻文學生活雜誌出版有限公司
印　　刷	海王印刷事業股份有限公司
港澳總經銷	泛華發行代理有限公司
地　　址	香港新界將軍澳工業邨駿昌街7號2樓
電　　話	852-2798-2220
傳　　真	852-2796-5471
網　　址	www.gccd.com.hk
出版日期	2018年 3 月 初版
ISBN	978-986-387-234-4
定價	350元

國家圖書館出版品預行編目(CIP)資料

速求共眠——我與生活的一段非虛構
／閻連科 著. --初版.
--新北市中和區：INK印刻文學，2018. 3
面； 14.8 × 21公分. --（文學叢書；565）
ISBN 978-986-387-234-4 (平裝)

857.7　　107002447